道法古今

——拥军教授随笔集

◎ 李拥军 著

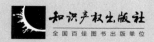

知识产权出版社
全国百佳图书出版单位

图书在版编目（CIP）数据

道法古今：拥军教授随笔集 / 李拥军著 . —北京：知识产权出版社，2016. 11
ISBN 978 - 7 - 5130 - 4599 - 5

Ⅰ. ①道… Ⅱ. ①李… Ⅲ. ①随笔—作品集—中国—当代　Ⅳ. ①I267.1

中国版本图书馆 CIP 数据核字（2016）第 278377 号

责任编辑：齐梓伊

封面设计：张　悦　　　　　　　　　　责任出版：刘译文

道法古今
——拥军教授随笔集

李拥军　著

出版发行：	知识产权出版社 有限责任公司	网　址：	http://www.ipph.cn
社　址：	北京市海淀区西外太平庄 55 号	邮　编：	100081
责编电话：	010 - 82000860 转 8176	责编邮箱：	qiziyi2004@qq.com
发行电话：	010 - 82000860 转 8101/8102	发行传真：	010 - 82000893/82005070/82000270
印　刷：	北京嘉恒彩色印刷有限责任公司	经　销：	各大网上书店、新华书店及相关专业书店
开　本：	787mm × 1092mm　1/16	印　张：	17.75
版　次：	2016 年 11 月第 1 版	印　次：	2016 年 11 月第 1 次印刷
字　数：	226 千字	定　价：	58.00 元

ISBN 978 - 7 - 5130 - 4599 - 5

随性道论天下事，笔书古今法中情

——《道法古今》自序

严格说来，随笔并不算学术成果，它缺乏严格的学术论证，也不必完全遵循学术逻辑。但我一直以为好的随笔要比那些充斥着"真理性的废话"的论文更有价值。它能给你一个新的视角，为你展示一个新的侧面，它启发你的思维，拓宽你的视野。对当下中国的学术界来说，思想启蒙的任务还远没有完成，在这方面随笔可能比大块头的论文起的作用更大。因为具有通俗性、趣味性的特点，它往往拥有更多的读者，特别是在今天的自媒体时代，它的作用和优势更为明显，受众会更多。

我开始写随笔最早是受了我的导师姚建宗教授的启发。他是当代法学学者中随笔写的比较多而且好的一位。我还记得，研究生阶段他给我们留的作业就是写一篇随笔和书评。我当时为了完成这份作业，绞尽脑汁写出了人生中第一篇正规的随笔——《法学家之死与法律信仰》，后来这篇文章发表在 2002 年的《人民法院报》，并且拿到了 150 元钱的稿费。虽然请同学们吃完饭以后，稿费所剩无几，但这种精神上和物质上的奖励对当时的我来说依然是巨大的鼓舞，激励着我写下去。2004 年我一度在《深圳法制报》开过"李拥军专栏"，每周都有新作。在我的带动下，我的师弟郑智航、侯学宾从那时起也开始写随笔。到今天他们都已经成为法学学术新秀，并且都已经出版了自己的随笔集，擅写随笔也已经成为了姚门师徒的学术风格。

我从小就喜欢历史，但在历史学方面到今天顶多算一个"票友"，虽然爱看历史书籍，但始终没有专业化的研究。对历史的兴趣，最早缘于幼年时期对评书艺术的热爱。在 20 世纪 80 年代，收音机还是人们最主要的获取信息的形式，而评书则是当时音频节目中的重要内容，《杨家将》《岳飞传》《三国演义》《水泊梁山》《百年风云》等节目家喻户晓。我在很小的时候就是评书迷，后来翻看小叔、小姑的初中、高中的旧教材时，兴奋地发现在历史教材中居然能找到这些人物。大致从那时起便对历史有了兴趣。高考前，由于农村孩子知识上的匮乏，我实在不知道还有历史学这个专业，否则必然要报考该专业了。

虽然没有专门学习历史，但历史的思维却一直影响着我，即观察问题愿意从历史的角度切入，所以我的很多随笔都是从历史中选材或者从历史的角度来写的。我一直认为，历史性的观察是更深层次的观察，它能帮助我们抓住问题的"根"。正如西方学者查丁所说的："任何事物都是过去一切事物的总结，不通过历史就无从了解任何事物的全貌。"真正的历史性研究其实是更现实的研究。如意大利历史学家克罗齐说："一切历史都是当代史。"即所谓历史的研究其实都是当下的人用今天的观点和思维来分析过去的人和物，所以正如法国学者雷蒙·阿隆所说的："所谓历史，就是由活着的人和为了活着的人而重建死者的生活。"历史的意义不在历史本身而在于当下，通过历史的视角来审视今天的问题，是为了借古喻今，托古明志，让今人借鉴经验，吸取教训，少走弯路，活得更好！所以龚自珍说："观今宜鉴古，无古不成今""欲知大道，必先为史"。大到人类社会小到每个人的一生，其实都是一部历史剧，在这其中我们不仅是看客，更是其中的演员，所以只有从历史角度观察问题，才能让我们把今天的事看得更清楚、分析得更明白。

提及历史自然少不了传统和文化。传统就是"活着的过去"，是群众"集体的记忆"。法治是人的一种思维方式和生活方式，传统造就了中国人特有的思维方式和生活方式，中国当下的法治建设离不开自身的传统。因此研究中国当下的法律问题就不能离开我们的传统。"洋装穿在身，心还是中国心"，中国当下的许多问题，更多的要归结于传统，归结于文化对观念的影响。因此，当下中国欲建立真正的现代法治必须要进行思想上的启蒙，而思想上的启蒙则需要文化上的批判，同时中国要想建立自己的法治，还必须在传统上做文章，只有挖掘传统，把握民情，推陈出新，实现传统的创造性转化，把法治放在中国人自己文化的范畴内把握，才能把好中国人自己的脉，为中国问题开出对症的药方。基于此，多年来我一直试图从文化的视角来分析现实，为开出这样的药方而努力。

"法之理在法外"，如果顺着这一类似格言的说法追问下去，"法之理在哪里？"我说："法之理在生活。"孔子说："道不远人。"即君子为大道从来不远离普普通通的百姓。世界本来就是由你我这些凡夫俗子、贩夫走卒、平民百姓构成。不是说理论只有让人听不懂了才深刻，其实越是深刻的理论越是朴素的。法理学中的"法"和"理"最终都要放到生活的层面来"验真"，无法还原到生活层面的"法"和"理"是"伪法律""空理论""假道理"。远离人们生活的法理学是"死的法理学"。法理源于生活表现为法律要源于生活中的常识、常理、常情，法理就是讲法之"理"（Reason），而法之理就是法的内在合理性，而法的内在合理性则表现为法律的规定应该符合生活的逻辑和人性的法则。我们的研究只有立足于生活才有不竭之源。

我们经常说研究要有"问题意识"，而很多人常常为找不到可研究的问题而苦恼，其实，中国是问题资源最丰富的国家，中国从不缺问题，而这些问题恰恰就在生活实践之中。发现这些问题，就需要我们养成"敏感"的思维，需要我们多思、多想、多写、多观察、多实践。中国古人有言："世事洞明皆学问，人情练达即文章""担水劈柴皆有妙道"。所以法理学的素养是通过对生活的多思、多想最后达致"顿悟"来形成的，因此这种素养不是速成的，是在生活中一点一滴、日积月累、潜移默化中养成的。其实一篇篇小的随笔恰恰源于对生活的思考，法理学素养的形成离不开这些小的随笔。对生活的观察需要用随笔把它们记录下来，对世界的思考需要用随笔把它们表达出来，对世事的情感需要用随笔把它们抒发出来。法理学的思维是反思性的思维，即在别人看来稀松平常、司空见惯、见怪不怪、不足为奇的地方发现问题。小的随笔之所以比某些庸俗化的论文更有意义，正是由于它建立在对生活反思的基础上的，它源于对生活的感悟，实现了对既有常识的超越，所以它常常让人耳目一新，醍醐灌顶。

俗话说："蜜蜂虽小，采的是花心；胡椒虽小，辣的是人心。"不是"小"就没有用处，而看是否能把"小"用在点子上。用在点子上的"小"就变成了"巧"，所谓"小巧玲珑""短小精悍"。20世纪中美建交得益于小小的乒乓球，所谓"小球推动大球"。由此说开去，随笔虽小，如果能够反映深刻的道理，能够启发我们的思维，能够帮助我们认识世界，由小见大、以点带面、定能起到类似"小球推动大球"的功效。由此说来，随笔虽小，但理应被善待。

目 录

司法中的正义　1

1. “女神”VS“神兽”：司法标识背后的理念冲突　3
2. 为何《水浒传》之中“官司”多　9
3. “一根筋”的精神与法律人的品质　14
4. 形式正义——诉讼的真谛　19
5. 不宜把法官称作“公仆”　23
6. 司法正义有赖于“各负其责”和“各得其所”　27
7. 法官需要理解　律师需要善待　33
8. 法律是远离激情的理性　39
9. 倒下一个好法官　砸出一堆社会病　45
10. “公审大会”让我们看到了什么　51
11. 应该为引用《圣经》的判词叫好　55
12. 从“辛普森”案透析美国的诉讼机制　61

文化视野下的法理　67

13. 骑士精神VS孙子兵法：文化视野下的“规则意识”　69
14. 中华“和合”基因与现代国际法准则　75
15. 激情的卢梭！革命的卢梭！暴政的卢梭！　79
16. 宪法学视野下的水浒英雄的命运　87

17. 从"人可非人"到"非人可人"　97

　18. 法学家之死与法律信仰　104

19. "春秋决狱"的现代司法价值　107

20. 由武松杀嫂而引发的思考　110

21. 由包公的误判而引发的思考　113

22. 由"磨坊主告倒国王"而引发的思考　116

23. 神明裁判的形式合理性　119

　24. 司法仪式的文化意蕴　122

25. 骑士精神与法国的宪政之路　125

26. 中国古代自然法中的人权思想　128

27. "七擒孟获"背后的文化冲突　130

　28. 愚公真"愚"　133

法律中的人性　135

29. 我们今天应该如何讲"孝"　137

30. "亲亲相隐"还是"大义灭亲"　145

31. 人类为什么会穿上衣服——写在本谦先生之后　151

32. 人若"高尚"就要离"性"远一点　155

33. 为何水浒英雄不要"家"　160

34. 乱伦为罪的生物学解释　168

35. 乱伦为罪的社会学解释　173

36. "人是生物"——婚姻立法不能忽视的维度　178

37. 由大爷被"性侵"看中国当下强奸罪立法的缺陷　182

38. 构建良法要尊重人性的逻辑　188

39. 法律中的人性　191

40. 西方性犯罪立法的趋势　195

多维视角下的法治　199

41. "法治"面前须冷静　201

42. 变性人与少数人的权利　216

43. 口号背后的理念变迁　219

44. 财产权的人性基础　222

45. 私人财产权的法律真谛　224

46. 银行的 VIP 是对谁的 VIP　226

47. 也谈法的属性　229

48. 为什么人体器官不能成为商品　234

49. 刑法上的行为系统刍议　237

50. 关于降低经济法运行成本的思考　243

51. 关于人权本体性的一点思考　247

52. 自由裁量权的正确行使之道　251

53. 遭强奸岂能成为包庇犯　256

特别推荐　261

54. 拥军教授在吉林大学法学专业 2015 届本科毕业典礼上的发言　263

55. 专访李拥军老师：我与吉大法理的不解之缘　267

司法中的正义

1. "女神" VS "神兽"：
司法标识背后的理念冲突*

从事法学研究或司法工作的人对"蒙目女神"和"独角神兽"的形象并不陌生，我们通常把这两种形象看成东西方传统中的司法的典型标志。当下的司法系统在推进司法文化建设时也常常把它们搬出来，借助于这两种形象来表达司法公正的理念。当我们走进各地的法院、检察院，或是在大门上，或是在长廊里，或是在墙壁上经常看到印有它们形象的标识。当看到这些标识时，我们或许曾为现代中国法官、检察官们的深厚的文化底蕴叫过好，为这些年司法系统的文化进步点过赞。但如果从文化学的角度来分析，我们会发现，其实司法文化的设计者们在把这两种形象搬出来之前并不一定真正地懂得其背后的文化意蕴。依笔者看来，这两种形象反映了不同的文化理念，且这些理念常常是冲突的。如果不分场合和具体条件硬是将它们拼凑在一起，就可能犯"张冠李戴"或"指鹿为马"的错误。

"蒙目女神"的原型是古希腊正义和秩序女神忒弥斯（Themis），也译成泰美斯。造型为一个端庄美丽但表情严肃的妇女，用布蒙住双眼，右手捧着天平，左手握着宝剑。据说她是众神之王宙斯的第二位妻子，

---

* 该文原载于财新网 2015 年 5 月 12 日"财新名家"专栏。

当特洛伊之战最激烈的时候，每一位不死的神祇都参加了战争，只有她傲然中立，她由此获得了众神之王的信任。或许是因为这一点，在欧洲文艺复兴之后，"蒙目女神"的形象逐渐被确立为司法的标志，进而出现在西方法院的建筑上。

"独角神兽"的原型是中国古代的神兽"廌"，又名"獬豸"，相传它是尧舜时期大法官皋陶审案所依靠的一只神兽，它似牛、似羊、似鹿、似麒麟，长着一只独角。它能够知善恶，断是非，擅长用独角撞击作奸犯科的人。《论衡》中说："觟（廌）者，一角之羊也，性知有罪。皋陶治狱，其罪疑者，令羊触之，有罪则触，无罪则不触。"中国古代的"灋（法）"字就有"廌"这一边。之所以有这一边，按照《说文解字》的解释，是因为"廌"能"触不直者而去之"。"獬豸"扮演着古代法官判案工具的角色，所以后世往往将之视为中国传统的司法标志。

一个时代、一个民族的司法标志是该时代和民族司法理念和文化的集中反映。东西方迥然相异的两种司法形象折射出的是两种不同的法律文化和理念。

首先，"蒙目女神"是"人格化的神"，即是一种以人的形象塑造出来的神。法律以神的形象存在，则宣示了它的崇高性、至善性、权威性和人们守法的自觉性。神是需要信仰的，法律也是需要信仰的。女神的背后折射出的便是一种法律信仰主义的文化。这种信仰主义正是苏格拉底在因司法不公而蒙难时，宁赴死而不偷生的真正动因。而女神又是人格化的，她具有普通人的外观，她和古希腊时期的所有神一样，除了"不朽"之外，和人没有区别，她们也有七情六欲，也需要结婚生子，因此女神所表达出来的法律又是世俗化的，具有人文主义的特征。而"独角神兽"则是一种"神格化的兽"，即一种带有神性的动物。在"天地之间，以人为尊"的中国传统中，一个所谓的神如果没有被塑造成人的模样，它的地位注定是不高的。对于这种神兽，虽然连皋陶都表示出了必要的客气和尊重，正如《论衡》中所说的，"斯盖天生一角圣兽，助狱为验，故皋陶敬羊，起坐事之"，但它终究还是四足动物，是为人判案提供帮助的工具。司法是由人来掌控的，人是主，兽是客，可谓"人能事客，亦能逐客"，所以从"獬豸"形象中所体现出来的是一种法律工具主义的理念。獬豸形象下的法律缺失了"女神"的神圣感，而更多地具有了为世俗权力服务的功利主义色彩。

其次，"蒙目女神"容颜美丽且具有女性主义的温柔，这映射出西方传统法律的"亲民"主义内涵。在拉丁文中，"Jus"一词，既有"法律"的内涵，也有"权利"的内涵。在由拉丁文发展而来的法文、德文等西方语言中，"权利"和"法律"往往是一个词（法文 droit、loi；德文中 recht、gesetz），由"Jus"演变而来的英文"Justic"一词，既有"公平的、正义的"意见，又有"法律的"意思，"right"既有"合理的""公平的"意思，又有"权利"的意思。由此可以看出，"权利""公平""正义"和"法律"在西方是绑定在一起的。普罗泰戈拉讲述了这样的希腊神话：宙斯派信使赫耳墨斯把正义和尊敬带到人间，后者问宙斯怎么分配，宙斯回答说："分给所有的人"，"你必须替我定下一条法律，如果有人不能获得这两种美德，那么应该把他处死，因为这种人是国家的祸害"。由此看来，在西方，法律是关乎分配正义和个人权利归属的规则，是塞尔苏斯口中的"善良而公正的艺术"。它与每个人的切身利益息息相关，每个人的幸福、自由、权利都要到法律中寻找。难怪，《查士丁尼国法大全》中的《法学总论》开篇就规定的是"正义与法律"，并将正义规定为"给予每个人应得的部分的这种坚定而恒久的愿望"，而法律的任务就是要保护这种愿望。正因如此，法律和民众是亲近的。而"独角神兽"容颜丑陋，仪表威严，外露凶相。这种形象表达出的信息和逻辑是：法律的主要任务就是惩罚与威慑犯罪，维护秩序，法律只有让人恐惧，这种效果才能达到。《说文解字》中说："法，刑也。"而《国语》则这样解释刑："大刑用甲兵，其次用斧钺；中刑用刀锯，其次用钻凿；薄刑用鞭扑，以威民也。"依照《说文解字》的解释，法（灋）之所以取"廌"和"去"做偏旁，是因为法就是要以"廌"来"触不直者而去之"，因此法本身就"清除""杀戮"的意思，其最终的目的是震慑犯罪，维护既定的秩序。古代的"刑"，可将其看成在"井"旁边放上一把刀，或是在"开"旁边放一把刀，由此可以解释为"用刀维护土地制度（井田制）"，或是"用刀将人砍开"，两种解释都符合中国古代法律的上述内涵。要达到这样的目的，法律就不能表现得太过于"亲民"，而应该和民众保持必要的距离，正所谓"法不可知，则威不可测"。正因如此，"獬豸"身上则少了一种"女神"式的美丽和温柔，而多了一种凶神恶煞般的恐怖和威严。

再次，女神的眼睛是蒙着的或是闭着的，神兽的眼睛是睁着的或瞪着的。女神蒙着眼或闭着眼的形象表征了西方司法的被动主义传统。这意味着：女神判案要通过一种守株待兔式的坐堂问案的方式进行；法院的大门平时是关着的，当事人如果不叩门，女神不能主动出击，对案件的审查也应以当事人起诉的范围为限；案件事实主要靠当事人自己证明，女神主要用"天平"来称证据，证据充足，当事人就能胜诉，否则就要败诉。这正如西方法谚所说的："法官的使命在于裁判而不是发现"，"不能证明的事实就是不存在"。神兽睁着或瞪着眼的形象表征了中国能动主义的司法传统。中国古代的法官同时肩负着侦查的职能，以主动出击的方式发现犯罪是司法工作的常态。所以只有睁着眼才能发现犯罪，驱除邪恶。董宣、包公、海瑞、狄仁杰、于成龙等都是这种侦探式的法官，他们留给后世的法律故事更多地不是体现在做法官上，而是体现在做侦探上。也正因如此，"明察秋毫""断案如神"既是中国古代法官优秀的品质，也是他们的最高的职业追求。也因为"獬豸"瞪着眼的形象更符合监察官的工作特点——为皇帝作"耳目之臣"，监视百官，纠察检举职务犯罪，因此中国古代的御史的官服上就绣有"獬豸"的图案。

女神的眼睛是蒙着的或闭着的还表征着：作为法官，无论是神还是人都是理性不及的，他们都没有洞察事物本质、掌握终极真理的能力。既然如此，退而求其次，法官只能依据证据和程序来裁判，而不能过多地依靠法官的智慧，这样的理念支撑了西方法律程序主义的发展。而"獬豸"的眼睛是睁着的或瞪着的则表征着：优秀的法官完全可以通过自己超常的能力发现事实，区分善恶，最终实现正义，因此，司法正义的实现与否取决于法官的能力和品质。这样，证据和程序在司法中不具有至高无上的地位，而"清官""能吏"才是解决问题的关键。由此看来，"獬豸"形象中蕴含着一种人治主义下的"清官"文化。

通过以上分析，"蒙目女神"的形象更多地表达了现代法治主义的理念，而"独角神兽"的形象则更多地体现了传统的人治主义思维。由此说来，从弘扬法治理念的角度讲，无论是审判机关还是检察机关，过分地强调"獬豸"的形象都是不妥的。法治人治暂且不论，如果单从工作方式的角度看，"蒙目女神"的形象无疑更符合现代法院文化的特点，而"独角神兽"的形象则与现代审判理念相去甚远；而蕴含能动主义思维、擅长通过主动出击的方式来发现犯罪的"獬豸"形象无疑更符合现代检察文化，而"蒙目女神"式的消极对待对于检察工作来说无异于渎职。这样看来，我们在利用"女神"和"神兽"的形象来烘托和表征司法文化时，应该在理清其内涵的基础上根据司法工作性质的不同而有所侧重和选择，否则就有可能闹出"张冠李戴""指鹿为马""南辕北辙"的笑话。由此说开，在当下中国，审判机关和检察机关虽同属司法机关，但实际上它们在工作方式上却存在着很大的不同。正因如此，这就意味着，在当下所进行的司法改革中，人民法院和人民检察院不应该适用一种统一的模式，不分情况地统一适用，机械照搬某一种模式对司法工作有害无利。由此说来，正确理解“女神”文化和“獬豸”文化的内涵，进而建立一种分殊主义思维对当下的司法改革也是至关重要的。“蒙目女神”和“独角神兽”虽然在形象上保持着众多的差异，但有一点则是相同的：女神的眼睛蒙着且两只同时蒙着，獬豸的眼睛睁着且两只同时睁着。这意味着公平对待是人类善法的共同特征，是司法正当性的基础。无论是弘扬“女神”文化，还是褒奖“獬豸”精神，这一点，都是不能回避的。当下的司法改革只有牢牢地抓住这一点，才有成功的可能。

2. 为何《水浒传》之中"官司"多[*]

　　研读《水浒传》我们会发现，施耐庵先生笔下的梁山英雄虽性格各异，但大多都有相同的经历，即在上山之前往往都摊上过官司，用当下的法律术语说都经历过刑事诉讼。例如，林冲遭高俅陷害，因持刀闯入白虎节堂，吃过官司；武松替兄报仇，怒杀潘金莲、西门庆，吃过官司；杨志卖刀，被逼无奈杀了泼皮牛二，吃过官司；解珍解宝兄弟为争老虎被毛太公诬告，吃过官司；宋江因杀阎婆惜吃过官司；卢俊义因李固的陷害吃过官司；等等。像武松、宋江还不止吃了一场官司。武松替兄报仇吃了一场，被张都监陷害又吃了一场；宋江也一样，因在郓城"杀惜"吃了一场，在江州题反诗又吃了一场。

　　这些官司又有共同的特征。其一，大多由强势主体欺压弱势主体而引起，这里的强势主体或是官府，或是黑恶势力，或是得势的奸佞小人，如高俅、牛二、西门庆等；其二，这些势力大多通过不正当手段侵害了弱势的一方的利益，这种不正当手段或表现为诬告陷害，或表现为讹人钱财，或表现为偷人妻妾，或表现为害人性命，等等；其三，在纠纷解决中，正义的一方大多都败诉，双方大多因为官方裁判机构的介入而导致了矛盾的加剧。

---

[*] 该文原载于财新网 2015 年 5 月 20 日 "财新名家" 专栏。

用现代的观点看，也就是说，在现实中，当正义受到侵犯、公平遭到扭曲的时候，司法没能起到恢复正义的作用，更有甚者还起到了助纣为虐、推波助澜的反面作用。这就是书中数次提到的当事人"吃了一场屈官司"。当弱势群体不能通过正当的制度和程序回复心中的不平、阻止不当的侵害时，以自力的方式自救便是顺理成章的了。杀仇人、劫法场、逼上梁山、落草为寇只不过是这种自救的形式而已，但每一种自救都是以反叛当时法律的方式进行的，这种反叛从微观上说是"违法"，从宏观上说是"革命"。

从社会学的角度看，司法是继当事人和解、第三人调解、行政机关处理之后的解决社会纠纷、恢复社会正义的最后一道合法性的渠道。如果连司法都发挥不了上述功能，受害者就没有任何合法的维权之路可走了。在司法正常功能缺失的情况下，通过"以暴制暴"的私力救济方式维护自己的利益、发泄怨恨就是不可避免的。由此看来，社会有不平并不是最可怕的，最可怕的是司法不能恢复这种不平。这正如培根所说："一次不公的司法判决比多次不法的行为为祸尤烈。不法行为弄脏的不过是水流，而不公的判决则将水源污染了。"在《水浒传》的故事中，也正是大宋朝一次次不公的裁判才把众多的英雄逼上反叛的道路。这正如该书第二回中朱武向史进哭诉的那样："小人等三个累被官司逼迫，不得已上山落草。"

其实，许多人在没有经历官司之前都是坚定的守法主义者，比如卢俊义。宋江、吴用曾力劝他上山入伙，卢俊义不从。"卢某一身无罪，薄有家私；生为大宋人，死为大宋鬼！若不提起'忠义'两字，今日还胡乱饮此一杯；若是说起'忠义'来时，卢某头颈热血可以便溅此处！"何等坚决！但是摊上官司以后，立马上山。而林冲、武松、宋江等都不是摊上官司就有了"革命"的理想，而先是主动认罪服法，接受改造。这正如在野猪林林冲和差人所说的："小人是好汉，官司既已吃了，一世也不走！"（第 8 回）事实上，他们直到"火烧草料场""血溅鸳鸯楼""江州反诗案"之后，即又一次遭遇到或即将遭遇到不公的司法之后才彻底与大宋朝的法律决裂。由此可以看出，当时大宋朝的司法在化解社会矛盾方面是多么的糟糕！

大宋朝司法糟糕的根本原因在于腐败。首先是司法屈从权贵。这是专制社会下的通常现象。开封府衙的当案孔目孙定对林冲冤案的分析说破了其中的缘由："谁不知高太尉当权，倚势豪强，更兼他府里无般不做。但有人小小触犯，便发来开封府，要杀便杀，要剐便剐，却不是他家官府。"（第 8 回）在武松的官司中，乔郓哥对武大郎的告诫也一语中的："那西门庆须了得！打你这般二十来个，若捉他不着，干吃他一顿拳头。他又有钱有势，反告了一纸状子，你便用吃他一场官司，又没人做主，干结果了你！"（第 25 回）其次是行贿受贿、钱权交易。这是封建社会更为普遍的司法腐败。《水浒传》中关于这样的描写更多。在武松的官司中有这样的描写："次日早晨，武松在厅上告禀，催逼知县拿人。谁想这官人贪图贿赂，回出骨殖并银子来，说道：'武松，你休听外人挑拨你和西门庆做对头。这件事不明白，难以对理。'"（第 26 回）在卢俊义的官司中有这样的描写："李固上下都使了钱。张孔目厅上禀说道：'这个顽皮赖骨，不打如何肯招！'梁中书道：'说的是！'喝叫一声：'打！'左右公人，把卢俊义捆翻在地，不由分说，打的皮开肉绽，鲜血迸流，昏晕去了三四次。"（第 62 回）就连林冲，也是靠其岳父"买通上下，使用财帛"，加之孙定的美言才幸免一死。（第 8 回）

依社会契约论的观点，国家的形成是人民让渡权利的结果。从离群索居的自然状态向由政府治理的社会状态过渡的前提，就是人民必须把一部分权利交给国家。在启蒙思想家们的笔下，首先或最应交出来的就是私力救济权，即使是在奉行"最小政府"理论的洛克那里，虽然人民向国家交出的权利是最少的，但仍要把私力救济权交出。因为这一权利不交给政府，社会就无法保持必要的文明和稳定，一个仍然奉行"同态复仇""血亲复仇"等丛林法则的社会是无法维系的。由此看来，一个文明社会能够维系的最低标准就是要由公共机关统一处理纠纷。也正因如此，由专门机构——法院来处理纠纷是人类文明时代的通常做法，而它化解矛盾的能力则关系到社会的稳定与繁荣。

但是，民众将这一权利交给国家是有条件的，即法院能够为其回复失去的正义。即使不能回复，也要以仲裁者的身份，依靠证据和程序，居中处理，公平裁断，给其以形式上的平等对待，即要带给他们形式上的正义。如果不能如此，即民众利用合法途径回复正义的渠道被堵塞，私力救济的方式就有可能被重新启动。梁山好汉诉诸暴力挑战法律的做法就是这种私力救济。这也正是施耐庵先生笔下"水浒英雄官司多"的真正原因。历史的教训是深刻的！

要坚定地走法治之路已经成为当代中国党、国家和人民的共识和奋斗目标，十八届四中全会"全面推进依法治国总目标"的精神又一次把这一共识深化和升华。然而，依笔者看来，当下困扰中国法治发展的最大问题莫过于司法问题。长期以来，权力干预司法、裁判不公、司法腐败、执行难等问题一直困扰着我国司法领域，其导致的结果便是司法的公信力低、化解纠纷能力弱。正因如此，近年来"信访不信法"情绪愈发高涨，拆迁工作中的"钉子户"现象越来越普遍，有些地方甚至通过"自焚""群体性事件"的方式来维护自己的权利。这给我们敲响了警钟！

俗话说，"不平则怨，不平则鸣，不平则乱"。社会的稳定是一切问题解决的基础，而维护社会稳定的最重要环节在于司法。这正如习近平同志所说的："公平正义是政法工作的生命线，司法机关是维护社会公平正义的最后一道防线。""要处理好维稳和维权的关系，要把群众合理合法的利益诉求解决好，完善对维护群众切身利益具有重大作用的制度，强化法律在化解矛盾中的权威地位，使群众由衷感到权益受到了公平对待、利益得到了有效维护。"这就是我们当下要大力推进司法体制改革的动因所在。说一千道一万，司法改革要成功，就必须要在如何提高司法化解"社会不平"的能力方面做文章。当下所进行的司法去地方化、去行政化、法官员额制、"人权司法""阳光司法"，设立巡回法院，推行领导干部插手案件的登记备案制度等一系列改革，正是基于此而展开的。没有任何一个司法公信力缺失的国家能够建成法治社会的。当下的司法改革虽然任重而道远，但即使举步维艰，我们也只能如此，因为我们无其他路可走！

3. "一根筋"的精神与法律人的品质[*]

我们相信很多人对《列宁与士兵》这个故事并不陌生，因为它曾经是很多人小学时代的一篇课文。这个故事大致是这样的：

十月革命刚刚胜利，一天早晨在斯莫尔尼宫门前站岗的是新战士洛班诺夫。班长叮嘱他说："洛班诺夫同志，你今天第一次站岗。到这里来的人很多，你的任务是检查他们的通行证。列宁同志今天要来这里开会，你千万不能让坏人混进来！""是，班长同志。"洛班诺夫行了个军礼，"我以革命的名义保证，一定为列宁同志站好岗！"太阳越升越高，到斯莫尔尼宫来开会和办事的人真多，有工人，有士兵，有农民，还有学生。洛班诺夫认真地检查了他们的通行证。人民委员会主席列宁来了。他一边走，一边在考虑什么问题。"同志，您的通行证？"洛班诺夫拦住了他。"噢，通行证，我就拿。"列宁急忙把手伸进衣兜里拿通行证。一位来开会的同志看到洛班诺夫拦住了列宁查通行证，就生气地嚷起来："放行吧，放行吧！他是列宁！""对不起。"洛班诺夫严肃地说，"我没见过列宁。没有通行证，谁也不能进去！"列宁把通行证交给洛班诺夫。洛班诺夫接过来一看，果然是列宁同志。他非常不安，举手行礼说："列宁同志，请原谅，我耽误了您的时间。"列宁握

  * 该文原载于财新网 2015 年 8 月 21 日"财新名家"专栏。

住这位年轻战士的手，高兴地说："你做得很对，小伙子！你对工作很负责任，谢谢！"他又回过头来对旁边那位同志说："你不该责备他。我们就需要这样认真负责的好战士。革命纪律是每个人都应该遵守的，我也不能例外。"

这个故事原本是在歌颂革命领袖列宁同志遵守规则的可贵品质，但是现在读来，其实这个普通的士兵认真履职的精神则更是值得称道的。在一个等级森严的社会中，权力由上向下发挥作用，如果触犯了上级的权威，下级的命运是可想而知的，像洛班诺夫那样，作为一个普通的士兵能够做到无差别地执法是相当难能可贵的。在日常生活中我们常常嘲笑那些做事僵化死板的人为"一根筋"，故事中的洛班诺夫身上就体现了这样的"一根筋"精神，即严格地执行规则，在规则面前任何人都不能例外，哪怕是列宁同志。由此看来，法治的实现不仅需要领导人带头守法，更需要法律人的严格执法和公平司法，而严格的执法和公平的司法恰恰需要的就是这种"一根筋"的精神。"一根筋"的风格在生活中可能是人的缺点，对于很多职业来说可能是弱点，但对于执法者或法官来说却是一种可贵的品质。在法律适用上的机械、保守、呆板往往比灵活、圆滑、乖巧更可贵。

中国历史上著名的法官往往都被刻画成"呆板"的形象，或者表现出"怪人"的模样。比如中国古代的第一个大法官——皋陶，《荀子·非相》中说"皋陶之状，色如削瓜"；《淮南子·修务》中说："皋陶马喙"，即面如苦瓜，长着马嘴；中国古代最优秀的法官——包拯，在文学故事中的他，脸总是黑着的，人称"黑老包"。之所以把他们刻画成这种异于常人的形象，其目的无非是要烘托他们不讲私情、刚直不阿的品格。"舍得一身剐，敢把皇帝拉下马"的海瑞，更是古怪至极、呆板透顶，黄仁宇先生在《万历十五年》一书中称之为"古怪的模范官僚"。正因他呆板，他的收入几乎不能养家，他需要自己种菜才能维持生活，母亲过寿只能称二斤猪肉；正因他古怪，他和同事之间几乎没有走动，通常的婚丧嫁娶也概不参加。

在这呆板、古怪形象的另一面却是严格公正的执法。相传包公有三口铜铡："龙头铡"铡犯罪的皇亲国戚，"虎头铡"铡犯罪的文武百官，"狗头铡"铡犯罪的平民百姓，谁犯死罪就铡谁，往上敢铡皇帝的女婿，往下敢铡自己的亲侄，所以包公赢得了"包青天"的美名，成了一个"箭垛式"的人物。海瑞执法更是严格，他敢鞭笞封疆大吏胡宗宪的儿子胡公子，敢指责当朝皇帝的昏庸无道。《万历十五年》中这样写道："海瑞的新职一经发表，直隶的很多地方官就估计到自己将会不能见容于这位古怪的上司，因而自动离职或请求他调。缙绅之家纷纷把朱漆大门改漆黑色，以免炫人眼光而求韬光养晦。住在苏州的一个宦官把他的轿夫由 8 人减至 4 人。"

西方的历史上这样的"一根筋"的法官也比比皆是。17 世纪的英国大法官柯克当面回绝了国王詹姆士一世想亲自审案"玩一玩、过把瘾"的要求，在国王欲龙颜震怒之时，他撂下了一句在人类法制史上经久不衰的话语："不错，上帝的确赋予陛下极其丰富的知识和无与伦比的天赋；但是，陛下对于英格兰王国的法律并不精通。法官要处理的案件动辄涉及臣民的生命、继承、动产或不动产，只有自然理性是不可能处理好的，更需要人工理性。法律是一门艺术，在一个人能够获得对它的认识之前，需要长期的学习和实践。"

16 世纪的英国大法官托马斯·莫尔，一位空想社会主义者，一位虔诚的宗教徒，因为笃信国王无权离婚并再娶，所以他反对国王亨利八世与凯瑟琳公主离婚，并拒绝参加新王后安妮·博林的加冕典礼。他一再拒绝向国王颁布的《至尊法案》宣示，拒绝承认亨利八世为英国教会的最高首领，因为他认为国王的行为不符合自然法和教会法。他因此而获罪并被处死。在狱中他与朋友诺福克曾有过这样的一段经典的对话：

诺福克："在英国，谁不服从国王，就没有好结果。"

莫尔："我已经再三思索考虑了，但是，我不能违背自己的良心。"

诺福克："托马斯，我怕你将要付出很高的代价。"

莫尔："自由的代价的确很高。然而，即使是最低级的奴隶，如果他肯付出代价，也能享有自由。"

由此说开去，法律人身上往往都表现出一种机械、保守主义的倾向。这种"机械""保守"，其实是由法律人的职业特点促成的。依法办事要求法律人必须向后看，因为既定的规则只有面向"过去"才能找到；依法办事要求严格地适用规则，没有规则不能"办事"或者"办不成事"。这正如法国思想家托克维尔所说的"对法律做过特别研究的人，从工作中养成了按部就班的习惯，喜欢讲究规范，对观念之间的有规律联系有一种本能的爱好。这一切自然使他们特别反对革命精神和民主的轻率激情"。因此，独裁者不喜欢法律人，因为他不听话；革命者也不喜欢法律人，因为他太教条。

司法权的本质是判断权。在英语中"法官"用"Judge"一词来表述，该词又有"评判人"的意思。其实法官扮演的就是一种官方评判人的角色，即对争讼的案件，依据法律、程序、证据作出评判，确定胜负输赢。作为裁判者，其最为可贵的品质是公正。而要实现公正，首先要求法官必须中立，即不偏不倚，其次要求法官一视同仁，即平等地适用法律。法官不是神，不能洞察事物的本质，因此他不能做到每一个案件都能还事实上的"真"，但他可以做到处处依法律办事，依程序和证据作出结论，即能做到形式上的"平"。因此司法的价值不在于"求真"，而在于"求平"，法官的伟大不在于能够发现事实，而在于能够公平地严格地适用规则，即在审判中做到不分贵贱，一断于法，不搞差别待遇，一视同仁。也就是说司法要公正，就得需要这种"一根筋"的精神，需要那些"死心眼""想不开"的法官。法官的能说会道、善于交往、头脑灵活、处事圆滑，带给司法的往往不是正能量，因为公正在他那里有可能得不到保障。在先前的故事中洛班诺夫的"一根筋"精神或许是源于作为一个新兵的幼稚和固执，但是从某种意义上说，在执法和司法上我们需要的恰恰是这种幼稚和固执，那种"老油条"式的灵活对公正的实现有百害而无一利！

4. 形式正义——诉讼的真谛[*]

因为赌博，许多人顷刻之间万贯家财化为乌有，弹指之间幸福家庭毁于一旦，所以许多人厌恶它、憎恨它，称其为"魔鬼"，视其为"毒瘤"，它被文明的社会所不齿。但赌博又极富生命力，它历史悠久，形式多样，屡禁不止，经久不衰；许多人钟情它，迷恋它，为它铤而走险，为它舍财舍命；几乎在每个社会群体中都有它生存的土壤，甚至有些地方因为赌博而闻名于世，如美国的拉斯维加斯、中国的澳门。我们不禁要追问：赌博的生命力根源何在？

当今世界中最令人激动的场面莫过于世界杯足球赛中的冠亚军争夺战了。当两支队伍苦战两个半场后仍不能决出输赢时，先是加时再战，如果还分不出胜负，便要踢点球了。点球大战开始了！那一刻全世界都为之凝固了，当决定冠亚军命运的最后一个点球踢出后，全世界沸腾了。球场上，赢得比赛的队员们欢呼雀跃，失之交臂的队员们顿足捶胸。太残酷了！一个小小的点球就决定了一支球队在世界杯上的命运，它给人的落差太大了。因此有人一直在反思：以偶然代替实力，这合理吗？

在日常生活中，我们经常采用投票或抽签的形式来决定某些事件的

＊ 该文原载于财新网 2015 年 8 月 3 日"财新名家"专栏。

结果，特别是没有其他方式或其他的方式为许多人不能接受时更要把它们作为最后选择。有的时候我们用投票的方式决定真假与对错，有的时候用抽签的形式决定财产的归属，评审委员会用投票的方式来确定学生是否获得学位，学生们以少数服从多数的原则决定谁应领取奖学金，甚至在美国总统大选中当正常途径不能确定谁应当选时，也得依靠联邦高等法院的 9 名大法官通过投票来表决。我们不禁要反思：多数人的决定就是真理吗？真理往往掌握在少数人手里。民主的方式就能代表公正吗？少数人的权利更需要保护。抽签的形式所确定的结果就意味着真实吗？真实拒斥偶然。既然如此，它们何以被我们用得如此普遍呢？

我来揭示其中的奥妙。赌博的生命力在于：赌场上不分长幼贵贱，身份平等，认赌服输，公平竞争；点球的合理性在于：用它决胜负，凭的是运气，运气对于每个人都是平等的，人为因素被排除在外；投票和抽签运用的普遍性在于：用它们确定结果，遵循的是"多数者得"和"中标者得"的原则，这一原则适用于每个人，只要每个人符合条件都可能被确定。总之，赌博、点球、投票和抽签的共性在于它们都具有形式上的合理性，这种合理性的核心则是机会平等。这体现的正是罗尔斯的实现社会正义的差别原则的内涵：社会和经济资源分配可以不平等，但这种不平等必须与职位相连，而职位必须对所有人都开放。

由此我想到了诉讼，诉讼是现代社会中解决纠纷的最主要的途径，也是最后一道合法救济的屏障，利用它来解决纠纷是现代文明和法治社会的一大标志。人类文明之所以选择它来处理纠纷，其根本原因也在于它自身的形式合理性。诚然，诉讼的根本目标是实现社会的实质正义，重新恢复失序的社会关系，但由于人自身的局限，有时通过诉讼并不能实现真正的正义。正如哈耶克所认为的：所有人的知识都是不完全的，掌握终极真理的先知先觉的天才是不存在的，人总是处于一种相对的"无知"状态，正是存在着这种无知，才决定了人必须遵守规则。人对某一事物的认识是依托于一定的规则和物质载体来实现的，当我们认为某事为"真"时，它并不一定真正为"真"，而只是它符合了我们认定它为"真"的规则和特征而已。比如，当我说在校园里走的人是张三，那么我头脑中就必须先有张三的一系列特征（这一系列特征就表现为一个规则），符合这一系列特征的人才能被我视之为张三。但我对张三特征的认识是不完全的，并且这种认识经常受到许多外界条件的限制和干扰，所以有时我根本无法认识张三或者经常把别人当成张三。对诉讼中的事实的认定也是如此，正是存在着这种无知和认识上的不能，立法者才在诉讼中设立了许多认识规则。诉讼中的事实是能用证据证明或以法律规则推导出来的事实，如果不能用证据证明或法律规则推导出来的"事实"，哪怕是"事实"，也不能算作"事实"。从另一个角度讲，如果法官离开了证据和法律，即使客观事实存在，通往实质正义的大道向他敞开，他也无法认知。正基于此，"谁主张谁举证""以事实（即证据）为根据，以法律为准绳"是现代司法的根本原则。于是，我们可以这样说，诉讼之所以能作为解决社会纠纷的手段就在于它存在这种形式合理性，即在诉前设立一套认定事实、判断胜负的规则，符合规则者胜，不合规则者败，规则对一切人都平等，机会为每个人都开放。在这既定的制度下，在法官中立性的主持下，只要给诉讼双方平等的充分的发言、举证和适用规则的机会，即使在诉讼中未实现实质正义或经济受损的人也往往认为这是公平的，因为每个人都有这样的认识和预期：法官对任何人在任何情况下都不能突破证据和法律来裁决；即使今天我因规则而受损，或许明天我会因规则而受益，即使这次他因规则而受益，或许下次他因规则而受损。从这个意义上说，即使中世纪时流行于欧洲的野蛮的"神明裁判"，就当时的审判水平、侦破技术和人们的认识能力而言，也有其存在合理性。因此，我们说，不能达到实质正义的司法人们是可以接受的，连形式合理性都不具有、连形式正义都不能实现的司法则是人们不能原谅的，我们通常所说的"审判不公""司法腐败"指的就是司法不能实现形式正义的情况。

目前我国司法存在的最大问题莫过于诉讼中形式合理性的缺失，这种缺失直接导致了民众对司法的不信任，其后果，一方面表现为许多人不愿通过诉讼来解决纠纷，另一方面表现为上访案件的数量急剧增加，同时以暴制暴的私力救济形式、甚至运用黑社会手段催要债务等现象在某些地方也多有发生。如前所述，利用诉讼解决纠纷是现代文明和法治社会的一大标志，如果欲实现司法的权威，欲将更多的纠纷纳入诉讼的轨道，消弭诉讼中的形式不合理现象是解决问题的关键所在。

5. 不宜把法官称作 "公仆" *

时下无论官方还是民间在表彰或称赞某个法官的时候，总是喜欢使用 "公仆" 这个概念，于是我们经常听到诸如这样的报道："柔情法官公仆心——记全国法院办案标兵某某同志" "人民法官的公仆情——记'省十佳法官'某某同志" "法官——天平下的人民公仆" "我是人民法官，应该做人民的公仆" "学习某某法官，争做人民好公仆" "法官不是啥官，是人民公仆" "一生公仆情、换得百姓心" "一份法官情，一颗公仆心" "人民的好公仆，为民办事的好法官" "还原法官本色，当好人民公仆" "殷殷法官情，拳拳公仆心" 等。

笔者认为把法官称作 "公仆" 是非常不妥的。"公仆"，顾名思义，是指为公众提供服务的仆人，在这样的语义下，"公仆" 意味着提供 "服务"，意味着 "主动提供服务"、还意味着 "无偿地不讲代价地提供服务"。依笔者看来，这种 "公仆" 的理念和法官的思维与司法的工作方式相去甚远。

法院虽然也属于国家的一部分，但是它的工作方式与其他国家机关的工作方式截然不同。首先，它采取的是一种被动式的工作方式，也可以这样说，法院的大门平时是关着的，如果你不主动敲，它的大门不会

＊ 该文原载于财新网 2015 年 9 月 29 日 "财新名家" 专栏。

主动为你敞开，在大门外即使打得你死我活，闹得人命关天，如果案件不起诉到法院，法官也可以视而不见。这正是法谚——"司法女神的眼睛是蒙着的"的真实意味，司法中的"不告不理"原则也体现于此。其次，法院所做的工作是有偿的，如果当事人不交诉讼费，法官不会为你提供裁判。也就是说，取得司法"服务"是需要付出成本的，法官不是在无偿的意义上为你服务的。

这两种工作方式使法院明显地区别于其他国家机关。一般来说，国家机关被纳税人所供养，就应该为纳税人服务，并且应该主动服务，如公安机关哪里有犯罪就应该到哪里去查办；税务机关在哪里发现偷税漏税就应该到哪里去执法，不主动作为就构成渎职。纳税人提供的税收是国家机关经费和其工作人员工资的来源，因此国家机关在为纳税人提供服务时是不需要其再交费的，如果再额外收取费用，就属于我们通常所说的乱收费，是违法行为。花了纳税人的钱，当然要为纳税人服务，因此他们应该被称为"公仆"。

法院也需要花纳税人的钱才能维持，法官却不应被称为"公仆"。司法权本质上是裁判权，法官本质上是评判人，作为评判人最可贵的品质就是公正，而公正的前提则是中立，即法官应该在当事人之间不偏不倚，居中裁断，而欲达致这种中立就得关上大门、坐在家里等着，也就是要"坐堂问案"，不能"主动服务"。试想如果法官跨出法院大门，主动"揽活"、主动推销自己的服务，那么这种中立如何能保障？公正又如何能实现？这种情况下在当事人交了费用还打不赢官司时，法官又如何和当事人交代呢？

法官不是神，而是普普通通的人，案件发生时他不在场，对于这些已经发生过的且他不在场的案件还让他来裁断，从生活的逻辑上讲，这是给法官出难题。所以法官要想在这种矛盾中完成任务，只能根据事先规定好的标准来对事实作出推断，因此法律之内的事实都是"规定性"，也可以这样说，能够用证据证明的或能够用规则推导出来的事实才能成为法律事实，而不能够用证据证明的或用规则推导出来的事实，哪怕是"事实"（客观事实）也不能成为"事实"（法律事实）。因此在司法实践中法官的认定和客观事实不相符的情况很常见。也就是说，当事人有理但因没有证据而打不赢官司的情况并不少见。如果法官坐在家里等着案件送上门来，遇到上述情况，面对当事人的质问他可以以"是你找的我，不是我找的你，欲通过司法来解决必须要有这样的预期"来回复，而如果案件是法官主动揽来的，遇到这种情况又如何和当事人交代呢？至于诉讼要交费更表明是当事人是求着法院而不是法院求着当事人。只有当事人求着法院，司法才能保持中立，如果颠倒过来，中立就无从谈起。这就是司法必须是被动的根本原因。

在人类社会的早期，人们有了纠纷往往通过"议事以制，不为刑辟"的方式进行，即由部落的首领、长老、族长等权威人物以"一案一议、案结事了"的方式来解决。这就是马克斯·韦伯笔下的"传统型权威"和"卡迪司法"。后来随着人们交往程度的加深，纠纷越来越多时，纠纷解决便日益需要专业化，于是专门为解决纠纷而存在的机构——法院就诞生了。由此看来，从人类司法产生之初就是以当事人主动找裁判者的方式进行。在传统中国，包括现在很多农村地区，有纠纷时人们仍然不习惯去找法院，而是由纠纷的当事人把村中有智慧的长者（通常称之为"学究儿"）请到家里，泡上茶、烫上酒，再请上本家族中的几位长辈亲属，通过坐下来商议的方式来评断。笔者小的时候曾经历过父母与爷爷奶奶分家的过程，就是如此。从中也可以看出裁判者应该是矜持的、被动的，是由别人请才出山的，是别人主动把案件提交给他的。

在西方的社会，法院甚至都超然于国家或公众，因为只有这样法院才能审理国家或公众作为一方当事人的案件。比如在美国，当年总统大选戈尔 VS 布什，最后也需要联邦最高法院一锤定音；法院享有司法审查之权，能够决定各级议会所通过的法律有效与否。如果非要说法官代表国家或公众，那么他就无法作为这些案件的评判人。显然"公仆"的概念与法官的这种中立性是不符的。

由此看来，无论从司法的源头上讲还是从其本质上讲，司法都不是法官主动提供给当事人的服务，是当事人主动找法院让请法官给予评判的一种活动，而法官的主动服务则可能危及公正，因此把法官称之为"公仆"是不准确的，是一种与司法规律相违背的提法。

前十年的司法，一个很重要的特征就是强调司法的能动性，强调法官要从法院走出去，要主动为经济建设服务，要为地方发展服务，由此各地法院也纷纷抛出诸多雷人的口号，如"走千村、访万户，千名法官进百企"；"变上访为下访，开展大走访、大接访"；"建立公检法联动机制"；"以法官的主动减少社会治理的被动"；等等。正是在这种理念和工作方式下，"公仆"才被定义为了优秀法官的形象和法官追求的职业目标。

当下新的一轮司法改革正在推进，司法权独立行使的原则又重新得到确立，司法的去地方化、去行政化的举措也正在酝酿和实施，如最高人民法院巡回法庭、跨行政区的法院、省以下司法机关人财物统一管理等实践的推进，表明当下的司法正在遵循一种与前十年司法截然不同的理念和思维方式。依笔者看来，"公仆"的称谓是与这种新的理念和思维方式不符的。树立新的理念不仅需要我们记住"新的"，还需要我们忘却"旧的"，让我们把"公仆"这种不符合司法规律的旧思维尽快地放到历史的故纸堆里吧！

6. 司法正义有赖于
"各负其责"和"各得其所"*

在当下有关司法的媒体中我们经常看到这样的报道:"某某县法官'三秋助农'""某法院送法下乡创和谐""某某法院百名法官慰问百名困难群众""下基层法官入村开展治安巡防""某法院:扶贫结对送温暖、真心实意解民忧""把法律送进千家万户,将和谐留在百姓身边——法官在田间地头宣讲法律""某某法院院长走进田间地头为群众排忧解难——某院长与村民一起查看枯苗""某检察院赴某社区开展普法宣传活动""某检察院下乡开展法制宣传教育服务基层群众""某检察院全身心投入扶贫济困活动""某县检察院下乡化解社会矛盾""某县检察院积极开展支农抗旱救灾工作""某检察院检察长深入农村开展'三联两访一帮'活动"等。

我国《宪法》规定,人民法院是国家的审判机关,人民检察院是国家法律监督机关,因此法院的职责在于审判,检察院的职责在于法律监督,由此看来,上面提及的活动严格说来并不属于法院或检察院的工作范围。扶贫帮困、慰问群众应该属于民政部门的工作,治安巡防应该属于公安部门的工作,送法下乡、普法宣传应该属于司法行政部门的工

---

* 该文原载于微信公众号"法学学术前沿",2015 年 10 月 14 日。

作，支农助农属于学习雷锋做好事！由此说来，我们的司法机关是在抢干本不属于它们职责范围内的活！

事实上，司法机关在抢干不属于自己工作的同时，不是无事可做，而是光自己的工作就忙得不可开交。例如法院，它们正面临着越来越大的受案压力，越是到基层，"案多人少"的矛盾就越突出。据统计，1979 年全国法院系统的工作人员约为 5.9 万人，其中法官估计近 4 万人；2010 年全国法院系统工作人员 32 万人，其中法官 19 万人；案件审理数量，1978 年为 61 万余件，而 2010 年估计将超过 1200 万件。30 多年来，法官的人数增长了近 5 倍，而案件数量则增长了近 20 倍。特别是当下，法院的案件受理方式由过去的审核制转变为现在的登记制后，案件数量迅猛增长，很多法官都在超负荷工作，往往一名法官一年要办到 300 多个案件，平均一天办一起案件。在当下反腐高压态势下，检察机关的工作任务也异常繁重，同样也面临着人手短缺的难题。

即使这样，近些年来民众对司法工作也不满意，司法公信力低，司法工作效率和质量不高也确实是司法领域突出的问题。既然如此，令人不解的是，在自己的工作还没有干好，在自己仍忙得焦头烂额的情况下，为何还要抢别人的活干？

古希腊哲学家柏拉图曾这样阐释正义，他认为：因为人的能力所致，每个人只能从事一种而不是多种职业，只有当人从事了一种他最适合做的工作时才能做得最好，所以社会需要分工，而社会的正义其实就是每个人从事着最适合自己的工作的状态。他把社会中的人分成统治者、军人、生产者三类，社会正义就表现为每一类人做着自己应当做的工作。比如，一个人愿意当国王，他有当国王的能力和热情，他当了国王不但能够把国家治理好，自己也身心愉悦，这就是正义！一个人愿意种庄稼，他有从事农业生产的能力和愿望，他做了农民，既能为社会多收获粮食，同时自己获得快乐，这就是正义！如果颠倒过来，即让愿意且适合做国王的人种庄稼，而让愿意且适合种庄稼的人做国王，这个社会就不正义了。让一个愿意且适合做国王的人种庄稼，只不过是大材小用而已，但让愿意且适合种庄稼的人做国王，那国家可要遭难了。俗话说，"女怕嫁错郎，男怕入错行"，中国历史上许多皇帝之所以成为昏君并不是因为他们智力低下或品行低劣，而恰恰是因为从事了一件他们不适合做或没有兴趣做的工作，他们原本可以成为出色的画家（宋徽宗赵佶）、精巧的木匠（明天启皇帝朱由校）、优秀的诗人（南唐后主李煜）、高雅的道士（明嘉靖皇帝朱厚熜）和思想深邃的佛学家（梁武帝萧衍），但因选错了职业，或落个千夫所指，或落个家败人亡！

作为一个法官，法律是他的专业，司法是他的工作场域，他在多年的审判实践中积累了丰富的经验，他最擅长的工作就是通过法律来为当事人裁断纠纷。让擅长裁判案件的人——法官来裁判案件，这本身就体现了正义。而让法官去从事本来不属于他的且自己也不擅长的业务，如普法、扶贫、维稳、帮教等工作，这反倒可能会导致别人的工作做不好，自己的业务也荒废了。

在西方世界，法官是非常神圣的职业，他守卫着社会正义的最后一道防线，他是矫正社会疾病的人，社会的公正很大程度上是通过法官来体现的，因此他进入职场之前是需要向神宣示的。正因如此，不是任何人随随便便就可以成为法官的。当初正是基于此，柯克法官才回绝了国王詹姆士一世想通过审案来消遣的提议并告诫他："法官要处理的案件动辄涉及臣民的生命、继承、动产或不动产，只有自然理性是不可能处理好的，更需要技艺理性。法律是一门艺术，在一个人能够获得对它的认识之前，需要长期的学习和实践。"

正是为了保证这种法官任职的严肃性，西方国家建立了严格的法官选任制度。要想成为法官必须在大学接受良好的法学教育，并且通过淘汰率极高的法官任职资格考试。例如在德国，法学本科生若要取得法官资格，必须通过两次国家司法考试。第一次考试即大学毕业考试，考试合格者要经过两年的实习，然后参加注重实际能力的第二次考试，通过后才可获得见习法官的资格。在日本，大学法律毕业生要想成为法官，首先要参加淘汰率高达95%以上的第一次司法考试，过关者才有资格参加第二次司法考试，通过后成为研修员，在司法研修所研习两年后参加第三次司法考试，通过者方能获得见习法官的资格。见习法官工作满5年后，才能取得法官资格。经过三次严格的司法考试，大约只有1/60的报考者最终能成为法官。英美法系国家除了重视系统的法学教育外，还非常重视律师的职业经历。例如，在英国，法官必须从律师中挑选，而且必须从英国四大律师公会的成员中任命。一般来说担任地方法院法官（不含治安法官）必须有7年以上的出庭律师资历，担任高级法院的法官必须有10年以上的出庭律师资历，且年龄必须50岁以上。担任上诉法院的法官或上议院的常任法官，必须有15年以上的出庭律师资历或2年以上的高等法院法官的资历。通过这样的法官选任制度，实际上那些没有经过长期法律规训或缺乏法律实务能力的人就被排除在司法之外了。

正是因为司法的重要性和任职的严格性，在西方世界法官一定要由高智商、高学历、高素质的人来担任，法官是该社会中的绝对的精英。同时法官的伟大还在于他是一种经验性的存在，他的工作需要一种被柯克法官称之为"技艺理性（Artificial Reasoning）"的能力。这种能力不是光依靠学习书本知识就能获得，而需要在长期地学习、训练、试错、总结中，在理论与实践、知识与经验不断的来回往复中潜移默化地形成。它的养成需要一个长期实践的过程。这正如英王亨利六世时代的大法官约翰·福蒂斯丘爵士所说的："法律乃是法官和律师界的特殊科学……要在法律方面成为专家，一个法官需要花二十年的时光来研究，才能勉强胜任。"所以在西方，法官是一个曲高和寡、超凡脱俗的职业，既没有人能随随便便地成为法官，同时成为法官的人也不能随随便便地再兼职做其他工作（兼职做大学教授除外）。让一个擅长法律、谙习司法经验的专家做一些技术含量过低的工作，不但是人才浪费，同时也是对法官职业的亵渎。

几年前在某个省份，曾推进一场"三进三同"运动，即公务人员"进基层、进村子、进农户，和农民同吃、同住、同劳动"，结果这些不会干农活的地方机关干部反而给农民增加了许多负担，有些机关干部开公车去给老百姓插秧、收谷，光停放在田间的车子就把老百姓进出的路堵得死死的，造成了很大浪费和不效率。前些年某县一位纪委书记积劳成疾、因公殉职，在弘扬其先进事迹时对其秉公执法、反腐倡廉的内容报道不多，对其扶贫救困、抢险救灾、乐于助人的事迹报道得却不少。不是说该书记的事迹不应该弘扬，而是说宣传者的思维是有问题的，因为这样的宣传削弱了主题。

社会离不开分工，每个人在这个社会中都有自己的角色，我们只要演好了自己的角色就应该说尽到自己的责任和义务，如果每个人都尽到了自己的责任和义务，社会正义就实现了。当下中国的很多社会问题恰恰是很多部门，特别是某些公权力部门没有演好自己的角色、没有尽到自己的责任和义务造成的。因此我们说，为人民服务不一定表现为干本职以外的工作，最大限度地做好自己的本职工作其实就是最为朴素的为人民服务！上述机关干部要想真正地为农民服务，就应该体现在本职工作中。如果你是农业部门的，就应该在为农民引进优良品种上做文章；如果你是水利部门的，就应该在为农民兴修水利设施上下功夫；如果你是质量监督部门的，就应该在查处假冒伪劣农资上花气力；如果你是公安部门的，就应该在惩办坑农害农的违法犯罪上动脑筋；这对于老百姓来说，要比给他们干农活实惠得多！

劳动诚然没有高低贵贱之分，但有简单和复杂之分、低投入的和高投入的之分。党和人民供我们上大学，甚至还需要我们上研究生，经过层层考试考上了公务员，之所以社会为我们投入这么高的成本，为的是让我们从事一般人无法从事的复杂劳动，而结果呢？我们却在"三进三同"的旗帜下又回到了原点！这岂不是浪费，如果不是浪费那就是作秀！

无独有偶，这种"越俎代庖""不务正业"的现象也表现在当下的司法机关中。许多司法机关之所以乐于从事司法事务以外的工作，归根结底是传统的"政法"式思维驱使的结果。在"政法"式思维下，公、检、法、司整体上是一家，都是国家政权机关的一部分，都有维护社会和谐稳定、促进社会经济发展的责任和义务，国家可以统筹安排，因此，它们自然应该无差别地承担着普法、扶贫、维稳、帮教等社会责任和政治责任。另外，"廉价司法"的理念也在其中发挥了重要作用。也就是说，从国家的层面并没有把司法视为一份特殊性的工作，并没有真正意识到司法的特殊意义、功能以及重要性。长期以来，在法院和检察院仍然奉行着一套与行政机关相同的管理机制，在法官和检察官的遴选、晋升、考核方面适用着和普通公务员大体相同的模式。在这样的理念与体制下，司法机关不应该具有独立性、专业性和特殊性，司法就应该和人民群众打成一片，过分强调司法的专业性往往有官僚主义和脱离群众之嫌。正是为了彰显这种司法的人民性，许多司法机关才在自己忙得焦头烂额的情况下依然对非司法性质的事务乐此不疲，而且在设计者们看来，越是把这种工作做到农村、农业、农民中，就越能显示这种人民性。

笔者认为，中国当下的司法必须保持人民性，但人民性的保持应以干好本职工作为基础，即法官审好案，实现了司法公正，化解了纠纷和矛盾；检察官做好了法律监督，让该受法律追究的人受到了追究；司法工作真正实现了习近平总书记提出的"努力让人民群众在每一个司法案件中都感受到公平正义"的期望，司法的人民性自然就体现出来了。

7. 法官需要理解　律师需要善待*

这些天司法领域很热闹，既有高级法官落马，也有律师被抓，舆论一片热议，所以今天我们就谈谈法官和律师。中国古代既没有纯粹的法官也没有纯粹的律师。中国古代的法官是由地方行政长官兼任的，如包公，他既是当时开封市的市长，又是开封市法院的院长，同时还是警察局的局长。包公既是法官又是侦探，而且我们现代人看包公的故事更爱看他做侦探那一段，除此之外，狄仁杰、海瑞、于成龙等都如此，所以《少年包青天》《神探狄仁杰》《海公案》等文学作品也都主要把他们打扮成侦探。

中国古代也没有纯粹的律师。讼师可能是和律师最接近的职业了。讼师之祖应该算是春秋时期的邓析了，但邓析最终被郑国的执政杀害，理由是，他"以非为是，以是为非，是非无度，而可与不可日变"，扰乱了当时郑国的社会秩序。在以后的中国社会，讼师基本上属于一种非法职业，他们被视为教唆词讼、搬弄是非、骗人钱财、扰乱治安的不法之徒，所以历代法律都有惩办讼师的规定。

由于法官被列为"官"之列，它的地位就高了。因为在"官本位"的社会，为官是每个人最高的人生追求，而且制度正义也是通过官来表

---

* 该文原载于财新网 2015 年 7 月 21 日"财新名家"专栏。

达的，因此法官往往被视为"青天大人"。而律师因为要从诉讼中谋利，与"君子喻于义"的原则相去甚远，因而被视为"讼棍"，属于"小人"之列。讼师在古代被官方所鄙视，还因为中国哲学属于"实践哲学"，特别鄙视"光说不练"的人，例如，孔子说："巧言令色鲜矣仁"，他把用花言巧语狡辩视为"佞"，所以讼师被列为奸邪之人。由此看来，中国古代法官的形象可比律师的形象光鲜多了，我们能在历史上找到很多优秀的法官，如张汤、董宣、包拯、海瑞、狄仁杰、于成龙等，但是很难找到一个具有正面形象的律师。

这种文化仍然影响着今天的中国。且不说极左时期律师曾经受到的批判，甚至一度该职业曾被废除，即使在当下律师的地位仍然不高，很多人把律师视为"为坏人说好话"的人，特别是一些"死磕派"律师被视为给司法机关"找麻烦""出难题"的人。虽然现在不可能遭遇到当年邓析那样杀头的命运，但是遭到"报复性"起诉的也不少，甚至有些人还因此被清理出律师队伍。

法官与律师同属于法律世界中人，但因为所从事工作的性质不同，因而社会对他们的道德预设也应该不同。法官的工作是为社会纠纷作裁判，而裁判者的最可贵的品质就是公正，而且法官是代表国家作裁判，他是社会正义的传播者，他的形象直接关系到国家的形象，因此社会或国家对法官报以更大的道德预期是应该的。也正因如此，在西方以漂亮的"蒙目女神"的形象来表征法官。而律师则是一个生活在民间的以法律为谋生手段的人，他应该被视为追求自身利益最大化的理性的经济人。所以律师不可能固定为某一主体说话，今天他可能为原告的律师，明天他可能为被告的代理人，替谁说话关键是看谁是雇主。职业伦理要求他必须维护自己当事人的利益，必须朝着有利于当事人的方向辩护，大致要遵循"花人钱财，替人消灾"的逻辑。我们不排除律师有可能为谋利常常在突破法律的情况下为当事人辩护，但是由于他们的辩护只是为司法裁判提供参考，最终决定权在于法官，因此只要法官业务素质和道德素质过硬，司法公正仍然能够实现。既然律师是一个纯粹的市场主体，那么对他的道德预期就不应该像法官那么高。无论是国家还是民众得允许人家律师有"私心"、谋"私利"、办"私事"。但是法官就不一样了，法官是国家公职人员，他要是谋私，就是犯罪了。

虽然律师是以谋利为生存手段的，但是他们的存在会对司法权力构成有力的监督。范忠信先生将律师比作司法森林中的啄木鸟，是非常有道理的。作为法律的内行，经常站在法官旁边，给他挑挑错、抬抬杠、提提醒，能够有效地防止司法专横和枉法裁判。正是因律师能起到这样的作用，在一个法治国家里律师的地位非常高，被视为监督政府、维护民权不可或缺的力量。而在一个威权主义的国家里，他的生存空间就很小很差，他们往往被视为不守本分的动乱分子！动不动就会以扰乱社会为名受到制裁。

法治国家应该把保证司法公正的工作重点放在约束法官上。因为法官的工作太重要了，他是社会正义最后一道防线的守护神。正如培根所说："一次不公的裁断比多次不法的行为为祸尤烈，因为不法的行为只是弄脏了水流，而不公的裁判则败坏的是水源。"法官是行使国家公权力的人，而公权力运行的特点又在于所有者和行使者相分离，即公权力的所有者是人民，而行使者是其代理人——公务人员。由于人的自利性的存在，代理人身上有可能会发生"不能以罗马法上善良家主的心态对待不属于自己的物"那样的对待手中权力的情况，于是权力寻租就有可能出现。所以英国的思想家休谟就曾郑重地告诉制度的设计者们："在设计任何政府制度和确定该制度中的若干制约和监控机构时，必须把每个成员都假定为是一个无赖，并设想他的一切作为都是为了谋求私利，别无其他目的。"只有预想他为"无赖"，承认人有"幽暗意识"，才能通过严密的制度控制他的权力，让他不敢做坏事。坏人不敢做坏事，坏人也就变成了好人。美国谚语说得好："我们姑且承认我们为魔鬼，当魔鬼监督魔鬼的时候，我们便都成了天使。"由此看来，法治主义坚持的是一种"先小人、后君子"的逻辑。

正因为司法工作太重要了，而司法权又太容易被滥用了，所以对法官才有了更高的法律要求和道德要求。在西方社会里，法官被视为社会的医生，是给社会治病的人，因此矫正别人错误的人自己是不能犯错误的，或者说犯了错误轻易是不能被原谅的，所以法官入职之前是要向神宣示的。然而，法官和律师一样同是从普通人中走出来的，在进入职场之前，他们都是同样的人，都是一般人、自利人、谋求自身利益最大化的理性的经济人，都是凡夫俗子、贩夫走卒、平民百姓。某一法官和律师有可能曾经是同学，也可能曾经是老乡。做同学的时候有可能做律师的这位还没有做法官的这位学习好，可能正是因为这位同学能力差才没有考上公务员，最后被迫当了律师，但正因为当了律师反而腰缠万贯，而那位同学恰恰是因为做了法官才注定要守着微薄的工资而清贫一生。而当这位律师代理的案件交到到这位法官手里，当他看到因为自己的工作别人赚到很多钱时，还能保持一个平衡的心态确实也是不容易的事。在职场中法官有光辉的一面，同时人们对他也有较高的道德期待，但是他也有生活的一面，他也有七情六欲、也有三亲六故，他孩子上学也需要交择校费，他父母有病也需要支付医疗费。当这些问题都让他焦头烂额的时候，在金钱的诱惑面前站稳脚跟确实也是一件很难的事。所以，说一千道一万，当下的司法改革无论怎么改，国家都不应该让法官的薪水太低。如果薪水太低，保持廉洁的难度就会增加，反腐的成本就会相对提高。现在许多地方推行司法人员分类管理，即法官员额制改革，而笔者认为，法官和其他司法辅助人员最重大的区别就应该体现在工资待遇上，如果工资待遇上没有区别，这种分类也就失去了意义。实行主审法官责任制，如果责任增加了，工资待遇没变，就违反了权利义务一致性的原则，法官为案件负责的动力也就减弱了。

从这一点看，我们应该以更加理性的眼光看待法官。有的人在工作岗位上犯了错误，并不意味着他在生活的场域中就是坏人。正如前两天刚刚落马的一位高级法官，他的同学回忆起和他相处的故事总是充满了同情和感伤。正如戈夫曼所说，生活中的人总有不同的角色，总是进行着不同的表演，所以说一个法官既有作为公职人员的一面，同时又有作为普通人的一面，这两个舞台有着不同的规则和要求，或许这位法官在生活的舞台上他是个合格的人，但在职业的舞台上他的确没演好这个角色，因为这个舞台有着更高的道德要求，有着更严格的法律规定，所以他自然要受到法律的制裁。

孔子曾经埋怨他身为高官的学生："虎兕出于柙，龟玉毁于椟中，是谁之过与？"晏子使楚之时曾经这样问楚王："橘生淮南则为橘，生于淮北则为枳，叶徒相似，其实味不同。所以然者何？水土异也。今民生长于齐不盗，入楚则盗，得无楚之水土使民善盗耶？"法官犯了错误，固然因为他在道德上和法律上没有严格地约束自己，但是我们的制度就没有问题吗？意大利刑法学家贝卡利亚说过："刑罚的有效性不在于刑罚的残酷性，而在于刑罚的及时性和不可避免性。"如果在一个制度松弛，为恶成风的环境中，对于出身于平民百姓同时也是凡夫俗子的法官来说，更高的道德要求又能起什么作用呢？所以防止司法腐败归根结底还要在制度上做文章，国家创造一个让法官"不能腐、不敢腐、不想腐"的制度环境是防治法官腐败的关键。

我们还要以更加宽容的态度对待律师。"天下熙熙，皆为利来；天下攘攘，皆为利往"，作为一个经济人，只要他在法律的范围内追求自己的利益就应该得到别人的理解和善待。同时我们还要看到，一个社会的多元机制需要律师来推动，有了律师，司法领域才不是法院的"一言堂"；有了律师，民众才不是可任人摆布的顺民和愚民；有了律师，司法行为才更加规范；有了律师，民众的权利才有人帮助实现。虽然律师需要为当事人维权，法官需要居中裁判，一个应该有倾向性，另一个不应该有倾向性，但是如果两者都以法律为判断行为的标准，都严格按照程序来实施自己的行为，最终他们的行为又是能够统一的。因此，在法治状态下，律师能够成为法官的朋友，能够成为社会和谐的促进力量。因此，我们说依法治国、司法改革离不开法官，也离不开律师。法官需要理解，律师需要善待！

8. 法律是远离激情的理性

　　"民主是法治的前提和基础，法治是民主的体现和保障"的表述作为一种常识，足以使我们耳熟能详。这是一种把民主和法治当成一对正相关的关系的表述。其实在实践中民主和法治未必都是正相关的关系。民主意味着一种"多数人的统治"，它往往是一种激情的统治，这种民主越接近于草根，其激情越明显，而法律，正如亚里士多德所说的，它是一种远离激情的理性，它强调程序和规则，强调确定性和秩序，因此民主和法治在人类的历史中和现实的生活实践中不总是相辅相成、互相促进的，而是经常发生着冲突。"民主的暴政"是这种冲突的典型表现。

　　提及"民主的暴政"，人们就会想起苏格拉底。苏格拉底的死源于平民法官的激情，而这种激情很大程度来源于苏格拉底平时的人缘和当时的庭上的态度。苏格拉底虽然是全雅典最有智慧的人，没人能辩得过他，也可能正是没人能辩过他，才使他未必能被大多数人接受，而在辩论中因他难堪的人，未必不心怀怨恨！而这些人一旦做了法官未必就不想报复他！所以在第一轮陪审团投票中就出现了280对220的结果，即有280人认为他有罪。而苏格拉底的态度对该悲剧的形成又起到了推波助澜的作用。在第二轮关于判处他何种刑罚的审判中，他的态度让陪审团着实生气甚至愤怒，因为他居然建议：对于他的刑罚，应该是宣布他是雅典城的公民的英雄，并宣告在他的余生中，有权在市政厅免费享用一日三餐。于是，第二轮的投票结果是 369 票对 140 票，决定判苏格拉底死刑。也就是说，至少有 80 人在第一次投票时认为他无罪，但在第二次投票时却判了他死刑。一个人有罪与否、科以何刑要由民众的情感决定，这是司法的悲哀！

其实在一种"广场化"的司法下，受害的不止苏格拉底一人，"多数人的暴政"是司法的常态。那些来自五行八作的平民法官，凭借情感来审判，因而上演的必然是一幕幕"狂欢式"的杀人场景！陈忠实先生所写的《白鹿原》中一段叙事更是将这种"狂欢式"杀人场景描绘得淋漓尽致：

"白鹿村清静的村巷被各个村庄来的男人女人拥塞起来，戏楼下的广场上人山人海，后台那边不断发生骚乱，好多人搭着马架爬上后窗窥视捆在大柱上的老和尚。按照议程，先由三个租他的佃户控诉，再由白鹿区农协会筹备处主任黑娃宣布对老和尚的处置决议：撵走老和尚，把三官庙的官地分配给佃农。可是斗争会一开始就乱了套。头一个佃农的控诉还没说完，台下的人就乱吼乱叫起来，石头瓦块砖头从台下飞上戏楼，砸向站在台前的老和尚，秩序几乎无法控制。鹿兆鹏把双手握成喇叭搭在嘴上喊哑了嗓子也不抵事。黑娃和他的弟兄们也不知该怎么办，这种场面是始料不及的。台下杂乱的呐喊逐渐统一成一个单纯有力的呼喊：'铡了！把狗日铡了！'弟兄们围住黑娃吼：'铡狗日的！'黑娃对兆鹏说：'铡死也不亏他！'鹿兆鹏说：'铡！'五六个弟兄拉着早已被飞石击中血流满面的老和尚下了戏楼，人群尾随着涌向白鹿镇南通往官道的岔路口，一把铡刀同时扔到那里。老和尚已经软瘫如泥被许多撕扯着的手塞到铡刀下。铡刀即将落下的时候人群突然四散，都怕溅沾上不吉利的血。铡刀压下去咔嚓一声响，冒起一股血光。人群呼啦一声拥上前去，老和尚被铡断的身子和头颅在人窝里给踩着踢着踏着，连铡刀墩子也给踩散架了。黑娃和他的革命三十六弟兄以及九个农协的声威大震，短短的七八天时间里，又有四五十个村子挂起了白底绿字的农民协会的牌子。"

法国心理学家古斯塔夫·勒庞认为，大众行为呈现出一种"群体精神统一性的心理学定律"（law of the mental unity of crowds）。个体的意识个性淹没在群众心理之中，群众心理诱发出情绪，意识形态通过情绪感染得到传播。一旦被广泛传播，意识形态就渗透到群众中个体的心智之中。这直接使他们行为表现为不可容忍、不可抵抗或不负责任。在群集的情况下，个体可能放弃独立批判的思考能力，而让群体的精神代替自己的精神，进而放弃了责任意识乃至各种约束，最终使最有理性的人也会像动物一样行动。

正是在这种"群体精神统一性的心理学定律"下，老和尚丢掉了性命，而这个结局是超出了革命者预先设想的，完全是在群众激情下即席发生的，并且在群众的激情的裹挟下，共产党员鹿兆鹏也失去了理性的判断能力，以至于作出了有悖初衷的决断。虽然这出自文学故事，但我相信该种场景在过激的革命运动和极左时代并不鲜见，下面这样的故事也完全可能：

在斗争地主的运动中，由贫下中农控诉王地主的罪孽。贫民甲控诉说："想当年，我到他家要饭，他家吃炖肉烙饼，他却只给我一块玉米饼子！"贫民乙说："你要到了一块玉米饼子还不错，他家依然吃炖肉烙饼，却只给我了一碗馊泔水！"贫民丙说："你们到底还要到了一点东西，我到他家要饭，他家吃炖肉烙饼，大门紧闭，我怎么敲门，他都不给我开！"贫民丁说："我到他家要饭，门他是给我开了，他却吐了我一口痰，让我滚出去！"你一言我一语，七嘴八舌，群情激愤，大伙一致认为，像王地主这样的人，不杀不足以平民愤，新社会不能再留这样的人。结果，王地主被就地正法。

如果从法律的角度分析，这样的裁判行为是有问题的。对王地主的行为定性关键要看他是否有义务给你一块饼子，如果没有义务给你饼子，纵然他的行为让人气愤，他仍然不构成违法；如果他真有义务给你饼子而没有履行这项义务，纵然违法，是否就一定构成犯罪？纵然他构成犯罪，是否就应该被判处死刑？纵然他应该被判处死刑，是否就应该通过就地正法的方式履行？总之，在法治的视角下剥夺一个人的生命要有法律上的理由并要遵循法律上的程序，即要坚持罪刑法定和正当程序的原则，而所谓的"群众司法"恰恰缺失的正是这些。

提及民主，我们很自然地把它视为专制的反动，并自觉地将其与平等、自由、权利、正义统一起来，把它看作人民享有自由、行使权利的必然手段和保障。其实，专制与否与决策者人数的多少并无必然联系，专制也并不只是少数人的专利，而民主也不必然就会实现人的自由、平等与公正。少数人的决策可以形成专制和暴政，多数人的决策未必不会如此。决定决策的公正与善良的最根本条件是决策者的人文主义情怀，即决策者要在将被决策者视为与己相同的人的意义上作出评判与处断，而多数人并不一定就比少数人更具有这种情怀。正如林达先生所说的："民主制度所推崇和认可的多数人统治，假如没有人性的反省和追求，假如人道主义得不到高扬，假如不在追求自己的自由的同时，也尊重他人的自由，那么民主大树所生长的，往往只能是'多数人的暴政'这样的畸形恶果。"

传统社会的专制更多的是由少数人造成的，而近现代社会的专制却往往是由多数人造成的。而人们往往更关注于前者，更容易忽视后者。民主越是接近于草根，越是依托于大众，这种"多数人的暴政"发生的可能性就越大。

法治从本质上是反情绪化的，因为法治表征着一种处理问题的理性化的状态，意味着一种依据规则和程序处理问题的方式。只有依据固定化的规则和程序，排除情绪化的决策机制，才能保证裁判结果的确定性和法律适用的公平性。

美国的法学家伯尔曼说:"法律是一种特殊的创造秩序的体系,一种恢复、维护和创造社会秩序的介于道德和武力之间的特殊程序。"从某种意义上说,无论是实体法还是程序法,都是一套程序制度化的体系或制度化解决问题的程序。程序性是法治的本质规定性,这也是它和大众化决策方式根本性的不同。在程序的框架内解决问题,能够抑制人的情绪,平和人的心态,因为寄希望于法官能够依据统一的规则裁断,所以两造双方即使有深仇大恨也能在同一场景下相视而坐,在和平的环境下解决纠纷。按照程序办事是决策理性化的保证,使裁判结论能被接受的重要前提,因为按照程序推导出来的结果才具有合法性和确定性。程序是由一个个步骤和环节组成,经历各个步骤和环节往往需要一个历时性的过程,在这个过程中决策者的情绪被平缓;因为给予两造双方平等的质证和辩论的机会,因而会缩减决策者发生错误的机会,而在一个持续化的过程中,即使决策者发生了认识性错误也较之情绪化的决策者更有改进的机会。

法治是与一套救济和究责机制联系在一起的,在法律的途径下,有明确的责任主体,奉行责任自负的原则,每个人应该对自己的行为负责,而在民主条件下,往往受害的主体是特定的,而侵权主体往往是不特定的,在"法不责众"的机制下,导致每个人都不负责任。缺失法律约束的民主,其破坏性的根源就在于此。

在1919年,那时还是讲师的梁漱溟先生,就在《论学生事件》一文中,从法律的角度对于当时学生运动中的过激行为进行过反思:

"我的意思很平常,我愿意学生事件付法庭办理,愿意检厅去提起公诉,审厅去审理判罪,学生去遵判服罪。检厅如果因人多检查的不清楚,不好办理,我们尽可一一自首,就是情愿牺牲,因为如不如此,我们所失的更大。在道理上讲,打伤人是现行犯,是无可讳的。纵然曹、章罪大恶极，在罪名未成立时，他仍有他的自由。我们纵然是爱国急公的行为，也不能侵犯他，加暴行于他。纵是国民公众的举动，也不能横行，不管不顾。绝不能说我们所作的都对，就犯法也可以使得。……我以为这实是极大的毛病。什么毛病？就是专顾自己不管别人，这是几千年的专制（处处都是专制，不但政治一事）养成的。"

中国的传统中缺少民主，所以当下的中国人更渴望民主，但是我们必须知道，只有在法律框架内运行的民主才能保证其有益于人民。因此，从这个角度讲，民主确实离不开法治，离不开规则的约束。从我们党和新中国的历程看，我们从群众运动中既受过益，也受过害。中国的发展离不开民主，更离不开法治；离不开民主基础上的法治，更离不开法治之下的民主。

9. 倒下一个好法官　砸出一堆社会病*

　　继去年湖北十堰市法官遇刺事件后，又一名法官倒下了，两起事件的性质大体相似，区别仅在于，先前用的是刀，这回用的是枪，先前只是法官被重伤，而这次遇害的女法官却永久地离开了我们。她叫马彩云，是北京昌平区人民法院的一名法官，也是我的校友。据报道歹徒杀人的手段相当卑劣，两名男子分别向一名弱女子开枪，马彩云身中两枪，一枪腹部中弹，一枪击中左侧面部，送医院后抢救无效身亡。马彩云中枪后，歹徒又向随后追来的她的丈夫李福生开枪。子弹击中他的腰带，造成其轻伤，侥幸逃生。

　　得知马彩云法官被害的消息后我内心除了对死者的悲痛、对凶手的愤慨之外，还夹杂着许多不理解甚至震惊。虽然是校友，但我并不认识马彩云，甚至此前都没有听说过她。让我不理解的是，当在朋友圈里得知这一消息后，当我想打开这样的链接时却打不开。在随后的搜索中，我发现许多与她相关的消息不是被封锁就是被删除，而且官方媒体和她所在单位发声相当迟缓、甚至缺失。令我震惊的是，铺天盖地的跟帖中充斥着大量的对死者漠视、侮辱，甚至谩骂式的词汇，弥漫着对死者的"幸灾乐祸""罪有应得"等类似的情绪。

---

* 该文原载于微信公众号"法学学术前沿"，2016 年 2 月 29 日。

对于马彩云的死，在我悲痛、愤慨、不理解和震惊之余，也让我更清楚地看到了一些中国社会的"病"。首先是对生命的冷漠。这从官方媒体的谨慎和网友的发帖就足可见一斑。或许官方的谨慎更多地是为了"维稳"的需要，网友的发帖更多的是在发泄对社会的不满，但无论是出于什么样的目的，这其中表现出的对生命的冷漠都是让人无法接受的。在这个世界上没有比人的生命更可贵的东西了，一切人的生命都应得到应有的尊重和保护，这是任何一个文明的社会必须要坚持的道德底线。任何人都没有任意剥夺他人生命的权利，这应该成为一个社会最起码的共识。这个事件的起因可能是多方面的，但无论因为什么，都不应诉诸暴力，都不应伤害一个人的生命，伤害他人生命的行为就是赤裸裸的犯罪。这是我们讨论该问题的基本立场和底线，是评价相关问题对与错的基本前提，是近乎常识性的道理。我想，对此许多人不是不知，而是"有病"！具体说，是受到一种病态的心理和情绪的支配！

人和动物本质的区别就在于人懂得同情和怜悯，所以人类社会的良性法则才是人文主义，即把人看作人，特别是决策者要把被决策者看成和自己一样的主体而不是任意处置的客体。无论是政府还是普通人都应该知道：只有把公民当成人的政府，公民才会有理由爱它；只有把别人也当成人的人，别人才有可能把你当成人。我记得，当年汶川大地震和去年的长江沉船事故发生之时，无论是当年的总书记、总理还是现在的总书记和总理强调的第一句话和重复最多的话就是"救人"。由此我又想起，当年孔子上朝，马厩失火，回来后问及下人的第一句话就是"伤人乎"，因为孔子"爱人"，他才被人敬仰。

20世纪80年代末，当时两德尚未统一，一个名为高定的东德人在偷跨柏林墙的时候被警察枪杀。90年代初两德统一后，法庭审判此案。尽管当时的开枪的警察辩称，自己是为了执行命令，不得已而为之。但最终法庭仍然判他有罪。法官认为："虽然法律要你杀人，可是你明明知道这些唾弃暴政而逃亡的人是无辜的，明知他无辜而杀他，就是有罪。作为警察，不执行上级命令是有罪的，但是打不准是无罪的。作为一个心智健全的人，此时此刻，你有把枪口抬高一厘米的主权，这是你应主动承担的良心义务。"也就是说，不论出于什么原因，一切漠视和无视人生命的行为都是有罪的。

从马彩云遇害事件中，我们也看到了严重的官民对立情绪，马彩云只是该种社会情绪的直接受害者而已。在这种情绪下，每每遇到官民冲突，在民间舆论中必然一边倒，只要站在弱势主体一方，你就占据了道德制高点；只要你为政府说话，不论是非对错，招来的定是一顿"道德上的板砖"。我们厌恶思想被牵制，我们高呼言论自由，但在这样的网络中，我们的思想同样在不知不觉中被牵制，我们的独立思考能力同样在悄然无息中被克减！这也是一种"意识形态"，是一种福柯意义上的钳制人思想的"权力"。

在这里我并不是要为政府辩护，事实上，一直以来我都是一个坚定的现实社会的批判者。当然我们必须承认，很多社会矛盾的确是因政府违法和执法不当引起的，我们的体制依然存在着相当大的缺陷。但是，我想说的是，在这样的情绪化的氛围中，在这样的一种民间的"意识形态"中，在这样的一种惯性思维所形成的路径依赖中，我们常常可能会失去客观和公正。

中国社会虽然存在这样那样的问题，尽管人们对政府也有这样那样的不满，但有一点我们必须要知道，中国的任何问题只能放在一个和平的环境中，通过一个理性的渠道，更多地通过对话式的方式才能解决。而政府也必须知道，在当今网络化的时代，只有让人民广泛参与，让人们畅所欲言，拓宽民众和政府对话交流的渠道才能保证真正的社会稳定与和谐。堵塞言论、搞神秘主义只能把事情办得更糟！这两方面恰恰是我们的社会所最为缺乏的。

情绪只能坏事，理智才能成事。"己所不欲，勿施于人"应该成为我们处理一切问题的原则，那种"宁可我负天下人，不能天下人负我""当我弱势的时候，你得保护我；当我强势的时候，我就整死你"的心态是自私的心态。正如我的老师——姚建宗先生，对马彩云的悼念文章中所说的："法治是建立在高贵、优雅、自重、从容的人际生活空间之中的，在一个泯灭基本人性、轻侮平等生命、无视基本人权的社会，在一个充满着暴戾之气和暴力行为的社会，在一个毫无尊重而以轻贱他人为乐却自大且自我膨胀无度的社会，是绝不可能建成法治的。"

马彩云遇害事件暴露出来的是中国当下司法机关公信力低、权威性不够、法官生存环境脆弱的事实。这更多的是体制上的问题。有人说，对于该事件的发生法官有责任，没做好当事人的思想工作。我认为，这是一种"站着说话不腰疼"的说法。在目前形式下，法院是当下中国最不能"怠政"的机关。

据统计，改革开放 30 多年来，法官的人数增长了近 5 倍，而案件数量则增长了近 20 倍。特别是当下，法院的案件受理方式由过去的审核制转变为登记制后，案件数量迅猛增长，案多人少的矛盾更加突出。许多法官都在超负荷运转，很多法官一年要办到三四百个案件。例如，马彩云，自 2007 年至今，年均结案近 400 件。这是一种超越生理极限的工作方式，甚至有的法官就直接累死在工作岗位上。最近这样的报道很多。据笔者的调研，随着法官员额制的推进，这种案多人少的压力会进一步增加。因为按 33%—39% 的员额比例，原有的一大批法官要退出员额而成为法官助理，而事实上常常是员额内的法官领导不了这些由法官转化过来的助理，所以进了员额的法官既要审案，还要做助理。这就是说，办案的人少了，但工作量增加了，所以就更累了！在如此大的工作压力下要想把每个当事人的思想工作都做到位，谈何容易！

法官的结论与当事人的要求有分歧是正常现象。对于同样的服务水平，不同的人有不同的看法，有的人可能会觉得很满意，相反，有的人可能会很不满，是否满意属于当事人的主观判断，没有统一的判断标准。"胜败皆服""案结事了"只是一种理想化的目标。对于思想认识问题，要求法官通过做工作来解决是不现实的。

中国目前正处于社会转型期，社会矛盾突出，很多纠纷是历史、体制形成的，比如劳动争议、土地拆迁、环境污染、政府侵权等问题。这些问题，以目前法院的实力、能力和政治地位，是根本无法解决的。但在中央"有案必立、有诉必理"的原则下，这些案件都推给了法院，要由法院作终极结论，所以法院常常被推到了矛盾的风口浪尖上。当事人常常把法院当成了社会不公的出气筒。上访、闹访、缠访大多是针对法院。

在刑事诉讼中，法院弱势主体地位更加突出。公安机关，由于其在维护社会治安和国家稳定中的特殊职能，无论是在政治地位、人员的数量还是在实际管理能力等方面都占有绝对的优势，掌握着许多不通过其他机关就可自行实施的强制措施（逮捕除外）。检察机关是我国宪法规定的专门的公权力监督机关，法院和法官也在其监督之下。相比较而言，法院既没有公安机关那样的"实力"，又没有检察机关那样的"权力"，反而成了刑事诉讼权力架构中的"弱势群体"。

法院处于"步进式分段诉讼结构"的末端，要在诉讼流水线上接受由公安机关、检察机关传过来的"半成品"。因为只有法院作出结论后，整个诉讼活动才能结束，只有法院得出的结论同它们一致，才能保证前两道工序的正确。所以从某种意义上说，当下中国的刑事诉讼既是公检法三家共同发现犯罪、打击犯罪的过程，同时又是公安、检察两家共同说服法院与其保持一致的过程。在这一说服过程中，作为弱势群体的法院很难坚持自己的独立意见。也就是说，某一案件，如果开头就办错了，很难在审判环节得到纠正。可以这样说，如果在权力配置、在诉讼结构上不做实质性的调整，那么当下中央所倡导的以审判为中心的诉讼机制改革，只具有口号意义。中央试图通过建立一种"错案倒逼机制"，严把审判关，把错案倒逼回去，在这样的诉讼结构下，其结果常常是，错案没有被逼回去，法官倒是被逼走了！因为法院处在诉讼流水线的最后一个环节，结论是由法官具体作出的，因此当事人往往把怨气都撒在法院或法官身上。正因如此，在任务重、薪水低、压力大的形势下，许多法官选择了辞职。

因为法官成了矛盾的焦点，随之其人身危险性自然增加，与此相应，法官的人身保障、职业保障机制却没有建立起来。在现实中，威胁、恫吓甚至侮辱法官人格的行为司空见惯。马彩云遇害事件折射出的是当下中国法官令人担忧的人身保护现状。

马彩云的离去折射出的是中国社会的问题。这些问题不解决，类似的悲剧就还可能发生。没有一个轻视法官的社会能建成法治的，没有一个法官缺失尊严的社会法律会有权威的，一个由激情和感性所左右的社会注定是个畸形的社会，"愤青"和暴力都无助于问题的解决。在悲痛之余，理性地思考中国社会问题的解决之道才是正理！

10. "公审大会"让我们看到了什么[*]

"其实不想走，其实我想留"，正如这首歌所唱的，直到今天，盛行于"极左"时代的"公审"还迟迟不愿淡出我们的视野。2016 年 3 月 16 日阆中市人民法院举行的公开审判大会再次证明了这一点。"公审大会在江南街道办举行。不少群众表示自己接受了一堂法治教育。大会对张某、戚某、欧某等 8 人妨害公务罪进行了集中审判，依法判处张某等 6 ~ 8 个月的有期徒刑。"

从这一隆重的公审仪式中，我们看到了在审判中消逝多年的"专政主义"的影子。这种"专政主义"系继受苏联而来。它将犯罪的本质理解为"孤立的个人反对统治关系的斗争"，把犯罪者视为专政的对象，视为阶级上的敌人。审判的过程不是发现事实真相的过程，不是区分是非曲直的过程，而是对敌专政的过程，是一个对被专政对象实施惩罚的过程。

在这场仪式中，我们体会到了一种福柯意义上的"身体政治学"。即通过对犯罪者的身体施加影响，以达到惩罚犯罪、震慑不法、教育群众、维护社会稳定的政治任务。公诉人控诉、法官宣判、法警执行，军事化的服装道具、广场化的司法场景、飘扬在上空的官方语言、犯罪嫌

---

*　该文原载于微信公众号"法学学术前沿"，2016 年 3 月 21 日。

疑人惊恐猥琐的表情，公职人员发出信息的身体、犯罪者承受处罚的身体、群众接受教育的身体，等等，交织在一起，烘托出一种官方必胜、违抗者必败的氛围。这是在上演一场如福柯所说的胜利者"凯旋的仪式"，进行一场"一方对一方的胜利将产生符合某种仪式的真理的战斗"。在这场战斗中，在这场仪式的上演中，我们看到的是"流动的权力""被俘获的个体"以及"消逝的权利"，我们已经感知不到公诉人、法官、法警以及其他公职人员的身份差别，他们已经形成了一个具有独立人格的公共主体——一个"公共的大我"，共同来声讨和惩罚犯罪分子。在这场力量对比悬殊的战斗中，在这场按事先的安排必须进行下去的仪式中，当事人的辩护权、隐私权、人格权荡然无存。

从这隆重的仪式中，我们感知到了官方的"团体主义思维"。这种惩罚不仅仅针对的是犯罪嫌疑人，更针对的是广大的群众。与其说是对犯罪者的惩罚，不如说是对人民群众的教育。正如韩非所说："且夫重刑者，非为罪人也……重一奸之罪而止境内之邪……报一人之功而劝境内之众也。"这是一种"杀鸡骇猴""杀一儆百"的方式。如果说是为了教育他人，是想通过扬威来震慑、恫吓他人，那么具体惩罚谁已经变得不重要了，只要有惩罚的对象就可以了，只要通过惩罚某人达到了教育和威慑的目的就可以了。因此，这种思维下的审判注重的是表演，不在乎到底要惩罚的人是谁。正如我们的司法俗语中所说的："不杀不足以平民愤"，目的是"平民愤"，具体"杀谁"不是最关键的，只要有"杀"的形式就可以。这是典型的"团体主义思维""维稳式的思维"。我们在先前年代里进行的一次次的"严打"，就是由这样的思维来支配的。

在这隆重的仪式背后，我们看到的是感性主义的幽灵在飘荡。正如在"专政主义"思维下，它已经把犯罪嫌疑人定义为"敌人""坏人"，那么审判就是对受审者情感上的控诉、道德上的训诫。既然把受审者定义为"敌人",那么他们的权利就理应受到克减;既然是针对"坏人"的审判,那么程序就变得不那么重要;既然是"正义"面对"邪恶"的斗争,那么目的的"善"就可以诠释手段的"恶";既然在审判之前就已经把被审判者定义为"敌人"和"坏人",那么无罪推定原则就是形同虚设的。

在这隆重的仪式背后我们领略到了中国司法的地方治理功能。审判不单单是一种裁判技术,更是一种治理技术。它要为地方经济建设服务,要为地方的社会稳定做出贡献。讨薪者破坏了地方的和谐,给地方领导添了乱,抹了黑,不严惩不贷、以儆效尤,否则地方将永无宁日。在这场对讨薪者惩罚的仪式中,我们看到了公、检、法三机关的"共谋"。在诉讼流水线上,有"做饭"的,有"端饭"的,有"吃饭"的,但只有处在诉讼流水线的最后一个环节的法院作出裁判后,这个任务才算完成。于是,它们之间分工合作,密切配合,共同完了一项政治任务,履行了地方治理的功能。

其实在刑事诉讼流水线上,法院的地位相当弱势,在强大的"公安"面前,在国家法律监督机关——检察院面前,它常常处于"听喝"的地位,它更多地是要和公、检两家保持一致,很少有独立的声音。尽管如此,因为它处在流水线的末梢,所以老百姓也更容易找法院的麻烦,所以它常常扮演一种"替罪羊""受气包"的角色。今天阆中法院的超凡的举动,或许是为了"刷存在感",大有"别拿豆包不当干粮"的意思;或许它也是被逼无奈,有更强势的力量让它如此,谁让它是最后做结论的呢!

公审大会折射出来的这些思维、理念和功能都是与法治主义格格不入的。它是极左时代"广场化司法"的产物,它严重地背离了现代法治中的程序主义、理性主义、平等主义、无罪推定、权利保护等原则,它理应被扫进历史的垃圾堆。其实,早在1988年最高人民法院、最高人民检察院、公安部就联合发布了《关于坚决制止将已决犯、未决犯游街示众的通知》，强调："各地公安机关、检察机关和审判机关务必严格执行刑事诉讼法和有关规定，不但对死刑罪犯不准游街示众，对其他已决犯、未决犯以及一切违法的人也一律不准游街示众。如再出现这类现象，必须坚决纠正并要追究有关领导人员的责任。"

事实上，直到今天这种形式还没有淡出人们的视野。阆中市人民法院的公审就是典型的例证。之所以如此，是因为在我们目前的某些领导当中人治思想还很严重、人权思想还很淡薄，他们更喜欢通过政治手段处理问题，不习惯通过法治思维和法治方式来解决问题。"法治"（rule of law）不仅仅是"通过法律的治理"，更是"法律人的治理"，即由具有法律思维的人的治理，因此，对于建设法治国家来讲，一个国家中的人们，特别是领导者，头脑中的法律思维、法律意识比之文本中的法律规定重要得多。从阆中公审事件我们不难看出，中国的法治之路确实还有相当长的一段路要走，培养掌权者的法治思维和法治行为方式是当下推进依法治国事业的关键。

11. 应该为引用《圣经》的判词叫好 *

　　最近重庆市巴南区法院的一份判决书火了，因为法官将《圣经·马太福音》中的表述写入其中。法官在判决书中这样写道："在婚姻里，如果我们一味的自私自利，不用心去看对方的优点，一味挑剔对方的缺点而强加改正，即使离婚后重新与他人结婚，同样的矛盾还会接踵而至，依然不会拥有幸福的婚姻。'为什么看到你弟兄眼中有刺，却不想自己眼中有梁木呢。你自己眼中有梁木，怎能对你兄弟说，容我去掉你眼中的刺呢。你这假冒伪善的人，先去掉自己眼中的梁木，然后才能看得清楚，以去掉你兄弟眼中的刺。'（《圣经·马太福音》）正人先正己。人在追求美好婚姻生活的同时，要多看到自身的缺点和不足，才不至于觉得自己完全正确。本院认为，原、被告通过深刻自我批评和彼此有效沟通，夫妻感情和好如初，家庭生活和和美美存在高度可能性。"

　　对这样另类的判决，质疑之声不绝于耳。一篇题为《判决书引用〈圣经〉不妥当》的文章认为"裁判不应利用其地位优势宣传宗教倾向"。我认为对该判决下这样的结论有失公允，有小题大做之嫌。其实该法官引用圣经中的话只是用作说理，其目的无非是增加自己的论证效

---

* 该文原载于微信公众号"法律读品"，2016 年 6 月 25 日。

果而已。这段话所要表达的无非是：夫妻相处，要多看看对方的长处，多反省自己的不足，互相包容才能和谐美满。用老百姓的话说：两口子过日子，"宜粗不宜细"，别整天"乌鸦落在猪身上，看到别人黑看不到自己黑"。借用戴复古的诗说，就是"黄金无足色，白璧有微瑕。求人不求备，妾愿老君家"。"容的下自己眼里的木梁，也得容的下别人眼里的草刺"；"先去掉自己眼中的梁，才能要求去掉别人眼中的刺"。这不正是孔子的"忠恕"思想吗？"忠恕"思想可是迄今为止世界各个民族认同感最高的规则。"己欲立而立人，己欲达而达人""己所不欲，勿施于人"，既然"仁者，爱人"，夫妻之间的"爱"就应该体现在互相包容和谅解中，而不应该体现在互相挑剔和指责中。该法官所要表达的就是上述公理，无非在形式上借用了《圣经》而已，如何就成了"宣传宗教"？是因为它来自于西方，还是因为它来自于宗教？

如果这位法官不用圣经中的话，而直接用孔子的"己欲立而立人，己欲达而达人"之类的话表达，还会有人批评他宣传宗教吗？有人会说，那当然不是，儒家思想不是宗教。我说，那可未必！不也有很多人将之称为"儒教"或"孔教"吗？[①] 前些年，北京东城区法院在审理一起民事赡养案件时，将我国儒家传统经典《孝经》的内容纳入到了判词之中。北京丰台法院则把《弟子规》中的孝道观点——"亲爱我，孝何难；亲憎我，孝方贤"——通过法官寄语的方式写入了判决书，而在该院受理的另一家事案件的判决书中也出现了"慈母手中线，游子身上衣""孝乃大义"等词句。这些判词是否也有"宣传宗教"之嫌呢？对于这样的判词，要是我们能接受，是因为它是中国的，还是因为它不是宗教的？

不能接受的原因，若是因为来源于西方，那我们未免太狭隘了，只

---

① 马克斯·韦伯有一本书就叫作《道教与儒教》；五四时期，就被称之为"孔教"。

要表达的是人类的公理，何必拘泥于中西呢？若是来源于宗教，那真的大可不必。善良的宗教与现代法治在追求人类的"至善"方面是相通的，借用宗教经典教义宣传人类的共同价值，利用人类共同价值来实现裁判说理，未尝不可。其实，《圣经》也好，《论语》也罢；到底来源于宗教，还是来源于伦理；是出自西方，还是出自本土，并不重要。它无非就是一种说理的方式而已，重要的是要把理讲清楚，要是有助于把道理讲清楚，又何必太计较采用了哪种形式呢？

有学者在《法官的基本任务是依法裁判》一文中认为"这样的判决有违'政教分离'的原则"。这种观点，我依然不敢苟同。其实，让我们法律人耳熟能详的一些经典表述好多都来自西方神学。如"司法女神的眼睛是蒙着的""为实现正义，哪怕天崩地裂""上帝的归上帝，凯撒的归凯撒"。特别是一些罗马法上的法谚，如果细究起来大多和宗教有关。这些格言，我们的学者和法官在写文章、谈体会甚至许多领导在做报告时都经常引用。许多法院的文化长廊里都印有"蒙目女神"的形象，她的原型是古希腊正义和秩序女神忒弥斯（Themis），这无疑是来源于宗教的。就连经常被当下司法文化奉为座上宾的来源于本土的"獬豸"，其原型也是一种神兽。即使谈不上是宗教的，也应该属于神学的。上述借用这些宗教或神学题材来表达某些现代法治内涵的做法，恐怕没有人说这是"政教合一"。为什么法官在判决中引用圣经的某些话语说理就成了"政教合一"了呢？

该学者还认为这种做法有违"以事实为根据，以法律为准绳"的司法原则。其实在该案中，法官并不是把《圣经》中的表述用作裁判规则，而是用作说理规则，所以谈不上违背"以法律为准绳"的问题。从法律渊源的角度看，法律渊源有正式的法律渊源和非正式的法律渊源之分。正式的法的渊源是指具有明文规定的法律效力并且直接作为推导法律结论大前提来适用的规范性资料。非正式的法律渊源是指不具有明文规定的法律效力但具有法律说服力并能够作为推导法律结论大前提来适用的规范性资料。既然非正式的法律渊源只发挥说服功能，那么，道德、政策、习惯、公理等一般社会规范都可以成为司法裁判的非正式渊源，自然反映人类共同价值的宗教教义也不例外。

退一步讲，即使让宗教的教义作为正式的法律渊源也未尝不可。一般认为，法律与道德、与宗教的分离是现代司法的重要标志。的确如此，但这种分离在刑事领域比在民事领域要彻底得多。在现代社会，在刑事司法领域严格地执行罪刑法定原则，绝对禁止以道德、宗教给一个人定罪，这正如意大利刑法学家贝卡利亚所说的："法官不能以热忱和公共福利为借口审理法律没有规定的案件。"

而在民事司法领域这种分离则不像刑事司法那样彻底。如《瑞士民法典》第 1 条规定："本法无规定者，法官应以习惯法裁判；无习惯法，依法官一如立法者所提出的规则。此外，法官应遵循既定学说和传统。"《日本裁判事务须知》第 3 条规定："民事裁判，有成文法者依成文法；无成文法者，依习惯；无习惯者，应推考条理裁判之。"我国台湾地区"民法"第 1 条也规定："民事法律所未规定者，依习惯；无习惯者，依法理。"而且现代国家还要求法官不能以法律没有规定为借口拒绝受理案件，例如《法国民法典》第 4 条规定："审判员借口没有法律或法律不明确、不完备而拒绝受理者，得依拒绝审判罪追诉之。"也就是说，在某些特殊情况下，非法律的一些社会规范也可以作为司法裁判的三段论推理中的大前提来使用。具体说，一切体现人类基本正义的规范都可能在法律不足的情况下被适用，因此宗教教义自然也不例外。例如著名的帕尔默案中法官引用的"任何人不能从其错误行为中受益"的条款，体现的是自然正义，也不能说就和宗教教义无关。早期的英国普通法和衡平法通过宗教中的原则裁判案件情况更是非常普遍。

既然在该案中法官引用《圣经》只是为了说理，或者说只是一种修辞，那就更不必大惊小怪了。之所以该判决引起很多人的质疑，无非是它挑战了判决书书写的常规和我们的惯性思维。《判决书引用〈圣经〉不妥当》一文的作者认为，该"判决书中的说理于法无据"。说理难道还需要有固定的模式吗？还需要事先规定吗？俗话说："兵无常势，水无常形。"如果真有这样的规定，带来的必然是说理的僵化、呆板、机械、保守、不灵活。比之大陆，我国台湾地区的司法判决的说理要灵活得多。例如在对陈水扁的刑事判决中，有这样的表述"被告陈水扁身为'一国元首'，当知'一家仁，一国兴仁；一家让，一国兴让；一人贪戾，一国作乱''风行草偃，上行下'不变之理，却公开高举改革大旗，私下行贪腐之实"。又如，最近的一个由台南"高分院"法官所做的判决中，引用了鲁迅先生《论"他妈的"》一文的观点，认定是某人所说"他妈的"，乃情急下脱口而出的"口头禅"而已，并非骂人。

　　说理真是不能事先规定出固定模式，就如同战争不能按照事先规定的套路打一样。没有哪个经典战役是靠指挥官墨守成规、亦步亦趋执行既有规则打出来的，同理，没有哪个优秀的判决书是靠沿袭固定套路、套改既有的模式写就的。案件如果具有特殊性，那么判决说理也就应该具有特殊性，所谓"特事特办"，不应该"千篇一律"。

　　在实践中我们经常看到的大量的不说理的判决，理由说的很少，没有推演过程，最擅长使用的话语就是"本庭认为""本院认为"。这让我想起上高中时做几何证明题的情形，每每证明不下去的时候，总要写上一句"显然成立"，让老师啼笑皆非。马克思说："理论只要说服人，就能掌握群众；而理论只有彻底，才能说服人。"美国哲学家科恩说，"一个毫无理由说出的表达，是没有意义的表达"。司法是说理的职业，法学是讲理的学问，法官的专业权威就体现在说理的能力上。诚如宋鱼水法官说的那样，只有"辨法析理"，才能"胜败皆服"。由此说来，国家应该给予法官更大的说理空间，有助于把理讲透的方式方法在不违背大的原则的条件下，都应该更多地被允许。

家事案件更有其特殊性。常言道："清官难断家务事。"夫妻间的事，可谓"剪不断，理还乱""此中滋味谁能说得清"。在伦理、情感面前，刚性的规则往往是苍白无力的，所以对这样的案件更需要"晓之以理，动之以情"式的说理。"婚姻本就是平凡平淡的，经不起任何一方的不安分折腾。时间是一杯毒药，足以冲淡任何浓情蜜意。幸福婚姻的原因自有万千，不幸婚姻的理由只有一个，许多人都做了岁月的奴，匆匆地跟在时光背后，迷失了自我，岂不知夫妻白头偕老、相敬如宾，守着一段冷暖交织的光阴慢慢变老，亦是幸福。""幸福美满的婚姻生活并非不存在任何矛盾，夫、妻更应懂得以互谅互让、相互包容的态度，用恰当的方法去化解矛盾，以共同守护婚姻关系。"这不正是一种耐人寻味的说理吗？

这样的表述，如果是真实的，那么注定无法从一个没有婚姻生活经验的"毛头小子"的笔下流出。想必该法官也是一个"过来人"，对婚姻生活具有了深刻的感悟。显然，动情的他或她已经早已成为"桃花源中人"了。我想，也只有这样的人，持有这样的情感，才能真正把这样的案件处理好，才能准确地把握其中"火候"。如果他或她不是在作秀，并真的能处理好该起纠纷，我们何必非要纠缠"夫妻之间要互相包容"这样的准则是出自《圣经》还是出自法理呢？

说到这里，我不禁想起当年结婚的前夜母亲告诫我的话："孩儿啊，过日子不是'较真'，能把媳妇哄得滴溜乱转的男人，才是好丈夫啊！"后来听我夫人说，岳母也曾在结婚当天告诫过她："姑娘啊，夫妻相处，攻心为上，能把男人的心留住的妻子，才是最成功的女人！"由此看来，要是做到这一点，没有点儿《圣经》中的"容的下自己眼里的木梁，也得容的下别人眼里的草刺"式的精神还真不行！我要是法官，我就把我这两位母亲的话都写上去，因为这些话恰恰是中国人婚姻领域的《马太福音》。

12. 从"辛普森"案透析美国的诉讼机制*

1994 年 6 月 12 日晚,美国洛杉矶市的一幢住宅里发生了一起凶杀案。美国黑人橄榄球明星辛普森的前妻尼科尔及男友戈德曼双双被害。警方根据现场血迹血型,包括 DNA 测试以及现场遗留物,认为辛普森与这桩谋杀案有关,遂将辛普森逮捕,这就是轰动全美的"世纪人命案"——辛普森案。辛普森被捕后,高价聘请了五名美国著名律师为他辩护。1995 年 10 月 3 日,辛普森在刑事审判中赢得了胜利,辛普森被判无罪,然而时隔一年之后,辛普森却被再次提起民事诉讼,在 1997 年 2 月 11 日的民事审判中,辛普森被认定对尼科尔和戈德曼的死负责任,并被判处 3350 万美元的赔偿金。

那么,为什么在警方掌握辛普森大量作案证据的情况下,辛普森在刑事审判中却被判无罪?为什么他在刑事审判中被判无罪,在民事审判中却被判"有责任",并被科以高额罚金?为什么美国同一案件会出现刑事、民事两种截然不同的判决结果?笔者认为,美国诉讼中的某种诉讼机制是促成这一令美国人乃至世界震惊结果的重要原因。这里先简要介绍一下美国诉讼制度,这将有助于我们分析案情。

在美国,庭审中采取对抗制的诉讼模式。在刑事诉讼中表现为检察

---

* 该文成于 1997 年 10 月。

官控告某人有罪，被告及律师对抗检察官；民事诉讼的目的则是某人对损害其合法权益的他人的不当行为要求损失性赔偿，它直接表现为双方当事人及辩护人之间的对抗。审判权由陪审团和职业法官共同行使。由普通公民组成的陪审团只对案件的事实问题作出认定，职业法官对案件的法律问题作出裁判，在刑事诉讼中先由陪审团对被告是否有罪作出认定，有罪的认定需陪审团意见一致才能通过。如陪审团认定被告有罪，则主审法官将根据犯罪的具体情况来量刑。在民事诉讼中先由陪审团对被告有无"责任"作出认定。有责任的认定不需要陪审团一致通过，如加州民法规定，12名陪审员只要9人意见一致就可以认定被告有责任。裁定被告有责任后陪审团再决定赔偿的数额，主审法官对赔偿金额有增减权。下面笔者将从以下三个方面分析美国诉讼机制是如何促成这一审判结果的。

辛普森案的结果就有赖于这种陪审模式。在对抗制的诉讼模式下，案件的审理是集中进行的。陪审团的成员作为普通公民大都缺乏专业法律知识和司法经验，事前又不了解案情，审判中也不可能自行调查、核实，只能依靠普通人的是非、善恶观念作出裁判，因此陪审团的裁判易受其成员感情好恶的驱使。正是由于存在这一审判机制，诉辩或者控辩双方在庭前精心准备，在庭中竭尽全力，施展各种招数，出示证据，攻击对方弱点，借此博得陪审团同情。为了达到胜诉的目的，有的律师甚至不惜超越其职业道德所允许的界限。众所周知，在美国，种族歧视极其严重，黑人受到不平等的待遇，白人享有种种黑人所不享有的特权，黑人与白人之间的种族矛盾存在已久。所以对辛普森一案中，大多数黑人在感情上要倾向于辛普森，大多数白人则倾向于尼科尔和戈德曼。辛普森案件后，对辛普森是否有罪一直呈现两极化的反应。70%以上的白人认为辛普森的确杀死了前妻和戈德曼，可大约有65%的黑人则认为辛普森是无辜的。在洛杉矶的黑人区进行的刑事诉讼中刑事陪审团的12

名成员有 10 人是黑人，陪审团判决辛普森无罪。在洛杉矶的白人区进行的民事诉讼中陪审团 12 名成员中有 9 名白人。陪审团认定辛普森"有责任"。相互矛盾的两种结果绝非偶然，而是充满了种族因素和感情色彩，在庭审中，被告方律师也正是利用种族歧视这一敏感话题，频频向检察官发动攻击，使警方提供的现场血迹、血脚印、毛发、血袜子、辛普森车上的血迹等能充分证明辛普森是杀人凶手的证据因是白人警探所提取而受到怀疑，并为警方扣上了有意偷梁换柱、栽赃陷害的罪名。而在民事审判中，陪审团的裁决也受到了在他们看来是"不公正"的刑事审判的影响，而作出与之相反的民事判决，以此来慰藉死者家属和白人社会。可以肯定地说，一宗案件两种判决结果与易受感情色彩干扰的审判机制不无关系。

美国刑事司法中的保护被告方权益的诉讼机制也让辛普森从中大获其利。由于英美国家长期存在私人控告的历史，因此英美国家的诉讼中遵循"私权至上"的诉讼原则。在这种诉讼原则下的诉讼结构大体是呈三角形结构。诉辩或控辩双方平等积极对抗，审判者与双方保持同等的司法距离，平等地听取双方意见后作出裁决，不像大陆法系国家诉讼呈线性诉讼结构。即侦、诉、审三方相互配合、相互协作共同发现犯罪、惩治犯罪。所以在这种诉讼结构下为使被告方的私权与检察权、侦查权等公权平等对抗，美国法律规定了一些侧重保护被告方利益的诉讼制度。

不得强迫被告自证其罪制度。根据美国宪法第五修正案规定：不可强迫刑事被告方自证其罪。因此，在辛普森案的刑事审判中辩方律师不让辛普森上证人席，唯恐他在回答检察官盘问时露出马脚，让检察官找出破绽。

陪审团意见一致制度。在刑事案件中对被告有罪的认定需要陪审团意见一致才能通过。换句话说，如果陪审团中有一个人认为被告无罪而投反对票，被告即认定无罪。据此可以认为，辛普森案刑事陪审团裁定辛普森无罪是相当容易的。被告辛普森在刑事诉讼中被认定无罪在相当程度上是借了这一制度的光。可以设想在陪审中黑人成员占80％的以上的情况下，要一致认定辛普森有罪的难度会有多大。

事实问题不准上诉、抗诉及一事不二审制度。美国法律规定，只能因法官适用法律不当才能提起上诉或抗诉。而不能以陪审团对事实问题的认定不服提出上诉或抗诉。这就清楚地表明陪审团对事实的认定是一次裁决，永远生效。这一制度从法律上保证辛普森不会因另一方的上诉或抗诉而重新遭到有罪的指控。美国宪法第五修正案规定：受同一罪处分者，不得令其受两次性命或身体上的危险。这就意味着辛普森在刑事审判中被判无罪，就不会因在民事审判中裁判"有责任"而再度坐牢或受极刑。可以毫不夸张地说，离开上述制度的庇护，辛普森很难成为无罪之人。

当事人主义、庭审集中主义的对抗制诉讼模式最终让辛普森从容无罪开释。在当事人主义的诉讼模式下，诉辩双方或控辩双方居于主导地位，可以独立决定传唤证人，诘问或反诘证人，自由激烈地辩论。法官只是消极地按规定主持庭审活动，时不时地说上一句反对有效或反对无效。陪审团的作用比法官更消极。在整个庭审活动中，陪审团的成员只能静听，而不能发问，庭审集中主义要求审判活动必须持续进行，对事实的认定或法律结论必须在诉辩或控辩双方辩论后当庭作出，在这种诉讼模式下，律师的作用则显得举足轻重。哪一方辩护律师通过自己的言词、辩论技巧征服陪审团和法官，哪一方就很有可能赢得诉讼的胜利或承担较低的刑期或较少的责任。从某种意义上可以说案件的当事人胜诉与否的关键取决于所聘律师的实力的强弱。而一方律师阵容的强弱则直接取决于当事人财力的大小。这就意味着胜诉概率的大小与当事人的财力的大小成正比。如果一方当事人没有足够的财力，根本就无法聘到强大的律师组合，胜诉的机会又有多大呢？辛普森以其殷实的家私为后盾，不惜花费千万美元聘请了 5 名全美颇有名气的律师为其出庭辩护。毋庸讳言，该律师组合在刑事诉讼中出色的表演，对辛普森的无罪开释起到了至关重要的作用。人们不禁要问，如果辛普森不是著名的橄榄球明星，如果他分文皆无，辛普森能打赢这场官司吗？辛普森案已经结束了，然而它给人们的反思却是深刻的、长久的。

文化视野下的法理

13. 骑士精神 VS 孙子兵法：
文化视野下的"规则意识"*

　　提及中世纪，人们总会想到勇武的骑士。大名鼎鼎的《堂吉诃德》和种种关于十字军东征的故事都让骑士形象给我们留下了深刻的印象。骑士身上有很多值得称道的品质，如勇武、谦逊、忠诚、扶危救困、尊重女性等，但依笔者看来，其中最值得称道的则是他们的"规则意识"。

　　中世纪欧洲，由骑士阶层组成了一个职业共同体，而这个共同体是由其职业伦理维系的，进入这个群体的骑士则必须遵守这些伦理。骑士在册封时必须铭记这样的誓言："他们绝不在超过一对一的情况下进行战斗，他们要避免一切欺诈和虚假的行为。"《骑士法则》（The Knights Code）中规定："绝不回拒同等之人的挑战（Never to refuse a challenge from an equal）"；"回避不公正，恶意以及欺骗（To eschew unfairness, meanness and deceit）"。也就是说，作为一个合格的骑士，绝不和实力明显不如自己的对手作战，绝不以强凌弱，乘人之危；无论是在作战还是在决斗中，都必须通过平等竞争，即要在阳光下凭借自己的本事和勇气赢得胜利，不允许使用各种阴谋诡计，不允许给敌人设圈套，不允许通过不正当手段攻击对手。如果使用这些手段，即使赢得了胜利也是耻辱

---

　　* 该文原载于财新网 2015 年 6 月 2 日"财新名家"专栏。

的，品行低劣的骑士会被逐出骑士阶层。

电影《铁面人》里有这样的一个情节：菲力普亲王被他的弟弟——国王路易关押在巴士底狱里，忠于菲力普亲王的骑士团冒险将他救出后，结果遭到了路易国王火枪队的伏击。当路易下令开火的时候，火枪队并没有扣动扳机，而是放下枪支，向 4 名伤痕累累的骑士行礼致敬。这就是骑士精神和风范！

1777 年，在北美独立战争中，一个叫弗格森的英国军官，举枪瞄向一位大陆军的高级指挥官。这位指挥官完全在弗格森步枪的有效射杀范围内，但他并没有察觉死亡即将来临，而是继续策马离去。弗格森清楚，枪响人必倒。但就在这个时刻，弗格森突然收枪起身，命令部队撤退。这个指挥官就是大陆军总司令华盛顿将军——美国的第一任总统。正是骑士精神让弗格森放弃了这个改变历史的机会。

早在我国的春秋时代及其以前，诸侯国之间的作战也像欧洲骑士兵团作战一样讲究规则，即国家间要遵"礼"而战。但是，春秋战国又是一个"礼崩乐坏"的时代，很快这种依"礼"而战的局面就被打破，为了争霸或兼并的目的，突破规则、击败对手、最终达到目的的做法变得越来越普遍。这种思想集中体现在《孙子兵法》之中。《孙子兵法》中说："兵者，诡道也。故能而示之不能，用而示之不用，近而示之远，远而示之近，利而诱之，乱而取之，实而备之，强而避之，怒而挠制，卑而骄之，佚而劳之，亲而离之。攻其不备，出其不意。此兵家之胜，不可先传也。"也就说，用兵之道，在于不讲规则，要想打赢战争最好的办法就是使用各种计策，蒙蔽敌人，使敌人丧失警惕性，从而改变战争态势。

受《孙子兵法》的影响后来发展起来的《三十六计》更是把这种"诡道"谋略发挥到了极致。"金蝉脱壳""借刀杀人""趁火打劫""浑水摸鱼""瞒天过海""笑里藏刀""顺手牵羊""调虎离山""暗度陈仓""欲擒故纵""釜底抽薪""偷梁换柱""无中生有""声东击西"
"围魏救赵"等各种计策虚虚实实、真真假假、变幻莫测，可谓"六六
三十六，数中有术，术中有数。阴阳燮理，机在其中"。(《三十六计·
总说》)各种计策通常都是使用欺骗，运用假象，迷惑对手，麻痹敌人，
用己之长，攻敌之短。其核心就是"不按套路出牌"，其宗旨就是克敌
制胜。也可说，为了追求克敌制胜可以不择手段，不讲规则。在这样的
思维下，任何一方都没有绝对的强，绝对的弱，兵力的多少并不是决定
战争胜负的唯一因素。所以中国古代的经典战役全都是以少胜多、以弱
胜强的战役，官渡之战、昆阳大战、淝水之战、郾城大捷、萨尔浒大捷
等，无一不是。

　　骑士作战尊重程序，讲求规则，表明他更重视过程，更重视表演，
更尊重规则之下的"费厄泼赖"(Fair play)，在他看来，维护公平的规
则比打败对手更有意义。"擒贼擒王"是《三十六计》中再普通不过的
一个计策了，杜甫在《前出塞》的诗中也劝导人们："射人先射马，擒
贼先擒王。"但是这种战法在传统欧洲却是不被接受的。在 18 世纪，欧
洲战争还处于"滑膛枪"的时代，火枪装弹频率低、射程短、受风速影
响大、命中率低，因此战斗必须依靠团队、通常排成方阵进行，即由若
干射手同时射击某一目标才能保证命中率。于是，保持队形整齐对于交
战的任何一方来说都是非常关键的。为了做到这一点，就需要一个走在
队伍最前列的军官来指挥。为了能让士兵们清楚地看到，他还要头顶高
高的羽毛帽子，戴着白手套，高举军刀。[①] 一般来说，他的存在对于战
争的胜负是最关键的，并且是最容易被攻击的，因而从理论上说他应当
是最危险的，然而，在现实的交战中他往往却是最安全的。因为在"骑
士"们看来，首先攻击指挥官，这场战争就失去了意义；没有进行充分

---

① 袁腾飞：《这个历史挺靠谱 3：袁腾飞讲世界史》，武汉出版社 2012 年版，第 81 页。

的表演就直接得出胜负的结论是不正当的，通过"走捷径"的方式来达到目的是可耻的。可以做这样的设想，在冷兵器时代，如果奉行"骑士精神"的欧洲军团要与谙习《三十六计》的中国军队对决的话，肯定会败得很惨！

也正是在这种骑士精神下，现代意义上的国际法才最早产生于欧洲。早期的国际法实际就是战争法。早在中世纪英诺森三世时期，为了规范骑士们的作战，教会法就禁止使用"大规模杀伤性武器"——投石机（the Ballista，大炮的前身），还规定，战争双方对僧侣、商人、妇女和儿童这些特定的人群不能侵犯，否则开除教籍。被誉为国际法之父的格劳秀斯的《战争与和平法》也是在这种思维下写就的。而在《孙子兵法》《三十六计》教导下而成长起来的中国古代军事家们往往更看重战争的胜负，认为手段应该是为结果服务的，战争的目的是求胜，求胜则不能拘泥形式和程式，所谓"兵无常形，水无常式""兵不厌诈"。正是在这种思维下，因讲求规则和仁义而拒绝谋臣的建议，不愿偷袭楚军却最终在泓水之战中吃了败仗的宋襄公历来都是人们的笑柄。（《左传·僖公二十二年》）而"田忌赛马"式的智慧则历来受到人们的推崇。也正因如此，中国古代几乎没有出现过对战争手段和方法进行限制的法律规则。

《孙子兵法》中的"求胜"思维实际上是一种实用主义思维，骑士精神强调过程和表演的背后所蕴含的则是一种程序主义思维。这两种思维直接影响到了后世人们的法律观念。司法是文明社会中战争的模拟，如果把战争看成是暴力解决纠纷的形式的话，那么司法则是和平解决纠纷的方式。社会越文明，就越需要远离暴力而亲近司法。虽然早在西周时期华夏的先人们就建立了以"人判"而不是以"神判"为中心的司法体系，较早地迈出了纠纷解决的文明化步伐，但是，正是在这种实用主义思维的支配下，中国传统司法则表现出了强烈的"结果主义"倾向。正如中国古代的一位讼师所说的："凡构讼之事，与行兵无异，我若决告，彼示以不告之形，使不防备，我若不告，则虚张以必告之状，使之畏法。所谓用而计之不用，能而示之不能，虚实实虚诡道也。"（《新锲萧曹遗笔》）战争的目的在于赢得胜利，赢得胜利的关键在于消灭敌人；而司法的目的在于正确裁判，正确裁判的关键则在于发现事实。于是，只要能发现事实，什么手段都可以用。既然"兵不厌诈"，那么也"审不厌诈"，于是，在中国古代司法中，法官"诈供""骗供""诱供"屡见不鲜，刑讯逼供更是司空见惯，并且这些往往被视为"妙判"的技巧来宣扬。所以在中国历史上把司法当成一个表演化的过程并以这一过程来确定结论的正当性的观念始终不曾存在过。而这些实用主义的观念仍然在当下中国的司法中顽强地存在着。

骑士精神影响下的西方司法，虽然曾经经历了一段漫长而又异常荒谬的"神明裁判"阶段，但是程序至上、公平竞争一直是其司法贯彻始终的原则和观念。即使在中世纪通过决斗来裁判胜负的司法裁判中，如果遇到男女对决，为了保证公平，男人必须站在一个半人深的坑里，女子则站在平地上，可以自由挪动身体并用投石器作为武器。

事实上，法官也是普通人，他没有能力洞察事物的本质，无法完全还原事实的本来面目，因此司法的正义只能是规定性，只要法官的裁判达到了事先的规定的标准，就认为正义已经实现了，因此司法正义只能在程序中去寻找，只能在法庭的程序化的表演之后去寻找。因此在西方，司法高度依赖程序，因而正当程序是司法的"帝王条款"；司法异常重视表演，因此在英美的审判中法官要穿法袍、坐靠背椅、拿法槌，律师要戴假发，法庭恰似剧场，庭审好像演戏。事实发现必须依赖于正当程序才是有效的，通过欺骗、强迫、暴力等手段即使取得了所谓的"证据"，即使能证明事实，也不能采信；作证义务不能向所有人提出，近亲属、医生、神职人员等特定人群具有作证的豁免权。这与骑士间的作战多么的相似!

十八大以来，法治受到了前所未有的重视，"法治精神""法治理念""法治思维""法治方式"等各种语词不绝于耳，这标志着中国社会的发展迈向了一个新的高度。其实，简单说，法治就是一种按既有的规则办事的状态，因此尊重规则、按章办事是法治实现的前提。但按章办事带给社会的未必都是正能量，由此产生的机械、保守、呆板和低效率也常常让人们抱怨；依靠规则解决问题带给当事人的也未必都是收益，有时因为遵守了规则，人们的利益恰恰受到了损害（例如，在谁主张谁举证的诉讼原则下，有理但举不出证，当事人仍然要承担败诉的后果）。由此说来，法治主义下的守法还需要一种"认赌服输"的精神，需要一种"纵然不利、仍须信法"的精神。这是一种面对不公裁判仍然慷慨赴死的"苏格拉底精神"! 这是一种宁可败北也绝不违规的"骑士精神"! 在这种境界下，"依规""按章"已经不是单纯地利用规则，而是将"守规"内化成了一种深深的信仰，因此，坚持法治主义就要反对那种"田忌赛马"式的韬晦之策和诡道之谋，反对那种守法上的机会主义和执法上的工具主义。习近平同志一再强调：建设社会主义法治国家，要"努力推动形成办事依法、遇事找法、解决问题用法、化解矛盾靠法的良好法治环境"。欲实现这样的目标，在全民族，尤其在广大领导干部中树立起一种"规则意识"则是问题的关键。

14. 中华 "和合" 基因与现代国际法准则

国家主权平等、互不侵犯、互不干涉内政、平等互利、和平共处、和平解决国际争端等内容被视为现代国际法上的基本原则。其实，这些原则有一个共同的内涵——"和"，英文应该称作 "Harmony" 或 "Peace"。"和"既是现代国际法存在的基础，又是它追求的目标。失去了"和"的因素，现代国际法就失去了核心与根基。

中华民族的基因中从来不缺少"和"与"合"，因为"和合"思想历来就是中华文化的根基。所谓"和"，指和谐、和平、祥和；所谓"合"，指结合、融合、合作。"和合"连起来讲，指在承认"不同"事物之矛盾、差异的前提下，把彼此不同的事物统一于一个相互依存的和合体中，并在不同事物和合的过程中，取长补短，共同发展。"和合"思想使中华文化自古就没有威胁别人、恃强凌弱的基因。正如习近平同志最近在和平共处五项原则发表 60 周年纪念大会上所阐发的那样："中华民族历来崇尚'和为贵''和而不同''协和万邦''兼爱非攻'等理念。""中国不认同'国强必霸论'，中国人的血脉中没有称王称霸、穷兵黩武的基因。"

儒家思想的核心范畴是"仁"。"仁"从词形造意上讲，它"从人从二"，是"两个人"的事，意思是说，"仁"应该在两个人当中去寻找，具体说，应该到"关系"当中去寻找。因此，孔子说"仁者，爱人"，爱别人才叫"仁"。所以应该"已欲立而立人，已欲达而达人"，"已所不欲，勿施于人"。由此看出儒家思想非常看重人与人之间的关系，而欲保持关系的和谐，就要反对一个人"一家独大""一枝独秀""损人利己"，而倡导双方互相谦让、平衡发展。而在儒家看来，关系和谐的关键在于自己的先行付出，先爱别人。你只有自己先爱别人，才有资格让别人爱你，人人谦让，人人献出一点爱，世界才能充满爱。从这个意义上讲，"仁"的思想就是一种"和合"思想，强调人与人之间、国与国之间和睦相处、和平共处、求同存异。所以说，中华文化历来不崇尚暴力和杀戮，而强调以谦让达致和谐，用和平的方式来解决纠纷。正因如此，中国历史上才有了"六尺巷""退避三舍""七擒孟获"等故事。

中华文化发源于农耕文明。农耕文明以土地为工作对象，土地是不动产，土地不动，人亦不动，所以中国古人很早就有安土重迁的习惯。古代中国发端于黄河流域，地形呈现出"四周封闭、中间开阔"的特点。东部是大海，南部是大山，西部是高原，北部是蒙古大漠，四周封闭的地形决定了古代中国人很难跨出去接触其他文化，中间足够开阔的地形，也让其失去跨出去的动力。另外，无论是大海、高原、大漠、高山，都不适合农耕，也让古中国人对于对外扩张没有兴趣。由此说来，中华民族从本源上讲就不是一个喜欢扩张、富于侵略的民族，它没有某些海上民族、游牧民族那样的侵略性和扩张性。例如，西方文明从本源上讲是一种海上文明，从古希腊起，西方人就有当海盗的传统，从某种意义上说，近代新航路实际上也是由一群"海盗"开辟的。麦哲伦、达伽马等既是航海家，又是海盗。

与世界其他民族相比，中国是较早步入文明时代的民族。"礼"是这种文明的重要标志。"礼"强调的是交往双方的互惠性，所谓"礼尚往来，往而不来非礼也；来而不往，亦非礼也"。这种"礼尚往来"既强调经济上的互惠与共赢，又强调情感上的交流与尊重。"礼"还强调：

"礼闻取于人，不闻取人。礼闻来学，不闻往教。"意思是说，如果你想来学，我可以教，但我不强行推行我的文化；文明传播要靠自身的魅力，不能强力输出。因此，中华文化不示强，也不排外，它倡导"王者无外""礼不往交""厚往薄来""协和万邦"。这正像赵汀阳先生所说的，中华文化充分体现了以他者而不是自己为思考核心的"他者性原则"。正因如此，历史上才有了一批批的来到中国的遣唐使，才有了许多名为贡使团实则为观摩团的域外人，才有了许多虔诚学习中国文化的留学生。这些人与中国人交往，在中国定居，甚至做官、娶妻、生子。于是才有了李白的《哭晁衡》、韦庄的《送日本国僧敬龙归》等脍炙人口的千古佳作！

中华文化的文明程度之高，还体现在它不崇尚武力和杀戮。受儒家思想熏陶的传统士人大多厌恶战争、渴望和平。当年苏轼给皇帝的奏折中痛陈战争之弊："且夫战胜之后，陛下可得而知者，凯旋捷奏，拜表称贺，赫然耳目之观耳。至于远方之民，肝脑屠于白刃，筋骨绝于馈饷，流离破产，鬻卖男女，薰眼折臂自经之状，陛下必不得而见也。慈父孝子孤臣寡妇之哭声，下必不得而闻也。"（苏轼《代张方平谏用兵书》）诗人们讽刺那些为战争谋取个人利益的好战分子："泽国江山入战图，生民何计乐樵苏。凭君莫话封侯事，一将功成万骨枯。"（曹松：《己亥岁二首·僖宗广明元年》）"自古边功缘底事，多因嬖幸欲封侯。不如直与黄金印，惜取沙场万髑髅。"（刘敞：《咏古》）儒家的政治家们，强调战争的目的是为了制止侵略，维护和平，不是一味地杀人，正如杜甫所说："苟能制侵陵，岂在多杀伤？"

有些人曾盛赞西方航海家开辟新航路所为人类作出的贡献，同时感慨、遗憾甚至嘲讽郑和下西洋不曾带给人类任何世界性的发现。但是我们必须知道，新航路开辟的过程实际上是欧洲人血腥殖民的过程，殖民者所到之处都插上西班牙、葡萄牙等国家的旗帜，他们到处烧杀抢掠，带给亚洲、非洲、美洲人民的是巨大的灾难。据史料记载：新航路开辟以前美洲印第安人总人口大约是 4000 万，但在新航路开辟以后的 100 年间印第安人人口减少了 90%～95%，加勒比海地区及热带沿海地区的印第安人几乎灭绝。但是郑和下西洋与新航路的开辟具有根本性质上的不同。郑和船队带去的不是殖民和杀戮，而是仁爱和友谊，彰显了一个文明大国的形象：强大却不称霸，播仁爱于友邦，宣昭颁赏，厚往薄来。当年明朝皇帝让郑和带给航路沿岸各国的诏书充分体现了这种思想："尔等祗顺天道，恪遵朕言，循礼安分，毋得违越，不可欺寡，不可凌弱，庶几共享太平之福。"

"和合"思想包含和平、包容、开明、开放等多重内容。它要求既肯定和接受事物的多样性，又包容和接纳事物的差异性，既善于形成共识，又愿意尊重分歧，它既强调将不同的事物融合到一个和合体中，又倡导尊重个体的自由。这是一种"和而不同"的状态，是一种"海纳百川"的精神。今天承继"和合"传统的中国，坚持独立自主的和平外政策，主张国家不分大小、强弱、贫富，一律平等，尊重各国人民自主选择发展道路的权利，强调国家之间既要"求同存异"，也要"聚同化异"。这正如习近平主席所宣告的："天空足够大，地球足够大，世界足够大，容得下各国共同发展繁荣"；国际关系要"求同存异、求同化异""多栽花、少栽刺""合则两利、斗则俱伤"；对待邻国要"坚持与邻为善、以邻为伴，坚持睦邻、安邻、富邻，突出体现亲、诚、惠、容的理念。发展同周边国家睦邻友好关系是我国周边外交的一贯方针。要坚持睦邻友好，守望相助；讲平等、重感情；常见面，多走动；多做得人心、暖人心的事，使周边国家对我们更友善、更亲近、更认同、更支持，增强亲和力、感召力、影响力"。

中国日益强大，但强大的中国不是世界和平的威胁，而是现代国际法则的捍卫者！中华的"和合"基因是人类发展之福！世界和平之福！

15. 激情的卢梭！革命的卢梭！暴政的卢梭！

　　应该说卢梭是近代启蒙思想家中影响最大的一位，但他同时也是在人类思想史上饱受争议的一位。他的思想曾唤醒过德国哲学家的批判理性，曾开启过美国的政治先父们的宪政思维，甚至影响了青年的马克思。他逝世 11 年后，爆发了法国大革命。他的思想被革命者奉为圭臬。革命者给了卢梭以巨大的荣耀，他的遗体在隆重的仪式下移葬于巴黎先贤祠，棺木与伏尔泰并列。他的半身像竖立在法国国民议会的大厅里，面对着华盛顿和富兰克林。

　　卢梭是近代西方思想家中唯一一位非出身于贵族而出身于下层社会的思想家，他同时也是唯一一位没有受过正规教育而通过自学成才的思想家。因此，他的思想中不可避免地带有来自平民的激进主义。他是一个充满矛盾的人。他虽然是个思想家，但更像一个文学家，他情绪不稳定，在其著作中，他时而疾恶如仇，时而爱意绵绵，时而激情四射，时而温情脉脉。他还是一个教育学家，他所写的《爱弥儿》堪称教育学上的杰作，他曾经声称，没有人比他更喜欢和孩子们一块玩耍，但他却厌恶教育自己的孩子，他的五个孩子都被他送到了育婴堂，最终都没能活下来。他渴望平等，认为不平等是社会中最大的恶，但他从没有给过和他同居了 33 年的"妻子"苔莱丝·勒瓦塞平等，他始终把她看成一个粗俗的女佣，他从不带她外出，宴请宾客时，卢梭不允许她入座，当她送进食物时他便"拿她取乐"。他那么傲慢地使唤勒瓦塞，甚至使他的一些有身份的朋友都感到震惊。作为一个思想家，他极力讴歌民主和法治，但今天如果用理性的思维重新审视他的思想，我们会发现，其实在这曾让许多热爱民主与法治的人们激动不已的理论背后，却蕴含着大量的感性的、空想的甚至是专制的成分，这些成分不但无助于实现法治，反而极易诱发暴政。

与其他的古典自然法学者一样，自然状态只是卢梭论证人类政治社会得以形成的前提，在他看来，在自然状态下的人们平等而自由，而生产的进步和私有制的出现打破了这种平等和自由，进而导致了大量的暴力、恐怖、战争和杀戮。为了摆脱这种灾难性的状况，人们只有通过订立社会契约，使每个人把自己的权利交给社会，形成共同意志，即"公意"。"公意"在现实社会的具体形态就是国家。由于这个契约是基于自愿并出于为实现每个人的幸福而订立的，那么由此产生的国家就是一个放大了的个人，个人是"小我"，国家便是"大我"，"大我"的利益与"小我"利益就应该是完全一致的，因此每个人都应该把自己的全部权利让渡给国家，因为向国家让渡权利就是向自己让渡权利。正如卢梭所说的："每个人既然是向全体奉献出自己，他就没有向任何人奉献出自己；而且既然从任何一个结合者那里，人们都可以获得自己本身所渡让给他的同样的权利，所以人们就得到了自己所丧失的一切东西的等价物以及更大的力量来保全自己的所有。"既然国家是集民众之意的"公意"，那它就是绝对的善；既然公权力是由个体真诚地让渡权利而成，那么个体就应该服从公权力的意志。因为这里的社会契约不是个体与别人订立的，而是个体与人民订立的，既然是自愿订立的，与人民订立契约就相当于和自己订立契约。于是，由此形成的国家便是人民主权国家，由此形成的统治便是人民的统治，服从国家的统治便是服从人民的统治，服从人民的统治便是服从自己的统治。正是由于人民是在服从自己的统治，所以这种统治永远都是至善和公正的；正是由于这种统治是至善和公正的，所以每个人才没有理由不服从这种统治。在卢梭看来，"任何人拒不服从公意的，全体就要迫使他服从公意。这恰好就是说，人们要迫使他自由，因为这就是使每个公民都有祖国从而保证他免于一切人身依附的条件"。这表明国家有使用强制迫使"落后"的人"进步"、"不愿自由"的人"必须自由"的权力。

卢梭所要构建的国家虽然是由民众通过自己的意志创生出来的共和国，理论上人民享有它的主权，但是"人民"却是一个极其抽象和泛化的概念，在实践中国家的管理也不可能由全民直接共同参与，而仍然需要部分人代表人民来管理。这样，在这公共权力的所有者与行使者相分离的政治格局下，国家的意志和管理者的个人意志便也具有了分离的可能。由于人自利本性的存在，公权力的行使者常常不能以罗马法上"善良家主"的心态行使权力；又由于人性中存在着作恶的倾向，假国家之名行个人之私的情形便是不可避免的。因此，一旦离开了制度的约束，共和国的管理者也有可能堕落、腐化，进而把人民的权力异化为人民的枷锁。法国大革命中的罗伯斯比尔正是打着"人民"的旗号来进行血腥统治的。罗伯斯比尔在私人笔记中就有这样的表述："人民应该与国民公会团结一致；国民公会应该利用人民。"

既然卢梭把代表公意的国家定义为"至善"的实体，那么他必然把维护和建设"至善"的国家当作每个人必须遵循的政治理想。把至善当成政治理想来追求会陷入那种刘军宁先生所言及的"用目的的正当性来证明手段的正当性、用理想的善开释现实的恶"的误区。既然国家是"至善"的，那么国家就可以使用任何手段来保证这种至善的实现，正是遵循了这样的思维路径，卢梭才认为每个人没有理由、没有权利不服从共和国统治，如果有人拒不服从公意，国家便有权力迫使他服从。在这种政治中，个人没有在国家之外保持私益的权利！没有国家要求你革命而你不革命的权利！没有国家为你开辟了自由之路而你不选择此路的权利！就在"人民"的共和国为"人民"谋求幸福与解放的过程中，人民的自由和权利却在悄然无息中被消解。哈耶克说，有两种自由之路，一种是人民自己选择自由之路，一种是政府强迫人民走自由之路，后者是"伪自由"之路，当民众只有走别人给选定的路的时候，其实他们已经没有了自由。正是在这种逻辑下，法国大革命中国民公会颁发的《惩办嫌疑犯条例》规定，对共和国表示不满或热情不高的人都应受到严惩。可见，人们不但没有反对革命的自由，甚至连观望、骑墙的自由都没有！

当共和国强行兜售它的自由之路时，必然要以人民的名义推行革命的恐怖。于是在大革命中就有了"让恐怖时代成为法治的全胜时代"的口号，就有了一批批"嫌疑犯"被押上断头台的场面，就有了断头台在38分钟内砍掉了21个人的头颅的纪录，当革命者嫌断头台效率太低时就诞生了炮轰、水淹等五花八门的杀人方法，就有了等着被杀的人排着一眼望不到头的长龙、台下观看杀人场面的群众欢呼雀跃，而今天你是台下的看客，明天则可能变成台上的主角的场景！

以往的自然法学者和社会契约论者虽然也都认为只有公民让渡自己的权利才能生成公权力——国家，但是他们大都认为人的一些自然权利是不能让渡的，只能由自己所有。比如，斯宾诺莎认为，思想自由和言论自由是不能让渡给国家的，而洛克则认为，生命、自由、财产等都是公民不能让渡的权利，公民仅仅把保护自己不受别人侵犯的权利让渡给了国家。而在卢梭看来，欲形成国家就必须让渡公民的全部权利，因为国家就是放大了的你自己，所以你没有理由向国家保留私利；正因为每个人能毫无保留地将自己奉献给国家，所以国家也能全身心地为公民服务。在这种"我即国家、国家即我"的状态下人民的幸福便实现了。卢梭的这一思想既与以往的自然法思想和社会契约论构成了强烈的反动，同时也与法治主义背道而驰。

由此看来，卢梭笔下的国家是只有个人与之相对的国家，而其笔下的个人也只是与国家相对的个人，也就是说，卢梭笔下的政治结构只有国家和个人两个层面，而缺失了市民社会这一第三域。没有社会层面的个人，是一个个孤立意义上的个人，是"原子式"的人，这种人因为没有社会层面的社群和社团来保护，他必定被强大的国家所吞噬，个人越孤立，就越容易被国家吞噬。哈耶克曾将这种"原子式"的个人主义批判为"伪个人主义"，他认为这种个人主义终将走向集体主义和专制主义。在这种"大国家、小个体、无社会"的格局下，一切风俗、传统必将被荡弃，一切亲情和伦理注定被消灭，一切社会组织必然不能存在。在没有社会保障条件下的个人，在荡弃了一切传统条件下的个人，必然无力对抗国家，进而不得不完全听命于国家，国家完全吞噬了个人。这其实是以一种全民平等的形式塑造起来的个人与国家的不平等！我们计划经济时代的国家就是典型的卢梭意义上的国家。

　　既然卢梭强调每个人能毫无保留地将自己奉献给国家，因此，他笔下的国家注定是不承认私人利益的国家。在这样的国家里整体利益必然被置于至高无上的地位，而整体的这种地位的获得则需要个体的牺牲和奉献来实现。个体被视为是整体的一部分，整体被视为是个体自己的整体，因此，个体向整体奉献和牺牲并不是向别人奉献和牺牲，而是变相地向自己奉献和牺牲。这样，国家必然宣扬一种"螺丝钉"精神，一种"大河有水小河才会满"的思想，一种"公而忘私""大公无私"的整体主义观念，而要让人们甘于这种奉献，就要克服那些原有的旧意识和旧观念，而欲如此就必须对其"洗脑"，以确保让"不高尚"的人"高尚"起来。于是在法国大革命中，就有了人为塑造革命文化的一幕幕：竣工不久的教堂被改作安放先贤伟人的"先贤祠"，巴黎圣母院被改称为"理性庙"；格里高利历被"共和历"代替，世袭的头衔被取消，先生（monsieur）和夫人（madame）的称呼被视为毒草而铲除，代之以公民

（citoyen）和女公民（citoyenne）；改名潮风起，许多法国人抛弃了在旧社会被父母起下的名字，开始搬用古罗马共和国时期的英雄的名字，于是"布鲁图斯""格拉古"遍地开花；巴黎市的街道也开始采用新的名称，于是"马拉区""团结区""社会契约区""自由帽区"比比皆是！国家大力弘扬集体文化，制定新的民族节日、为爱国者建造祭坛、演唱爱国歌曲、上演革命戏剧、种植自由树！（陈文海：《法国史》）

　　卢梭思想中最精华的部分莫过于社会契约理论。梅因曾用"从身份到契约"的运动来描述现代社会的缔造过程，的确，法治主义无疑是伴随着近现代宪政革命在消灭神权、王权、父权、夫权等权力体制的基础上建立的，这一历程是一个逐渐摆脱身份束缚从而实现社会平等的历程。在传统社会，社会统治是通过长幼尊卑、君臣主仆等身份关系来实现的，而在近现代的法治社会，当这种身份关系被打破后，社会维系就必须依赖体现平等精神的契约关系来实现。契约只有在平等的环境下才能生存，而契约精神又促进了社会平等的建立。契约意味着双方人格独立、相互平等、彼此宽容，意味着强制不是解决问题的主要途径，而平等协商、等价有偿才是解决问题的主要方式。这种契约关系不仅仅体现在公民与公民之间，同样也体现在公民与国家之间。也就是说，在契约精神下，国家和个人都应被视为独立的主体，他们各自都有属于自己的利益，个人不能"损公肥私"，同样国家也不能无条件地"因公废私"。国家与个人之间通过法律来界定边际，从而达至各有定位，公私两利，相得益彰。因此，从某种意义上说，一个国家契约化的程度与进程决定着它的法治化的程度与进程。

　　卢梭正是意识到契约对于法治的这种特殊意义，所以他才利用社会契约理论来阐释国家的生成。事实上，卢梭也非常热爱平等，憎恶专制和不公。他说，"主权者除了立法权力之外便没有任何别的力量，所以只能依靠法律而行动"；"渺小的公民的身份便和最高行政长官的身份是同样的神圣不可侵犯"。但是当他达至理论深处时却不知不觉地背离了这样的初衷。在他的理论中，共和国虽然必须由契约才能生成，但国家一旦生成却无法容留契约；国家虽然倡导平等，但却践行着不等。换言之，依他的理论所缔造的共和国，形式上是依赖契约和平等的，但实质上却是反契约和反平等的。如前所述，在卢梭的理论中，国家是完全代表个人利益的国家，个人是完全服从国家的个人，在"我即国家、国家即我"的状态下公民的人格完全被国家所吸收，于是此时原始契约中对等的主体已不存在，因此契约关系也就随之消亡。又如前所述，卢梭眼里的国家是完全能代表"公益"的"至善"主体，于是它在个人面前永远占据道德的制高点，所以当个人利益与国家利益发生矛盾时，双方便不可能通过平等协商、等价有偿的方式来解决，而是要通过牺牲个体利益的方式来实现。难怪卢梭认为，个人没有理由不服从国家的统治，如果有人拒不服从公意，国家便有权力迫使他服从。这样，当国家利益无条件至上而个体利益无条件受到压制，契约的机制与精神、控权的理念与实践也就不存在了，进而法治也就随之消亡了。

真正的契约精神不仅要有平等，同时还需要自由，而卢梭笔下的社会契约只有全民之间的平等，而没有公民对于国家的自由，如果你要求与国家不一致的自由，那你必然要受到国家的强制。难怪，在卢梭理论指导下的法国，同时也是世界上第一个通过《人权与公民权利宣言》的国家，结果，共和国成立不到一年，言论出版自由等公民权利几乎完全被禁止。甚至，1793 年 9 月，巴黎市长和检察官以及"民众代表"到国民公会，以人民的名义，要求大革命的军队带着"手提式斩首机"巡视法国，不仅逮捕作为异端的吉伦特党人，还要"迫使每一个农民交出他们的农产品，否则就处死他们"。[①] 人民的共和国已经完全背离了契

---

① 林达：《带一本书去巴黎》。

约，甚至走向人民的反面。

　　哈耶克说得好：坏事不一定是坏人干的，而往往是一些"高尚"的理想主义者干的；"自由"常常在"自由"的名义下被取消，理性则是在理性被推到至高无上的地步摧毁的。卢梭先生的"人民主权"理论完全是出自一个文学家的主观想象，实践证明，它带给人类的必然是自由、平等名义下更大的专制。当年，罗兰夫人登上断头台时这样感叹道："革命啊！多少罪恶假你之名而行之！"或许卢梭从本意上是想为人民缔造一个属于自己的共和国，但由于这种理论和实践自身的弱点和局限，使得它太容易被某些人裹挟私欲了，以至于带给人们的只有灾难。正因如此，当那些卢梭的学徒们——法国的罗伯斯庇尔们被推上断头台之时，围观的群众报以的不是同情和悲伤，而是长达数分钟之久的热烈的掌声！其中的缘故，从好事者为罗伯斯庇尔所写的墓志铭中便可以看出："罗伯斯庇尔，长眠于此，过往的行人啊，不要为我哀伤，如果我活着，你们谁也活不了。"

　　激情的卢梭！革命的卢梭！暴政的卢梭！

16. 宪法学视野下的水浒英雄的命运*

　　1620 年 11 月 11 日，经过海上 66 天的漂泊之后，一艘来自英国的名为"五月花"的大帆船向美洲陆地靠近。船上有 102 名乘客，这是一群现实的反叛者、"英吉利的弃儿"，确切地说，是一群在英国受到迫害的清教徒。他们的船很挤，卫生条件很差，没有足够的食物和照明，此间他们要不断地面对饥饿、病痛、海险甚至死亡。眼下马上就要到达目的地了，但奇怪的是，他们并不急于登岸，而是要完成一件他们认为甚于寻找栖身之地、充饥之粮的头等大事——签订一个契约。这就是被后人称之为的《五月花号公约》。这份公约为人们设计了一种共和式的政治体制，即人民可以通过公意决定集体行动，可以以自治的方式管理自己的生活，它要求行使统治权必须经过民众的同意，现行的秩序必须建立在公议的契约之上。正是这批人开辟了被托克维尔赞誉的"美国民主的摇篮"——新英格兰殖民地。自此民主体制在北美生根发芽。后来，这群人的继承者们将先辈们的事业越做越大，终于使美利坚发展成为世界上最为强大的国家。

　　在施耐庵先生笔下也有一群主流社会的反叛者，那就是我们再熟悉不过的水浒英雄了。众所周知，这群人的命运是悲惨的。革命事业因为

---

　　* 该文原载于微信公众号"中国法律评论"，2016 年 3 月 2 日。

被招安而失败，英雄们受到奸臣的陷害或战死，或被害死，曾经辉煌一时的革命组织最终被瓦解。对于英雄们的命运多少人为之同情！对于这样的结局多少人为之感伤！而对于此中的原因或许更多的人们把它归结为宋江的投降主义路线。也确实如此，没有招安，哪会有如此的结局？连毛主席都说过，"《水浒》这部书，好就好在投降。做反面教材，使人民都知道投降派"。而依笔者看来，这并不是根本原因，根本原因则在于英雄们所构建的共同体组织结构上的缺陷，而这种缺陷使该组织在运转中遭遇到了其自身难以克服的宪法性危机。正是由于存在这样的缺陷和危机，水浒英雄注定难逃这样的命运。

要谈《水浒》就不能不提宋江。宋江身材矮，皮肤黑，其貌不扬，文才未必超过吴用，武功注定不及林冲、武松，但他却成为了梁山上人人皆服的领袖。其原因何在？其实，施耐庵先生在宋江一出场就给出了答案："平生只好结识江湖上好汉，但有人来投奔他的，若高若低，无有不纳，便留在庄上馆谷，终日追陪，并无厌倦；若要起身，尽力资助，端的是挥霍，视金似土。人问他求钱物，亦不推托；且好做方便，每每排难解纷，只是周全人性命。时常散施棺材药饵，济人贫苦。急人之急，扶人之困，因此，山东，河北闻名，都称他做及时雨，却把他比做天上下的及时雨一般，能救万物。"（《水浒传》第18回）由此看出，宋江的成功就在于他的人品、人缘、口碑和性格。

要说品质，他在梁山确实无人能及。他"仗义"，他可以冒生命危险飞马报信，放走晁盖等一班朝廷缉拿的要犯；他"疏财"，当晁盖等为了报恩送去百两黄金时，他宛然谢绝；他"利他"，他曾为李逵还过赌债，赠武松以盘缠，为王英讨下一房老婆；他"孝顺"，当收到弟弟写来的诈言老父去世的家书时，他不顾风险，不听劝阻，义无反顾地回家奔丧；他"礼让"，他几次要把梁山首领职位让与他人，他无论对投奔来的还是被俘获的英雄都以礼相待，亲如兄弟；他不"贪恋美色"，扈三娘被俘后，他即使据为己有也不过分，但它却赏赐给了自己的兄弟，与李师师交往，他只为招安大业，没有非分之想。

要说本领，宋江唯一的本领就是善于"交人"，而在"交人"中尤其侧重用"情"用"心"。在柴进府中他用"情"去打动受到冷遇并身患疟疾的武松，与其"一处安歇""将出些银两来与武松做衣裳"，当武松离开柴府时，他不但要"送兄弟一程"，还要赠与盘缠，最终感动得武松主动地与其结为异姓兄弟。在江州他初识李逵，就能借给其银子，这着实让李逵感动："难得宋江哥哥，又不曾和我深交，便借我十两银子，果然仗义疏财，名不虚传。"当李逵输掉了这些银子，宋江不但不怪罪反而表现得更加慷慨："贤弟但要银子使用，只顾来问我讨。"并且还为他还了赌债。这些举动足以让这个出身低微、判断力不高的草莽英雄与他生死相随。

在"交人"上，宋江着实有些手段。当杨雄、石秀初上山来之时，晁盖误认为他们是偷鸡摸狗之人而辱没了梁山的名声，执意要杀二人，是宋江力劝晁盖才保住了其性命并使其得以入伙，而且以言语抚慰："贤弟休生异心，此是山寨号令，不得不如此。便是宋江，倘有过失，也须斩首，不敢容情。"话虽这么说，而此时的杨雄和石秀自然更感谢的是宋江，因为他们各自欠了他一条命。活捉了扈三娘以后，出乎常人所料的是，宋江既未占为己有，又未送给天王，而是让自己的老父将之收为义女，并让其和王英结为夫妻。正因为王英的条件太差，所以他才万分感激宋江；正因为宋江是其义兄，所以三娘也无理由心生怨恨；而且宋江凭空又多了两个亲戚！对待被梁山俘获的宋朝将领，宋江从不颐指气使，每每都礼遇有加。或是"礼貌甚恭，语言有理"（见呼延灼）；或是"喝退军健，亲解其缚，请入帐中，致酒相待，用好言抚慰"（见索超）；或是"慌忙下堂，喝退军卒，亲解其缚""扶在正中交椅上，纳头便拜，叩首伏罪"（见关胜）。这种和颜悦色"搬梯子"的做法，其结果常常是将这些人感动得"闭口无言，手脚无措"（关胜），"见宋江相爱甚厚，随即便去"（张清），"愿随鞭镫，事既如此，决无还理"（呼延灼）。

无论是出于本心还是用作手段，总之宋江在江湖上积累了广泛的人脉，在革命阵营中培育了极好的口碑，塑造了其独有的人格魅力。难怪江湖好汉初见宋江，莫不"纳头便拜"，甚至连武松这样的英雄也都是"跪在地下，那里肯起"（《水浒传》第23回）。宋江领导地位的取得离不开这种人格魅力，而长期的革命实践又进一步强化了他的这种人格魅力。三打祝家庄、踏平曾头市、攻打高唐州、大破连环马、兵打北京城、智取大名府、三败高俅、两赢童贯，丰富的战争生活给了他表现组织才能和军事才华的机会和舞台，一步步将他成就为梁山的领袖。难怪，明朝思想家李贽都这样评论宋江："独宋公明者……则忠义之烈也。则足以服一百单八人之心；故能结义梁山，为一百单八人之主。"用当下的话说，宋江的领导地位是在长期革命的历史过程中形成的。借用韦伯的概念说，作为梁山之主的宋江，其统治地位是有"政治合法性"的。

所谓政治合法性，是指政治统治能获得人们自愿服从的一种能力、属性或者可能性，是执政者在被民众认可的基础上实施统治的正当性。韦伯将这种政治合法性划分为三种形式：传统型的合法性、个人魅力型的合法性和法理型的合法性。无疑，宋江的这种合法性属于一种个人魅力型的合法性。在韦伯的眼里，该种类型的合法性依赖的是最高统治者的特殊魅力和超凡品质，即从人格上皈依某个人的大彻大悟、大智大勇和其他一些领袖品质。正是由于这种合法性来自于信徒发自肺腑的服从，所以，该种形态下的统治者，其权力不会受到任何来自所辖民众的限制。因为在超凡脱俗的领袖面前，民众常常不会思考甚至也不愿去思考。由盲从和迷信包围着的权力最终会迷失方向；当某个群体要依靠能制造规则同时又可以不遵守规则的人来统治的时候必然要走向灾难。因为它遭遇到了一种自身无法克服的"宪法性危机"。这种"宪法性危机"正是葬送梁山事业的最终"杀手"。

正如一位美国作家所说的,革命领袖常常具有"虎性"和"猴性"两种性格,这常常表征的是如光明与黑暗、理性与感性一样的差异。当这种"虎性"释放的时候,所在的群体可能会走向光明,而当他的"猴性"释放的时候,这个群体可能会面临灾难。但问题是,无论是"虎性"还是"猴性",民众都无法把握和选择。虽然他们能够享受到"火车跑得快,全凭车头带"的红利,但同时也要承受"领导一发神经,下面就干疯了"的风险。当一个领导人,如果想干什么就没有干不成的时候,这个群体就已经面临着致命的危机了。

言及宋江,没有他就没有后来梁山的壮大,但同时,没有他也就没有后来梁山的灾难。可谓"成也萧何,败也萧何"!接受朝廷招安,这是决定梁山命运的大事,未必所有的英雄都同意。事实上,在菊花会上,针对宋江所做的"望天王降诏,早招安,心方足"的词句,武松、李逵、鲁智深等英雄已经表示出了不满,但是在宋江强大的人格魅力面前,每个人最终还得选择接受。其中的逻辑是:哥哥高瞻远瞩,即使有不同意见,那肯定也是我们错了,哥哥不会错,我们应该在提高自己认识水平的基础上消化这些分歧;哥哥人格伟大,他所做的一切都是为我们好,他不会做有损兄弟们利益的事,现在不理解将来定会理解。

在个人魅力型的政治形态下,维系共同体存在的纽带常常不是规章制度,而是由领袖的魅力建立起来的情感。梁山与其说是个政治体,不如说是个大家庭,宋江不光是领导更是兄长。"情义",即兄弟情感和江湖伦理,是维系这个组织运转的主要力量。正如前面提及的,宋江通过"移情"的策略早已收了兄弟们的心。你可以不听领导的,难道你还不听大哥的?反对大哥,对得起大哥以前对你的好吗?不听大哥的话,在这大家庭中表现出的不是行使民主权利的问题，而是破坏伦理的不义之举，是人品的问题。许多不同意见就在这样的逻辑下被消解了。虽然李逵多次顶撞过宋江，但他绝成不了制约宋江权力的力量，因为"哥哥剐我也不怨，杀我也不恨"的他，没有自己独立的人格，以至于喝了宋江的毒酒都无怨无悔，"生时服侍哥哥，死后是哥哥部下的一个鬼"的人何时真能反对过哥哥？当高俅被捉上山时，宋江以礼相待，奉为上宾，仇深似海的林冲虽"怒目而视，而欲要发作之色"，但最终还是没能跨越伦理的界限从而依从了宋江的意志，直至后来也依然和大家一起在无可奈何中接受了招安。

在情感的世界里，奉行的是一种如帕森斯所说的"分殊主义"（particularistic）的关系结构。因此，在由情感所维系的水浒大家庭里，必然缺少一套建立在普遍主义（generality）基础上的刚性的法律规则。具体说，在这个共同体里，往上不能建立一套能够约束执政者恣意妄为、保证领导层理性决策的宪法性规则和机制，往下也必然缺失一套有令必行、人人平等的规制与究责体系。如前所述，众英雄不能对宋江的权力行使形成有效的制约，而事实上宋江对下属也难以做到执法必严、违法必究。李逵，每每都是个"搅局儿"的主，他元宵夜闹东京搅了面圣的局儿，扯诏骂钦差搅了招安的局儿，他还多次私自下山、滥杀无辜，更有甚者，当他误认为宋江强抢民女时居然把忠义堂前的大旗砍倒，可以说每次犯的都是死罪，但宋江终归杀不了李逵，因为李逵是他最亲近的兄弟。如果和后来的"陈桥驿挥泪斩小卒"（第83回）相比，显然在李逵身上，宋江属于选择性执法和徇情枉法。

还有更为典型的。招安以后，请命征辽，虽功成而归，但奸臣做梗而受压，众英雄"都有怨心"，很多将领都心生重回梁山之意。此时宋江的信用和权威受到了严重的挑战，但他依旧能且只能使用情感的力量来让大家就范。"你们众人若嫌拘束，但有异心，先当斩我首级，然后你们自去行事。"此时宋江的话，一方面表明，梁山领导层缺少以刚性的规则来维护内部统一的机制，另一方面也表明，诉诸情感是下级听命于领导的最有效途径。因为谁又真的能斩了哥哥的首级？这是一种情感，更是一种情绪。正是在这种情感主义的裹挟下梁山英雄一步步地走向了灾难！

晁盖死后，宋江登上了领袖的高位，他随即打出了"替天行道"的大旗。所谓"天""道"，它们是中国古代世界的"元规范"，是高于现实规范的自然法。在中国古人看来，"惟天地，万物之父母"（《尚书·泰誓》)，人世间的一切规则皆出于天，最健全的治理就是"法天而治"，而"违天不祥"（《左传·僖公三十三年》）。"道"是世界或万物运行的规律，人类社会之公理，所以老子说"人法地，地法天，天法道，道法自然"，谁遵循了"天道"，谁就掌握了合法性，正所谓"得道多助，失道寡助"。在中国古代任何一个统治者也不敢公开宣称他治理国家时可以不要"天道"，"苍天示警"往往导致的是统治者要向天谢罪，公然背离"天道"的统治没有人民拥戴的合法性。由此看来，"天道"在一定程度上发挥着不成文宪法的作用，正因如此，秋风先生认为中国古代也有宪政，那是一种由儒家所开创的被称之为"天道宪政主义"的理论和实践。

诚然，这种"天道"在约束当权者的实践中确实能起到一定的作用，但是它终归不能从根本上改变传统中国人治的本质。因为无论是"天"还是"道"，其内涵具有极大的模糊性和不确定性，而现实的统治者在某种程度上又往往掌握着对它的解释权，因此历史上打着"天道"之名、为"害民"之实的政治实践并不鲜见。

的确，梁山打起了"替天行道"的旗帜，但是在文化水平普遍不高的梁山群体中，在领袖极强的人格魅力下，这种对"天""道"的解释权却由宋江及其集团所控制和垄断。在宋江的路线里"忠君报国"就是天道，接受招安即是实现"替天行道"的唯一出路。作为智囊兼总理大臣的吴用早已在晁盖在世时就已投靠宋江，凭借其理论水平上的特殊优势，他实际充当了宋江路线的最有力的解释者。而其集团中的另一骨干——公孙胜，凭借其道教宗师的职业优势，实际扮演了宣传部长的角色，其通过各种神魔怪道的手段，不断为宋江的路线提供"天道"方面的支持，以至于成功地控制了舆论导向。比如，通过九天玄女赐天书的方式，暗示宋江为"星主"，命其"替天行道、全忠仗义、辅国安民"，为他的招安路线披上符合天道的外衣。又比如，通过天降陨石、突现石碣的方式为英雄排座次，实际上这是人为地通过一种将招安支持者（大多出身于官场）排前、招安反对者（大多出身于草莽）靠后的方式来强化宋江路线集团的力量，从而成功地消解了招安政策推进中的阻力。诚如列宁所言："宪法的实质在于它表现了阶级斗争中各种力量的实际对比关系。"姑且我们承认"天道"也是一种"宪法"，然而在这样的权力结构或政治安排下，在由当权者完全垄断解释权的背景下，这种宪法又是谁的宪法呢？

诚如一位哲人所言："人的一半是天使，一半是魔鬼。"这是在说，在人性上人是有缺陷的，大人物和小人物都概莫能外。正如张灏先生所言，在人的内心世界隐藏着一种"幽暗意识"。这种"幽暗意识"是一种愿意"道德沦丧的趋势"，是一种"为恶"的潜质和欲望，它普遍存在于每个人的心中，不因地位的高低、权力的大小而有例外，且与生俱来，人人平等。人越是居于权力的高位，他为恶的能力就越大。如《唐雎不辱使命》中所云，"布衣之怒"无非只是"免冠徒跣，以头抢地"，大不了也就是"伏尸二人，流血五步"，而"天子之怒"则要"伏尸百万，流血千里"。法治的宗旨就是要约束执政者的权力，避免其为恶。

近代以来的法治理论和实践是以有弱点的人为逻辑前设的。休谟提出要以"无赖"思维看待掌权者，潘恩倡导要把国家看成不可避免的

"恶"，孟德斯鸠认为掌权者具有滥用权力的天性。前面提及的《五月花号公约》以及美国1787年宪法都是在防止掌权者为恶的意义上签订的。美利坚是一个由流亡者、叛逆者建立的国家，这些人在为恶的能力上可能要高于一般人，但在道德修养上可能更低于一般人。如果没有健全的权力制约机制，这个国家可能会更糟，因此，他们更需要建立起一套更成熟、更健全、更稳定的宪法机制，其法治也就是在这样的逻辑下实现的。正如一句美国的谚语所说的："我们姑且承认我们是魔鬼，不承认我们是天使，但魔鬼监督魔鬼的时候，魔鬼便成了天使。"因此我们说，《五月花号公约》里容不下"宋江"，美国的宪法政治中形不成"个人魅力"的统治。

美国宪法之父麦迪逊说："无论个人还是群体，都不会将道德古训当回事。如果毁誉褒贬落在一个群体身上，由他们共同分担，人数越多，就越与品德无关。良心作为一杆秤，它对于个人尚且靠不住，对一个群体就更加没有意义。"或许宋江起初真的不是坏人，但当他掌握了不受限制的权力的时候，难免不变坏；或许宋江永远都不是坏人，但由于他知识上的缺陷，他难免不办错事。但无论是坏事和错事对所在群体都有可能是致命的。当一个领导人可以任意地做成坏事和错事的时候，这个群体最终要走向灭亡。所以，在韦伯的眼里，个人魅力型的统治是最不稳定的统治。虽然"哲学王"的统治是最好的统治，但因为无法保证哲学家当了"王"以后是否还能永葆哲学家的智慧和品行，所以亚里士多德毅然地抛弃了老师的德治理论而选择了法治。

当年黄炎培问及毛泽东如何跳出"其兴也勃焉，其亡也忽焉"的历史周期律的问题，毛泽东给出的答案是"民主"。的确，民主是使一个国家走出"宋江式悖论"的唯一出路。"只有让人民来监督政府，政府才不敢松懈。只有人人起来负责，才不会人亡政息。"但这种民主不是简单意义上的"人民当家作主"，不是一种愚忠式"大民主"，而是一种建立在每个人都能独立思考意义上的民主，是一种每个人的权利都能受到保障的民主，是一种建立在法治意义上的民主。正如党的十八届三中全会报告中指出的："坚持用制度管权管事管人，让人民监督权力，让权力在阳光下运行，是把权力关进制度笼子的根本之策。"

韦伯笔下的"法理型的权威"是人类社会最优良的、最稳定的政治形态，法治是每个文明社会的必然选择，这正如党的十八届四中全会报告中指出的："法律是治国之重器，良法是善治之前提。""民主"和"法治"是一对孪生姐妹。现代法治既排斥宋江式的个人魅力治理方式，同时也排斥李逵式的迷信和愚忠。法治是承认和尊重意见多元基础上的治理，是在个体行动、思想、言论自由基础上的治理，是执政者能不断地倾听且听到不同意见的治理。因此，这种法治是建立在民主意义上的法治。只有在民主的意义上建立一种真正的法治体制，才会有效地克服梁山式的"宪法性危机"。

诚如明朝李贽所言：有国者、为官者不可以不读《水浒》。《水浒》的故事虽然是虚构的，但它其中蕴含的道理和给予我们的教训却是真实的、深刻的。

17. 从"人可非人"到"非人可人"

2005 年 11 月 13 日，中国石油天然气集团公司所属中国石油天然气股份有限公司吉林分公司双苯厂（101 厂）的苯胺车间因操作错误发生剧烈爆炸并引起大火，导致 100 吨苯类污染物进入松花江水体（含苯和硝基苯，属难溶于水的剧毒、致癌化学品），导致江水硝基苯和苯严重超标，造成整个松花江流域严重生态环境破坏。2005 年 12 月 7 日，北京大学法学院甘培忠、汪劲、贺卫方三位教授及三位研究生向黑龙江省高级人民法院提起了国内第一起以自然物（鲟鳇鱼、松花江、太阳岛）作为共同原告的环境民事公益诉讼，要求法院判决被告赔偿 100 亿元人民币用于设立松花江流域污染治理基金，以恢复松花江流域的生态平衡，保障鲟鳇鱼的生存权利、松花江和太阳岛的环境清洁的权利以及自然人原告旅游、欣赏美景和美好想象的权利。同时，鉴于本案标的额巨大，且涉及环境公益诉讼，原告方同时提出了减免诉讼费用的申请。黑龙江省高级人民法院最终没有受理该案件，但该案件在法学界以及实务界引起了巨大反响。

假设黑龙江省高级人民法院受理此案，鲟鳇鱼、松花江、太阳岛等物就被赋予了诉讼主体的资格，因此也就有了"人格"成为了"法律上的人"。而在国外，自然人以外的实体成为诉讼主体的案例并不少见。1975 年，美国联邦法院曾审理了一桩以拜拉姆河的名义起诉岸边的一家污染企业的诉讼案。1978年1月27日，赛拉俱乐部法律保护基金会和夏威夷杜邦协会代表仅存的几百只帕里拉属鸟提出一份诉状，要求停止在该鸟类的栖息地上放牛、放羊。案件名称为帕里拉属鸟诉夏威夷土地与资源管理局，最后鸟类获胜。1979年6月，一名联邦法官为帕里拉属鸟作出裁决，夏威夷当局被要求必须在两年的时间内完成禁止在芒斯那基火山放牧的工作。1995年3月23日，以日本鹿儿岛内生存的4种珍稀鸟类为原告，由几位日本公民以其代理人的身份在鹿儿岛地方法院提起诉讼，请求法院判决禁止政府批准高尔夫球场的建设。

人格一词来源于拉丁语persona，原指戏剧中的面具，后来也指扮演剧中角色的演员。古希腊斯多葛哲学基于人的自然存在，最早赋予persona以哲学上的"人格"意义，即理性的独立存在的实体。古罗马人在此基础上首先赋予persona以法律上"人格"的含义。狭义的persona则指具有一定声望和尊严而享有法律地位的自由人，生物学意义上的人，古罗马人则用homo一词表示。（梅夏鹰：《民事权利能力、人格和人格权》）也就是说，从西方传统上就有两种意义上的"人"，一种"human"意义上的人，即生物学意义上的人，一种"person"意义上的人，即法律意义上的人。

罗马人之所以使用人格的概念，是为了与现实中的人区分开，具体说是想把某些人排除在法律之外。既然"persona"有面具的意思，那么也就是说，只有戴上面具的人才能是法律意义上的人，而被禁止戴这个面具或被摘下了这个面具的人就被排除在法律关系之外，这个面具就是"人格"，就是我们通常说的"权利能力"，即一个人成为法律关系主体进而享有法律权利、履行法律义务的资格。

在古罗马时期确实有一部分人不能戴上这个面具，比如奴隶。在罗马法上，奴隶被视为家族的财产，正如《法学阶梯》所定义的奴隶那样："奴隶是根据万民法的制度，一人违反自然权利沦为他人财产的一部分。"用亚里士多德的话说："奴隶是会说话的工具。"

再比如"家子"。在罗马人的家庭结构中，法律主体仅限于"家父"，"家子"（包括家庭内的妇女，卑亲属、奴隶）对外均没有法律人格。家庭内部就像一个有主权的政治单元，其中家父握有统一的至高无上的权力，称为家父权（mancipatio）。梅因在其《古代法》中这样叙述道："父有权取得其子的全部取得物，并享有其契约的利益而不牵涉到任何赔偿责任。""父对其子有生死之权，更毋待论的，具有无限制的肉体惩罚权；他可以任意变更他们的个人身份；他可以为子娶妻，他可以将女许嫁；他可以令子离婚；他可以用收养的方法把子女移转到其他家族中去；他并且可以出卖他们。"

可见无论是奴隶还是"家子"，虽然是生物学意义上的人，但因不具有法律上的人格而不被承认为法律意义上的人，正可谓"人可非人"。

在西欧封建社会，封建经济关系取代了奴隶制经济关系，社会中个人的身份等级发生了变化，奴隶已经由被完全否定了权利义务的客体变为了享有一部分权利义务主体的农奴或农民。教会法在重新解释罗马法后，注入了一些平等或个人自由意志的理念。但农奴并不是真正意义上的法律"人"，最大程度上也只能算准法律"人"或准民事主体。因为农奴并没有完全摆脱对封建主的人身依附，他们在法律上虽享有一些权利，不能像奴隶那样被任意体罚或杀害，但他们仍属于领主的财产，在人身上没有自由，须受领主支配，也可被当作财产转让或出卖。教会法虽然也反对奴隶制度，认为一个基督徒以另一个基督徒为奴隶是一项罪恶，但它又不反对世俗中的压迫。因此基督教的平等思想从没有在世俗法律中实行过。故总体而言，18 世纪以前的社会仍然是一个身份型的社会，法律中的"人可非人"的基调并没有彻底改变。

随着资本主义的兴起，市民社会的壮大，经历了文艺复兴和启蒙时期思想的洗礼，个人主义、主体平等的思想的熏陶，加之资产阶级革命的催化，到了 19 世纪，近代民法获得极大的发展，而这种发展首先表现在对古代民法主体不平等的否认和对所有自然人格的恢复上。1804 年的《法国民法典》第 8 条规定"所有法国人均享有私权"，这一规定引申出一个重要含义：有资格成为法国民法上的法律主体的是一切法国人。《奥地利民法典》第 16 条规定"在法律规定的要件之下，每个人皆能够取得权利"，该法典在平等对待本国人和外国人的基础上，最先提出了"一般性权利能力"的概念。从此"权利能力一律平等"被作为人法的核心得以确立，并成为近代民法的三大原则的基础。1900 年的《德国民法典》，以权利能力来表述民法人的概念，认为自然人是平等的"自然状态的人"，权利能力属于每一个具有自然人特征的实体。《瑞士民法典》同时使用"人格"和"权利能力"两个概念，并在第 11 条中规定所有人都享有平等的权利能力。至此，传统民法中的"人可非人"的制度与理念得到彻底否定，一切自然人都被赋予平等的人格，这种一切自然人的权利能力平等的思想一直延续至今，是现代民法的理论基石。

而法律主体演进的步伐并没有就此停止，当一些非人实体开始进入诉讼，法律主体又呈现出一种"非人可人"的趋势。先前国外的判例就证明了这一点。其实，理论界对动物等生命体权利的确认比司法界更早更快。早在美国南北战争时期，自然保护主义者约翰·缪尔就提出了大自然拥有权利的思想，认为动物有天赋的权利。挪威学者那什在《大自然的权利》一书中宣传生物圈平等主义，认为自然和其他生物都有内在价值。澳大利亚学者辛加 1995 年在《动物的解放》一书中写道"动物具有与人类相同的重视自己生命的能力，具有'固有价值'和'对生命的平等的自然权'"。1971 年，美国南加利福尼亚大学法律哲学教授克里斯托弗·斯通在《南加利福尼亚法律评论上》发表了题为《树木拥有法律地位吗?》的论文，提出一个前无古人的观点：我们的社会应当"把法律权利赋予森林、海洋、河流以及环境中其他所谓的'自然物体'——即作为整体的自然环境",但是,河流、树木和生态系统如何起诉呢?斯通通过援引监护人或受托管理人这个广为人知的法律概念来回答这一问题。婴儿或弱智者的利益通常是由合法的监护人来代表的。斯通认为,通过扩展这一原则,就能使湖泊、森林和大地在美国司法系统中获得"一席之地"。法官威廉姆斯·道格拉斯读了斯通的文章并接受了他的观点,并认为应将美国著名的"塞拉俱乐部诉墨顿"(1972 年墨顿是美国的内政部长)案改为"矿石王国诉墨顿"案。在他看来,这样能提高"自然客体的法律地位,使它们能够保护自己而起诉"。他进一步指出,美国法院为什么不向"河流、湖泊、河口、沙滩、山脉、森林、沼泽地甚至空气开放呢?人类理应成为我们利益的代言人"。随后他又在 1974 年发表的题为《树林应有诉讼资格:自然体法律权利》的论文中,进一步指出:"既然法律可以赋予不能说话、没有意识的国家、公司、婴儿、无行为能力的人、自治城市和大学等法律资格,可以设定它们的保护人或代理人,为什么法律不能赋予自然物体以法律资格?"

从"人可非人"到"非人可人"的进程中我们可以看出,法律主体的范围正经历着一个逐步扩展的过程,在这其中社会的文明与进步是其运动的动力。[①] 罗马人虽然创造出了辉煌的罗马法,但他们毕竟处在简单的商品经济时代,毕竟处在相对落后和野蛮的奴隶制时代,所以他们的法律必然是为极少数"上等人""自由人"服务的,因此在他们的法律中享有权利的主体也必然是这些少数人,大多数人被排除在权利之外,从而民事主体的范围也就只能及于这些少数人,"人可非人"的趋势是不可避免的。在灰暗的中世纪,由于农奴对封建主的依附关系依然

---

① 彭诚信:"论民事主体",载《法制与社会发展》1997 年第 3 期。

存在，这种趋势也不可能得到根本性的改变。在中世纪的中后期，随着海上贸易的发展，自治城市的出现，商品经济开始萌芽并发展起来，越来越多的人摆脱了封建枷锁，市民阶级逐渐壮大，文艺复兴和思想启蒙运动为人类开启了思想解放的闸门，"我思故我在""我欲故我在""我生而为人""天赋人权""人是万物之灵长，宇宙之精华"等要求人权和自由的口号汇成的滚滚洪流无情地冲击了神权、王权的大厦，使其千疮百孔、摇摇欲坠，以致最后被资产阶级革命抛进了历史的垃圾堆。在这种背景下，人生而平等的思想不可能不渗透到民事法律中，因此，19 世纪反映资产阶级思想和利益，调整资本主义生产关系的一系列民法典最突出的特征就是对所有自然人人格平等的确认。在现代社会，法律界对动物等实体是否有权利能力，是否赋与其主体资格的讨论从一个侧面也反映了社会文明的进步和人的价值的提高。试想在生产力极为低下，人身依附关系严重的前现代社会，连正常人的生命都如此低廉，动物等非人类实体又怎么能受到法律的尊重呢？

在现代民法中，民事主体已经远远地超出了自然人的范围，众多非自然人实体已经或可能与自然人相并列而成为法律主体，"非人可人"的趋势正在增强。但我们必须清楚一点，这些非人类实体的加盟，归根结底，还是为人而存在的，传统的"民法是人法"的理念并没有过时。动物等实体并不能天然地成为法律中的"人"，它们的主体地位无非来源于立法者的抽象和虚拟，而这种抽象和虚拟是基于现实中人的需要，将它们列入法律主体表面上是为保护它们的利益，而实际是为了更好地保护现实人的利益。对人生命的延展，实际是对现实人的利益的延展，每当我们想到连动物都有权利受到法律保护，我们还有什么理由不热爱自己和他人的生命与权利呢？

我们虽然反对人类中心主义，但我们仍然要坚持以人为本的理念。之所以反对人类中心主义是因为在那种人类霸权式的生存方式下，它导致了物种的灭亡、生态的危机，最终殃及了人类。将动物等列入法律主体加以保护不过是当前最为有效的一种维持生态平衡、促进人类发展的方式而已。借用斯通先生的话来揭示这一点：既然法律可以赋予不能说话的国家、公司、胎儿等法律资格，为什么人类不能赋予动物等生命实体法律资格呢？由此看来，法律主体资格的产生与消亡在某种程度上又取决于人的需要。

18. 法学家之死与法律信仰 *

　　公元前399年在地中海沿岸的雅典，一个伟大的法学家被处死了，他就是世界的哲人——苏格拉底。他被控犯有违反宗教、亵渎神灵和腐化青年等莫须有之罪，并被判处死刑——饮毒鸩而死。在狱中时，苏格拉底本有机会逃之夭夭，事实上，他的弟子也已经买通了能阻止他逃跑的人。但他拒绝了，因为他不愿违反法律。他认为，遵守法律是一种美德的要求，法律一旦制定，不管合理与否，作为公民都必须遵守。他的弟子，伟大的柏拉图对老师临刑的场面是这样记载的："他（狱卒）把杯子递给苏格拉底。苏格拉底轻松自如、温文尔雅地接过杯子，毫无惧色地说：'您说我可以用这杯酒祭奠神灵吗？能还是不能？'狱卒回答说：'我就准备了这么多，苏格拉底，再也没有了。''我明白了，'他说，'不过我可以而且必须祈求众神保佑我在去另一个世界的旅途中一路平安——但愿我的祈求能得到满足。'说完，他把杯子举到唇边，高高兴兴地将毒鸩一饮而尽。"①

　　半个多世纪后，即公元前338年，在黄河流域周王朝的诸侯国——秦国，一个著名的法学家也被处死了，他就是使秦国统一法度、富国强兵的法家代表人物——商鞅。司马迁在《史记·商君列传》中这样记载道：秦孝公死后，惠王继位，有人告发商鞅谋反，惠王遂派人捉捕商

---

　　*　该文发表于《人民法院报》2002年9月30日"法治时代"版。
　　①　见文聘元：《西方哲学的故事》，百花文艺出版社2001年版，第54页。

鞅。商鞅逃到边境，打算到客店住宿，店主拒绝了并告诉他："商君之法，舍人无验者坐之。"（商君有法令规定，留宿没有证件的客人，店主与客人同时受罚。）商鞅感叹道："为法之敝一至此哉！"（真想不到制定法律的弊病竟到了这样的地步啊！）于是他又逃到魏国，魏国惧怕秦国，不敢收留他，便把他送回秦国。入秦后，他又逃到商邑，举兵伐秦，兵败后被杀。这就是历史上的著名的"作法自毙"的故事。从以上的故事我们可以看出，同是面对死神商鞅可没有苏格拉底那样从容，为了逃生，他不惜几次规避或违反法律。试想，如果苏格拉底是商鞅，他会要求店主收留他吗？我想他不会，他会觉得如果那样做，不但自己违法，还会造成别人违法，他怎么能允许自己或别人破坏他神圣的法律呢？如果商鞅是苏格拉底，他会坐以待毙吗？我想也不会。他也许会想：法是我定的，我将不在，法何存焉？逃生才是正理。

由此说开去，两个法学家对待死亡的不同态度，反映了不同文化下的法制观的差异，即法律信仰主义与法律工具主义的差异。源于地中海文明的西方法律文化，一开始就和宗教结下了不解之缘。一提及宗教，我们通常是把它作为法治的大敌来认识的，因为近代法治主义的胜利是伴随民主、自由、科学，反对中世纪的神权而取得的。如果经过细致地考察，你就会发现这并不是问题的全部，其实宗教神学并不排斥法律。《圣经》中耶稣曾说过："莫想我来要废掉律法和先知，我来不是要废掉而是要成全。"自然法就是宗教和法律的结合形式，正如古罗马著名法律家西塞罗所描述的那样："法是上帝贯彻始终的意志，上帝的理性依靠强制或者依靠约束支配一切事物。为此，上帝把刚才赞美的那个法赋予人类。"事实上，即使是中世纪的欧洲，宗教法也是统治者实施统治的重要形式。宗教的存在强化了人们对法律的信仰，法治主义几千年来在西方社会经久不衰，其精神之源就在于此，苏格拉底慷慨赴死的超越性动机也莫不如此。内化成信仰的法律一直成为调整西方世俗社会最权威的力量,甚至国王也不能逃脱它的约束。于是,西方社会就有了这样的法律格言:"国王站在一切人之上,但须站在上帝和法律之下。""若不是法律许可,国王将一无所能。"就有了诸如磨坊主告败皇帝、柯克法官责批国王等一幕幕生动的法律故事。正是基于这种信仰,法律才成为限制权力、保护权利的重要力量,因为人们有这样的认同:只有国王按照法律行事才是符合正义的,不遵守法律便是践踏了正义,故而就失去了人民拥戴的基础。查理一世、路易十六就是在这个意义上被人民推上断头台的。

　　源于黄河文明的中华文化,一开始就与民主和法治无缘。古中国人对人的崇拜胜过对神的崇拜,这必然导致皇帝的专权,而专制社会下,秩序是其追求的首要价值,因此,在该种文化下,法律一直是以维护王权和秩序的工具而出现的。正如商鞅所说: "法有,君臣之所共操也……权者,君之所独制也。""秉权而立,垂法而立。"既然它是一种工具,那么就只是一种功利性的器物而已,不可能内化为人们心中的信仰。对待法律,商鞅之所以不如苏格拉底,究其实质,根源就在于此。既然只是统治者手中的一种工具,它必然只能对臣民有效,而对君王无效。事实上,历代统治者无不是一旦认为法律有助其统治时便高举法制,而一旦认为法律有碍自己意志的实现时,便会毫无顾忌地破坏法律。时至今日,中国的法制仍有很强的工具主义色彩,不消说极左时代对法律"刀把子""印把子"的称谓,就时下所宣扬的 "为市场经济保驾护航""是社会长治久安的保障"等诸如此类的说法来说,也是深受其影响使然。每年我们都能出台十几部甚至几十部法律法规,而实际上这些法律法规对百姓的约束要远比对政府的约束大得多。如果法律不能约束政府,法治是如何也建不成的。中国人传统中的"惧法""厌法"心理加之日趋严重的司法腐败,促成了当代中国新一轮的法律信仰危机。这是很值得我们深思的,因为我们必须知道:法治的真谛在于信仰,一种宗教徒般的虔诚而真挚的信仰。

19. "春秋决狱"的现代司法价值*

"春秋决狱",亦称"引经决狱",是始于西汉汉武帝时期、终于隋唐时期的一种独特的司法制度。它的特点是,法官不具体引用国家正式的法律,而是凭据儒家经典著作中的思想来断案。经典著作又以孔子所作《春秋》为主。历史上,对"春秋决狱"的评价历来贬多褒少。传统观点常常将之视为专制统治者破坏法制、出入人罪、滥施刑罚的表现。笔者认为这种评价有失公允。实际上,"春秋决狱"的做法,不但对中国古代法律文化的发展作出了巨大贡献,而且还蕴含了许多现代司法理念与价值。

"春秋决狱"中蕴含着对人性的关爱,而对人性的关爱则是现代司法制度的理论基石。在儒家看来,亲情是人性的首要之义,亲人之间的爱是人间最朴素的情感,基于这种爱而为的行为应该得到法律的宽容和鼓励。而西汉时期的法律因抄袭残酷的秦律,其内容更多地不是表现为对这种亲情的尊重,而是排斥。因此,遵从儒术的法官们正是以儒家思想为工具来消解汉律的残酷和冷峻。如案例一:某乙犯罪,逃至家中,被其养父甲藏匿,后案发。按当时的法律,匿奸者加重处刑。而董仲舒却断曰:"螟蛉有子,蜾蠃负之。""春秋之义,父为子隐,甲宜匿乙,

---

* 该文发表于《人民法院报》2003年9月22日"法治时代"版。

20. 由武松杀嫂而引发的思考[*]

关于武松怒杀潘金莲、西门庆的故事千百年来被人们以各种形式传诵着。当我们通过各种媒体欣赏这段故事的时候，可能更多地注意的是武松如何凭借高超的武功斩杀奸夫淫妇的情节，而对他曾力图通过司法途径替兄报仇的情节却有可能忽略。《水浒传》第26回这样描述道：武松带着证人郓哥、何九叔来到县衙状告西门庆和潘金莲。"知县先问了何九叔并郓哥口词，当日与县吏商议。原来县吏都是与西门庆有首尾的，官人自不必说，因此官吏通同计较到：'这件事难以理问。'"于是知县向武松索要证据，"武松怀里去取出两块酥黑骨头、十两银子、一张纸"，知县这才勉强答应"从长商议，可行时，便与你拿问"。"当日西门庆得知，却使心腹人来县里许官吏银两。次日早晨，武松在厅上告禀，催逼知县拿人。谁想这官人贪图贿赂，回出骨殖并银子来，说道：'武松，你休听外人挑拨你和西门庆做对头；这件事不明白，难以对理。圣人云：经目之事，犹恐未真；背后之言，岂能全信？不可一时造次。'"武松就这样被打发了，于是才有了后来私设公堂诛杀潘金莲、狮子楼斗杀西门庆的故事。

如果从现代的司法角度看，武松的杀人事件实际是以私力救济的形

---

　　* 该文发表于《人民法院报》2003年12月1日"法治时代"版。

式解决社会冲突的一种方式。身为阳谷县都头（大概相当于现在的县公安局长）的武松想必对当时的法律不会一无所知，也不会一开始就对越过官府自行诛杀仇人的后果无所顾忌，只是因为司法腐败，封杀了他获得正常的司法救济的可能，因而他后来才不惜违反法律，铤而走险，动用私力救济的形式为兄报仇。

虽然这只是施耐庵先生笔下虚构的一个故事，但它其中蕴含的法律意义是深刻的。所谓诉讼，科特维尔在其名著《法律社会学》中这样定义道：诉讼是当某个个人或一个群体或组织心有不满，提出了请求而又遭到拒绝后所产生的社会关系。也就是说，当不同的社会主体基于利益需求而发生了冲突，且这种冲突不能或不宜自行和解、第三人调解，甚至以国家行政方式处理，需要交付专门的司法机关予以评断时，便产生了诉讼。诉讼是解决社会纠纷的公力救济的形式。在人类的蒙昧时代，社会纠纷主要依靠私力救济的形式解决，但当各种主体各行其是时，必然导致整个社会无序，于是，为保障社会的和谐有序，专门处理社会纠纷的司法机关便产生了。由专门的司法机关处理社会纠纷、给予当事人以公力救济是人类社会文明的标志。这正如美国的 E. A. 霍贝尔教授所评价的那样：在人类的法律发展的过程中，真正重大的转变并不是实体法上的从身份到契约的转变，而是在程序法上发生的"维护法律规范的责任和权利从个人及其亲属团体的手中转由作为一个社会整体的政治机构的代表所掌管"。[①] 但人们将纠纷交由司法机关处理也是有条件的，那就是对司法公正性的信赖。这种公正应首先表现为实质公正，如果实质公正无法实现时，最起码也要做到程序公正。如前所述，司法是继和解、第三人调解、行政处理之后的解决社会纠纷的最后一种凭仗，如果连它都不能实现这样的公正时，人们便有可能因无法选择合法救济而重

---

① E. A. 霍贝尔：《初民的法律》，第369页。

新寻找各种原始的私力救济的形式来实现他心中的所谓的"公正"，有时宁可承担严重的法律后果也在所不惜。武松为兄报仇的行为，其发展逻辑莫不如此。

当前，困扰我国法制发展的最大难题莫过于司法腐败，诸多裁判不公、地方保护主义、执行难等现象一定程度上导致了民众对司法的不信任，进而导致了新一轮的法治信仰危机的出现。与此相应，以暴制暴的私力救济的形式、甚至运用黑社会手段催要债务等现象在某些地方也多有发生，这是很值得我们深思的问题。孔夫子有句名言："善人为邦百年，可以胜残去杀矣。"法治首要之义应是抑制私力救济，将社会纠纷的解决纳入秩序的轨道从而"胜残去杀"。要做到这一点，廉洁与公正的司法是关键所在。

21. 由包公的误判而引发的思考*

　　提及清官，人们可能首先想到的就是包公，在普通民众的心目中，他既是秉公执法的法官，又是明察秋毫的侦探，所以在许多关于他的传说中，既有他不徇私情、不畏权势，诸如"怒铡包勉""怒铡陈世美"的故事，又有像是在《包公案》《少年包青天》中所描述的机智断案、善于发现犯罪的福尔摩斯式的破案情节。正因他两者兼具，所以他才被普通民众视为当之无愧的清官。其实，如果回到现实中，包公也只是普通民众中的一员，不是超凡脱俗的圣人，由于受主客观条件的限制，他不可能永远做到明察秋毫。在北宋沈括所著的《梦溪笔谈》中就记载了一个包公误判的故事：

　　包拯在开封任知府的时候，有一次一个富户犯了法，按当时的法律应处脊杖十七下的刑罚，那富户贿赂了开封府的一个书吏，书吏得了钱后说："要一点不受皮肉之苦是不可能的，最多只能减轻一点。这样，我豁出去陪你一起受一顿臀杖吧。"当时的脊杖因打击人的脊背，一般要打出血，且极容易将人打残，而臀杖因只打击人的臀部，一般不会将人打伤，可见臀杖要比脊杖轻得多。书吏教那个富户，在开庭时大声喊冤。当包拯审案时，那富户果真按书吏的指使大哭小叫，串通好的此时

---

　　* 该文发表于《人民法院报》2006 年 4 月 17 日"法治时代"B2 版。发表时的题目为"包公误判"。

正在记录的书吏，装作不耐烦，大声插嘴道："至多不过是脊杖十七下的罪名，干吗这么哭哭啼啼纠缠不清？"包拯一听书吏竟敢在公堂插嘴，勃然大怒，下令将那书吏拖下去臀杖十七下。对原来那个富户如果按法律判处十七下的脊杖，那就被那书吏所说言中，这样未免有失自己作为上司的面子，为显示自己的高明，包公姑且对富户从轻发落，也处臀杖十七下的处罚。这样正好中了书吏的圈套。①

由此看来，即使是包公，他也不能做到断案如神，永无差错，他也有理性的局限，也有人性的弱点，他也可能被蒙蔽，被误导。因此我们说，包公留给现代司法的价值，不是他对事实的"清"，而是他断案的"公"和对法律的"忠"。换言之，包公的魅力不在于他能明察秋毫，而在于他能公平执法、依法办事，这也是现代司法的真谛。

哈耶克说，人总是处于一种相对的"无知"状态，正是由于这种无知，才决定了人必须遵守规则。人对某一事物的认识是依托于一定的规则和客观条件来实现的，当我们认为某事为"真"时，它并不一定真正为"真"，而只是它符合了我们认定它为"真"的规则和特征而已，只是在目前条件下暂时的"真"。对诉讼中事实的认定也是如此，正是存在着这种无知和认识上的不能，立法者才在诉讼中设立许多认识规则。诉讼中的事实是能用证据证明或以法律规则推导出来的事实，如果不能用证据证明或法律规则推导出来，哪怕是"事实"，也不能算作"事实"。从另一个角度讲，如果法官离开了证据和法律，即使客观事实存在，通往实质正义的大道向他敞开，他也无法认知。正基于此，"谁主张谁举证""以事实（即证据）为根据，以法律为准绳"是现代司法的根本原则。于是，我们可以这样说，司法作为解决社会纠纷的手段，它的魅力不在于能发现案件的客观真实，而在于公平适用规则，即在诉前

---

① 参见郭建：《中国法文化漫笔》，东方出版社 1999 年版，第 258～259 页。

设立一套认定事实、判断胜负的规则，符合规则者胜，不合规则者败，规则对一切人都平等，机会对每个人都开放。在这既定的制度下，在法官中立性的主持下，只要给诉讼双方平等的充分的发言、举证和适用规则的机会，即使在诉讼中未实现实质正义或经济受损的人也往往认为这是公平的，因为每个人都有这样的认识和预期：法官对任何人在任何情况下都不能突破证据和法律来裁决；即使今天我因规则而受损，或许明天我会因规则而受益，即使这次他因规则而受益，或许下次他因规则而受损。从这个意义上说，即使中世纪流行于欧洲的野蛮的"神明裁判"，就当时的审判水平、侦破技术和人们的认识能力而言，也有其合理性。因此，我们说，不能达到实质正义的司法人们是可以接受的，连形式合理性都不具有、连形式正义都不能实现的司法则是人们不能原谅的，我们通常所说的"审判不公""司法腐败"指的就是司法不能实现形式正义的情况。于是我们说，包公的魅力不在于他总能分清是非，而在于他总能平等地适用规则，这也同样是现代司法的魅力。

22. 由 "磨坊主告倒国王" 而引发的思考[*]

在西方历史上曾发生过这样一起特殊的房屋拆迁事件：1866 年 10 月 13 日，普鲁士国王威廉一世在大队近卫军的陪同下登上了波茨坦行宫的顶楼。当他看到近处一间磨坊并认为它挡住了他的视线时便轻蔑地命令道："拆掉它！" 当近臣告诉他这间磨坊是私产时，他仍不屑一顾地说："买下来，再行拆除！" 谁知磨坊主根本不买他的账，因为磨坊主认为磨坊是他的祖传家业，多少钱也不能卖。国王得知后大怒道："立即拆除磨坊，朕是国王，谁敢抗拒，就地正法。" 顷刻间磨坊被夷为平地。国王的暴行激起了磨坊主和波茨坦市民的愤怒，在民众的支持下，磨坊主向普鲁士最高法院递交了古往今来的一份特殊的诉状——控告国王利用职权擅拆民房、侵犯国民权益。迫于人民的压力，最高法院判定：国王擅用王权拆毁私人房屋，违反了帝国宪法第 79 条第 6 款，应立即重建磨坊，并赔偿损失 150 塔勒。骄横的威廉一世败诉后，慑于民众的压力，最后只能服从判决。这就是西方法律史上著名的 "磨坊主告倒国王" 的故事。后来这间磨坊被德国政府保留下来作为私权神圣和司法独立的象征。

让我们的眼光还是回到今日的中国，近年来，房屋拆迁纠纷与日俱

---

* 该文成于 2003 年除夕之夜。

增，日益成为当代中国的一个严重的社会问题，某些地方政府的不适当做法已经在某种程度上恶化了政府与民众的关系，而相对薄弱的私权利和司法权又不能给予行政权力以彻底的遏制，因此经常有这样触目惊心的一幕：2003年12月5日晚11时左右，家住苏州市工业园区娄葑镇鸭蛋浜83号的孙宝祥和朱玉珍夫妇正在熟睡，突然被闯进家来的几名彪形大汉惊醒。"不许说话，否则就打死你们！"还没等孙宝祥夫妇反应过来，这群人就用胶带将两人的嘴封绑住。随后，仅穿内衣的夫妻俩被架出自己的房屋。紧接着，就听"轰隆"一声巨响，孙家居住了25年的房屋，倒在了推土机的铁铲之下……①

每一种社会现象的发生都不是偶然的，都是有着深刻的历史文化根源的。磨坊主告倒国王的事实反映了西方传统中的私权神圣观念的厚重与强大，而时至今日，在我国当前的拆迁行政中还大量存在着的诸如强行拆迁、恶意圈地、拖延补偿、补偿不公平等现象也是传统"官本位"的文化和"权力至上"思想的一种折射。在西方历史上，从古希腊、古罗马以降，个人主义和私权神圣观念一直是其文化的基调，甚至在灰暗的中世纪也不曾中断。早在公元前3世纪希腊思想家伊壁鸠鲁提出了社会契约的思想，认为人生而有约定之权。之后的斯多葛学派的代表人物芝诺提出了最早的社会契约思想，认为人有自然权利。后来，在文艺复兴的熏陶下，在商品经济的孕育下，在启蒙思想家的宣扬下，这种观念深入人心，一直成为近现代西方宪政和法治发展的直接动力。在这种观念下，人们普遍认为：私权利是第一位的，公权力来源于私权利，它只是为私权利服务的手段；不为公民谋福利的公权力是非法的权力，人民有反抗的权利。鉴于公权力有扩张性和腐蚀性的弱点，在西方人的观念中往往把它视为必要的"恶"，面对这种"恶"只有严格划清公私界

---

① "治拆迁之痛"，见《南方周末》2004年1月1日第14版。

限，严守私人领域，并把它约束在法律的轨道内，它才能"弃恶从善"。所以在西方人的观念中很早就有国家和市民社会的分野，于是也就有了这样的法律格言："上帝的属于上帝，该隐的属于该隐。""风能进，雨能进，国王不能进。""国王在臣民之上，但在上帝和法律之下。""若没有法律许可，国王将一无所能。"也就是在这种文化下，人们形成了这样的共识：国王只有尊重私权，依法办事，才是符合正义的。否则，就失去了民众拥戴的基础。查理一世、路易十六正是在这个意义上被人民送上断头台的，磨坊主也正是在这个意义上告倒国王的。

在我国的传统的"官本位"的文化中，权力至上思想占主导地位，可谓"普天之下，莫非王土，率土之滨，莫非王臣"。在这种文化下，公权力可以肆意扩张，市民社会没有生存的空间，私人没有独立的人格，私人权利受到极端的轻视且极不稳定和安全。所以，在中国的历史上，某人成也忽焉，败也忽焉。皇帝用你时，你是人上人，良田千顷，财富谷丰；皇帝弃你时，你是阶下囚，家败身死，财失产尽。正如《红楼梦》中的情形：皇帝指向哪里，他的军队就抄到哪里，任何华厦豪宅，风不能进，雨不能进，帝王的军队可以随意进。时至今日，旧的制度已不复存在，但旧的文化并未完全消亡，以至于它还时常游荡出来污染着我们的法治环境。目前房屋拆迁中的野蛮执法现象的深层文化根源就在于此。

而令人振奋的是，2003 年 12 月 21 日中共中央向全国人大常委会提出修改宪法的建议时，明确提出要将"公民的合法私有财产不受侵犯"等条文写入根本大法。这将是中国的福祉、法治的福祉。因为我们可以这样说，只有政府善待公民的权利，公民才能善待政府和法律。

23. 神明裁判的形式合理性*

　　神明裁判又称神判法，即通过让当事人经历某种肉体考验来查明案件事实的审判方法，它是中世纪欧洲普遍采用的一种审判形式。神判法具体分为热铁法、热水法、冷水法、吞食法、决斗法等几种类型。所谓热铁法，即牧师在烧红的铁块上洒上一些圣水，由被告手捧着铁块走上九步的距离后，当众将手包扎起来，三天后验伤，如果手溃烂发炎，则认定其有罪，否则将表明其为无辜。所谓热水法，即将被告的一只手臂浸入一桶热水中，然后取出包扎，三天后检验，根据伤势确定其是否有罪。所谓冷水法，将诉讼当事人用绳子捆住，将头发和绳子打一个结，慢慢放入水中，如果他的身体沉入水中的深度足以使那个结淹没，则证明他是清白的，否则将表明他是有罪的。所谓吞食法，即法庭要求当事人将一大块面包和相当大小的奶酪一口吞下，如果顺利下咽，则证明其无罪，否则将表明其有罪。所谓决斗法，即法庭要求诉讼双方通过决斗来证明自己的法律责任，决斗的结果即是法庭裁判的结果。

　　在现代人看来，这些神明裁判的方法无疑是荒唐的、滑稽的甚至说是不可思议的。运用它们既不可能有效地发现犯罪，也不可能有效地保护受害者的权利，所以它们一直被现代司法文明所不齿。随着社会的发

---

　　*　该文成于 2004 年 11 月。

展和人类认识能力的提高，它们被理性的科学的审判方法所取代是历史的必然。但当我们在批判它们的时候，我们不禁要问：既然它们是如此野蛮的、荒唐的，却又何以成为当时主要的审判方法并存续上千年呢？正如黑格尔所说的，存在的就是合理的；既然它能存在，就一定有它存在的理由。笔者认为，神明裁判存在的一个很重要的理由就是它具有形式上的合理性，神明裁判下的诉讼虽不能为当事人实现实质上的正义，却能给予当事人形式上的公平。就这一点来讲，它和现代的司法审判的原理是相通的。

　　正如哈耶克所认为的：所有人的知识都是不完全的，人总是处于一种相对的"无知"状态，正是存在着这种无知，才决定了人必须遵守规则。人对某一事物的认识是依托于一定的规则来实现的，当我们认为某事为"真"时，它并不一定真正为"真"，而只是它符合了我们认定它为"真"的规则和特征而已。比如，当我说在校园里走的人是张三，那么我头脑中就必须先有张三的一系列特征（这一系列特征就表现为一个规则），符合这一系列特征的人才能被我视为张三。但我对张三特征的认识是不完全的，并且这种认识经常受到许多外界条件的限制和干扰，所以有时我根本无法认识张三或者经常把别人当成张三。对诉讼中的事实的认定也是如此，正是存在着这种无知和认识上的不能，立法者才在诉讼中设立了许多认识规则。诉讼中的事实是能用证据证明或以法律规则推导出来的事实，如果不能用证据证明或法律规则推导出来的"事实"，哪怕即使是"事实"，也不能算作"事实"。从另一个角度讲，如果法官离开了证据和法律，即使客观事实存在，通往实质正义的大道向他敞开，他也无法认知。正基于此，"谁主张谁举证""以事实（即证据）为根据，以法律为准绳"是现代司法的根本原则。诉讼之所以能作为解决社会纠纷的最主要手段就在于它自身的形式合理性，即在诉前设立一套认定事实、判断胜负的规则，符合规则者胜，不合规则者败，规则对一切人都平等，机会对每个人都开放。

　　现代司法是这样，神明裁判也不例外。所谓热水法、冷水法、热铁法、吞咽法，本质上都是一种证明的规则和方法，就当时的人们的认识水平而言，它们无疑具有被接受的可能性，加之宗教的作用更是增加了它们的可信度。这些方法虽然不具有证明客观事实的科学性，但它们却具有操作上的相对平等性，即它们能相对平等地适用于每个人。换言之，如果它野蛮，就对所有人都野蛮；如果它不科学，对所有人都不科学；如果它冤枉好人，所有人都可能被冤枉。在人们对既定规则保持高度信任的条件下，在法官中立性的主持下，只要给诉讼双方平等的充分的发言、举证和适用规则的机会，即使在诉讼中未实现实质正义或经济受损的人也往往认为这是公平的，因为每个人都有这样的认识和预期：法官对任何人在任何情况下都不能突破规则来裁决；即使今天我因规则而受损，或许明天我会因规则而受益，即使这次他因规则而受益，或许下次他因规则而受损。特别是在当时宗教统治人们思想的时代，因错误的裁判而受害的人也总是从"上帝的意志""神的惩罚""我的罪孽"等角度来解释，这就更增加了神明裁判的可接受性。

24. 司法仪式的文化意蕴*

　　司法仪式是法律实践的重要组成部分，因其具有丰富的表演性、象征性、直观性，所以它往往是传播法律精神和文化的重要方式。正如美国法学家伯尔曼先生所说："法律像宗教一样源于公开仪式，这种仪式一旦终止，法律便失去生命力。"然而任何司法仪式的存在都不是偶然的，而是深受所在时代法律文化影响的。中西方法律文化之间存在着法律工具主义和法律信仰主义的差异，在这迥异的文化下，司法仪式的表现形式和其在法制中所处的位置也是不同的，而不同的司法仪式又强化了其背后的不同的法律文化。

　　在西方的历史上，宗教是最为重要的社会现象之一，它与法律紧密地结合在一起，宗教用法律维护其权威，法律用宗教培养其信仰。例如，古罗马法律家西塞罗曾这样解释法："法是上帝贯彻始终的意志，上帝的理性依靠强制或依靠约束支配一切事物。为此上帝把刚才赞美过的法赋予人类。"又如，在圣经的《诗篇》中也有这样的叙述："我们的上帝，万物之主和创造者，创造了人类，并赋予他得享自由意志的殊荣，借先知之口授法律以助他，借此令他知晓他应做和不应做的一切，以便他能够选择获得拯救之善，避开招致惩罚之恶。"宗教信仰的维系

　　＊ 该文发表于《人民法院报》2004 年 3 月 31 日 "法治时代" 版。

要通过神职人员来进行，而法律执行与适用要依靠职业法律家的实践，这二者都离不开一定的仪式，否则宗教的信仰与观念无法内化，法律的内涵和权威无法体认，进而这些无形的规范无法被人接受与遵守，其生命力可想而知。正是由于宗教和法律的这种共生，司法仪式始终在西方法律实践中发挥着重要作用。早在雅典城邦时代，司法审判结果应当有神灵和所有的裁判者共同的"同意"，方能生效。在古罗马，国家的重要事项须经占卜官裁决。中世纪的神明裁判更是将审判仪式的神话色彩表现得淋漓尽致。直到今天，"蒙目女神"还是西方司法制度的象征，她的雕像经常出现在西方法院的门口或法庭的布置中，它一只手拿着宝剑，象征着权威，一只手拿着天平，象征着公平，她的眼睛闭合或用布蒙上，象征着一视同仁、不先入为主。至于英美法系国家的法官头戴假发、身穿法袍的形象也是为了渲染一种类似于神职人员的色彩和"法权神授"的权威感，营造法庭神圣的氛围，增强审判的神秘感和庄严感。

在中国古代诉讼实践中，司法仪式不占重要位置，甚至受到"官"和"民"的极端轻视，这与中国古代宗教没能与法律融合、司法没能从行政中独立以及司法追求"无讼""息讼"的价值趋向不无关系。在这功利主义的文化下，即使有一些简单粗糙的司法仪式，也大都带有工具主义的色彩，比如，最能体现中国古代司法喻意的象征当属"獬豸"，相传它是中国历史上第一位大法官皋陶身边的一只神兽，它似鹿非鹿，似马非马，头上长着独角，当遇到疑难案件，只要将它牵出，它就能撞击真正的罪犯。我国古代司法官员衣服上就绣有"獬豸"的图案，与"蒙目女神"相比，它双眼圆睁，怒目而视。这种形象实际是一种工具主义的象征，"獬豸"本来就是掌权者手中的一个工具，可谓"权者……秉权而立，垂法而立"，而司法官员正是皇帝身边的"獬豸"，为皇帝的一姓江山，时常保持警惕。这种工具主义形象很难培养人们对法律的信仰之情。又如，"鸣冤鼓"是中国古代的一件重要的司法器具，它经常摆放在各级官府的衙堂前，从表面上看，它是为民申诉，保证各级官吏为民做主而设立的，而实际上它正是中国古代司法不具有权威性的体现。某一司法器物的功能旨在破解司法判决的权威，它的存在经常使生效的判决变得无效，即使这种器物曾在一些案件的平冤昭雪上起过积极作用，但它的价值也是与法治主义格格不入的，因为在司法判决缺乏神圣性的社会里，民众对法律的信仰是难以培育的。

与历史相契合，新中国成立以来的中国传统法制对司法仪式也持漠视的态度，程序简约的日常审判方式，也曾经经常使用的"广场化"的公审大会（特别是在"严打"期间更是常见），军警式的司法人员的服饰等更多地表现着军事化的色彩和革命主义的情节。这种工具主义和功利主义的法律文化是与建立社会主义法治国家的时代主题不相符的。但令人欣慰的是，国人已经意识到了这个问题，近年来司法仪式的改革正在获得推进。庭审开始时全体在场人员（包括检察官）向法官敬礼的仪式的启用，法官服饰的更新（法袍的使用），法槌的使用等一系列改革，使法庭军事化的色彩正在消失，庄重而神圣的氛围正在增强，司法文明与公正的表现程度正在获得提高。西方法谚说得好："没有正义的形式，就很难有正义的内容。"法庭和法官都没有庄严而靓丽的形象，法律的形象又如何能高大？形象不能高大的法律，又如何能让人心生信仰之情？建设社会主义法治国家离不开民众对法律的信仰，而构建这种信仰应从重视司法仪式开始。

25. 骑士精神与法国的宪政之路

法国发源于巴黎盆地周围，古罗马时期称其为高卢地区，曾为恺撒的统治区域，后历经中世纪的莫洛温王朝和加罗林王朝的统治，大约在15世纪前后形成民族国家。因此，可以说法兰西是古罗马和中世纪欧洲文化的正统继承者和典型代表，所以中世纪传承下来的浪漫的骑士精神对法兰西文化产生了重要影响。

骑士浪漫精神首先表现为骑士的勇敢尚武。在中世纪的法国，贵族不仅是地方的行政长官，也是身份不等的骑士，跟随国王出征或率领民众抗击外族入侵是贵族的一项不可推卸的责任。从某种意义上说国王也是一个特殊的骑士。正因如此，在中世纪，法国上至国王，下至贵族都将习武视为重要生活内容。一身戎装的骑士装束往往是包括国王在内的法国贵族的一般形象，喜欢游猎、酷爱比武是他们的共同嗜好。比如法国国王亨利二世在一次为庆功而举办的比武大会上亲自披挂上阵，结果被对手失手致死。战争中国王往往御驾亲征，身先士卒，也正因如此，在法国历史上多有国王被俘的现象，如英法百年战争中法王在普瓦提埃战役中被俘、在普法战争中拿破仑三世被俘等。广大的中小骑士是中世纪法国军队的主力，他们大多来源于因嫡长子继承制而不能继承财产的

该文成于2006年6月。

骑士精神与法国的宪政之路 ············· 125

贵族子弟，作为骑士他们完全可以通过战争掠夺或决斗赔赎重新获得财产，进而重新取得贵族的身份和封号。这点可以从十字军东征的史实中得到验证。

这种浪漫精神还体现为骑士的多情善感。对情人的崇拜是中世纪骑士的显著特征，拥有情人是中世纪法国上层社会的普遍现象。有无自己所保护的情人是衡量一名骑士合格与否的重要标志，情人可以是真人，也可以是想象中的。这种爱情又是极其超凡脱俗的，因为骑士之爱绝不以发生肉体之亲为目的。骑士为情人可以决斗，可以冒险，甚至不惜牺牲自己的生命。

骑士的浪漫还体现在他们身上的自立、自由精神。骑士的职业特点，就是无拘无束，类似于中国古代的游侠，所以自身带有自由主义的倾向。如前所述，广大的中下层骑士大多是那些分不到遗产的没落贵族子弟，希望通过战功来取得财产和身份，这造就了他们自力自强的精神。正如中世纪的领主与国王的关系一样，他们与领主和国王的关系与其说是依附关系，倒不如说是契约关系。骑士有义务随国王或领主去打仗，上交供奉或赋税，国王或领主也有义务赏赐给骑士战利品或封地并保证他们在一定限度内的独立自主。也就是说，他们对上级的服从是以上级保证他的权利和自由为前提的，当他们的权利和自由受到侵犯时，他们会毫不犹豫地反抗和革命。

正是这种骑士精神和传统，造就了法国人在封建社会向资本主义社会过渡的进程中喜欢用浪漫主义的革命方式解决问题，这与信奉保守主义、具有绅士风度的英国人截然不同，他们不可能像持重老成的英国人那样善于通过妥协的方式解决宪政问题，因此，法兰西的宪政是生命和鲜血铸成的。纵观法国的宪政史，各种政治势力粉墨登场，各种宪法频繁颁布，从1791年颁布的第一部宪法开始，至今已颁布了11部宪法，若把拿破仑于1802年、1804年、1815年所作的修宪及1870年拿破仑三世的修宪也算在内的话，那法国历史上的宪法就更多了。在 200 多年的历史演变中，出现如此之多的宪法，与美国 1787 年的宪法典至今生效形成了鲜明的对比，尤其是 1875 年宪法之前，宪法更替频率之高在世界宪法史上相当罕见。（参见何勤华主编：《法国法律发达史》）正如一位西方学者德朗得尔所说："从 1789 年到 1871 年，法国可以说是世界上唯一的宪法试验场，在八十余年中实行过如此多的政治体制，在任何其他民族的历史上是找不到的。"与宪法频繁更替相应，法国宪法的内容也不断变化。由于各种势力的政治观点和信仰的差异，经常出现前后两个宪法迥然相异的现象，政治体制扑朔迷离，时而民主共和，时而君主立宪，时而专制独裁，时而异常激进，时而非常保守。这种类似普罗透斯的脸的宪法和政体，就连浪漫的法国人也感到无所适从。

特别是在法国大革命中，受这种浪漫的骑士精神的影响，革命浪漫主义风潮一浪高过一浪，以至于 1893 年上台的雅各宾派将其推向了顶峰。在癫狂的"革命群众"的拥戴下，雅各宾派以革命的恐怖的方式来实现其所谓的宪政与共和，于是演出了一幕幕"民主的暴政"，他们喊出了"革命不需要科学"的名言，他们创造出了 38 分钟时间里砍掉了21 个嫌疑犯的头颅的"奇迹"，其结果是名为为民众实现民主、人权、宪政的革命，却与这些目标背道而驰。

26. 中国古代自然法中的人权思想[*]

在西方的法律史上，自然法观念源远流长并始终占据重要位置。自然法存在的意义在于它是人定法的试金石和评价器，它为人民批判旧制度提供了标准，为人们建构新制度提供了蓝图。自然法中蕴含着丰富的人权思想，从古希腊的雄辩家阿尔西达马的"上帝使人人生而自由，而自然则从未使任何人成为奴隶"，到近代资产阶级的"不自由，毋宁死"的口号，无不印证了这一点，难怪德国学者特洛厄尔奇（E. Troeltsch）对自然法做这样的评述：对自然法的信仰"一方面承认了有一种人性共许的法律的存在，另一方面肯定了人类的基本权利"（特洛厄尔奇：《自然法理念与人性》）。考察西方的近现代史，我们不难看出，人权观念的复兴与发展正是由自然法学者推动的，诸如美国的《独立宣言》、法国的《人权宣言》这样的人权保护的檄文都是自然法思想的结晶。正因如此，许多学者以此为逻辑，认为我国现实中人权观念的薄弱归因于自然法传统的缺失。如果深入考察，我们就会发现事实并非如此，中国传统文化中也有自然法观念，中国人将这种观念的形式称为"道"，在"道"中同样也蕴含了大量的现代人权的思想。

在中国传统文化里中，"道"是较现实中的礼或法更高一级的规范，

---

[*] 该文原载于《人民法院报》2005 年 12 月 12 日 "法治时代" 版。

它也与西方的自然法一样，存于大自然的冥冥理性之中，对现实中人的行为与制度发挥着潜移默化的作用，是现实中礼与法的试金石和评价器，违背天道的礼与法，是恶礼、恶法，人们有理由不遵守。老子对"道"有精辟论述："有物混成，先天地生"，"无状之状，无物之象"，"道生一，一生二，二生三，三生万物"，"人法地，地法天，天法道，道法自然"；道"独立而不改，周行而不殆"；"天乃道，道乃久"，"天网恢恢，疏而不失"。荀子也有类似的论断："天行有常，不为尧存，不为桀亡。应之以治则吉，应之以乱则凶。……其道然也。"寻求天道的支持，是历代君王施政行法的常态，正可谓"礼以顺天，天之道"，"违天不祥"。这样，帝王们便通过尊崇形而上的天道命令以达到让臣民恪守形而下的社会规范的目的。正因为如此，历代农民起义都要打着"替天行道"的旗号（这点与西方自然法的革命性与批判性也是相通的）。同西方自然法包含人权的观念一样，体恤民情、爱惜民力或者说尊重基本人权也是"道"的重要内容，即所谓："民之所欲，天必从之。"孟子尤为强调"道"的人性内涵和它对世俗政治的作用，他说："天时不如地利，地利不如人和"，"得道多助，失道寡助。多助之至，天下顺之；寡助之至，亲戚畔之；以天下之所顺，攻亲戚之所畔，故君子有不战，战必胜矣"。难怪在《曹刿论战》中，在曹刿问及备战条件时，当鲁庄公答道"小大之狱，虽不能察，必以情"时，他才叹曰"忠之属也，可以一战"。因此，"得民心者得天下""水能载舟，亦能覆舟"一直是历代统治者执政的座右铭，只不过有的统治者记性好，有的统治者记性差，有的统治者践行它，有的统治者践踏它罢了。

27. "七擒孟获"背后的文化冲突*

　　诸葛亮七擒孟获的故事可谓家喻户晓，但无论在我们阅读《三国演义》原著还是欣赏由此改编的电视剧时，可能更多注意到的是诸葛亮运用智慧擒获孟获的情节，而很少有人去思考其背后的文化冲突。我也是最近在重看电视连续剧《三国演义》时才注意思考这个问题。

　　在电视剧《三国演义》中，当诸葛亮第六次擒获孟获时有这样一段精彩的对白，可谓道出了冲突的缘由：诸葛亮问孟获服与不服？孟获回答不服，说道："你主兴不义之师，两川之地原属夷人所有，你主恃强夺之，实属贪得无厌。我世居此地，岂能将大好河山拱手让人。"诸葛亮怒曰："向来天下以得民心者得之。当年割据纷争，黎民涂炭，是先帝一统西蜀，恩泽两川。尔等却兴兵闹事，杀戮我朝廷命官，滋扰我地方百姓，屡犯边庭，义师南进以来，你又屡次自食其言，罪孽深重，穷兵黩武，使狼烟燃遍沃土，使黎民处于水深火热之中。天人共怒，再不归顺，有何面目再见南邦父老？"

　　如果运用现代国际法理论对这段对白进行解读，在这场战争的背后实际反映了主权和人权两种思想的冲突。孟获所持的理论为主权论。他的对白中揭示了自己合法、对方违法的理由。首先，"两川之地原属夷

---

　　* 该文成于 2006 年 5 月。

人所有""我世居此地"道出了孟获方拥有主权的理由，这运用的是现代国际法上的先占原则。"你主恃强夺之"举出了诸葛亮一方违反国际法的依据，这运用的是现代国际法上的主权平等、反对"强权"的理论。诸葛亮所持的是人权论。他在对白中运用人权反驳孟获并为自己辩护。"向来天下以得民心者得之"道出了传统自然法中拥有主权的一般原则，即谁真正地尊重人民的权利，谁才有资格拥有主权。"兴兵闹事""滋扰我地方百姓""罪孽深重，穷兵黩武，使狼烟燃遍沃土，使黎民处于水深火热之中，天人共怒"，道出了孟获因为践踏人权而不配拥有主权的或主权应该受到限制的理由。即使到了今天，世界上大部分纷争仍然来自这种冲突。

如果从现代法理学的角度分析，这场战争实际上体现了人类发展中的现代化和本土化两种现象的冲突。现代化论者认为现代化是世界的潮流，本土化论者认为本土化是他们的权利，各持一端，莫衷一是。如果套用现代化和本土化的概念，无疑诸葛亮代表着现代化，孟获代表着本土化，正因如此，诸葛亮称孟获为"蛮王"，孟获称自己为"夷人"，诸葛亮征讨孟获的一个重要目的在于使之"归于王化"。由此看来，孟获针对诸葛亮的反抗行为是一场抵抗现代化入侵，保护地方本土化的表现。现代化与本土化的冲突即使在今天仍然是人类在发展中所面临的一个二律背反似的难题。

人的不同的生活方式产生了不同的文化，主体思考世界的方式不同孕育了思想的不同，每一种理论都有它的合理性同时又带有局限性。主权论虽然有利于维护国家的主权，但对邪恶势力摧残人权的现象却束手无策；人权论虽有利于维护人的基本权利，但往往会成为别有用心者干涉他国内政的借口；现代化虽代表了人类发展的主流和方向，但过分强调它便会扼杀地方特色和文化的多元；本土化虽然有利于保护本土文化，维护少数人的权利，但过分强调则会拉大本土与现代的差距，影响本地方的发展以至于最后又不得不臣服于现代化。因此，在当今世界保持文化的多元是世界民主格局的基础，协商和谈判是解决冲突的唯一手段。在此方面诸葛亮实际上为我们作出了表率，他对孟获七擒七纵，"攻心为上，攻城为下，心战为上，兵战为下"，以打促谈，避免了大肆的杀戮，最终实现了两种文化的和解，这在那个年代是相当难能可贵的。

28. 愚公真"愚"*

　　愚公移山的故事千百年来被人们用各种形式传诵着，愚公往往被人们奉为不畏困难、坚韧执着的化身。在我们的眼中，他不但不"愚"，反而"大智"，这种评价在极左的年代更被抬高到了不应有的高度。如果从生态主义或环保角度来看愚公，他不是"大智"而是"真愚"。造物主既造就了"方七百里，高万仞"的太行、王屋二山，也造就了"面山而居"的愚公，本来他们可以和谐相处，可是愚公只是觉得"惩山北之塞，出入之迂"，便忽发其想，非要"毕力平险、指通豫南、达于汉阴"。并顽固地认为"虽我之死，有子存焉；子又生孙，孙又生子；子又有子，子又有孙。子子孙孙无穷匮也。而山不加增，何苦而不平？"大有不破坏自然，决不收兵的架势。假如愚公尚在，试问愚公，你在移山之时，是否想过山上的动物、植物的命运？你年且九十，将不久于人世，山被移平之后，环境恶化、生态失衡，你的子子孙孙又将如何生存？愚公你只片面地看到了山给你造成的不便，却没有看到山正是你的衣食父母，是它使你得以生存，你在吃祖宗饭断子孙路。愚公你真"愚"！

　　用生态主义去解读愚公移山，愚公身上实际体现的是一种人类中心

---

　　* 该文发表于《深圳法制报》2004 年 4 月 13 日。发表时的题目为"愚公新说"。

主义和霸权主义的情怀。在这种主义的指导下，人以"万物之灵长，宇宙之精华"自居，一切完全从人的需要出发，视自然为人任意摆布的客体，把人类的进步单单视为对自然的征服与改造。为此人们做了很多的错事，毁林开荒、填海造陆、围湖造田、过度放牧，人类滥用自己的权利，向自然过度地索取，最后只能遭受自然的惩罚。近些年来，世界范围内的地球转暖和我国北方频繁的沙尘暴就是明显的例证。人和动物、植物、河流、山川一样都只是自然的一部分，宇宙中的一小点，比之它们，人没有什么可值得骄傲的，它们也应和人一样享有自然的权利。人应在自然面前学会克制和宽容，与万物和谐相处才是人类的福音。正如1992年6月联合国秘书长加利在联合国环境与发展会议闭幕式上的讲话中指出的："除了人与人订立社会契约外，我们还必须与我们赖以生存的自然即地球签订道德和政治契约。"

人有毁坏自然的革命气魄，却缺乏免受自然惩罚的能力，在现代化科学技术下，人可以一夜之间将山移平，将湖填满，却不能一夜之间恢复已被破坏的生态，人的高傲正是人的愚蠢。人是世界的主人，但不是自然的敌人。我们的地球只有一个，为了人类更好地生存，现代的愚公还是更少一些吧！

法律中的人性

29. 我们今天应该如何讲"孝"*

　　近年来随着传统文化的回归，孝道的理念又重新受到国人的重视，并且开始应用到社会治理中。一方面，许多地方政府建立了干部"德孝考核机制"，将孝与不孝作为干部提拔和晋升的一个重要标准；另一方面，新修改的《老年人权益保障法》将儿女"常回家看看"（与老年人分开居住的赡养人，应当经常看望或者问候老人）明确纳入条款，各地法院也由此出现了很多要求子女定期看望老人的判决。

　　"孝"是中国传统文化的一个重要组成部分，也是被多数中国人所禀承的道德情感和行为规范。但它毕竟根生于传统农业社会，曾为专制主义服务而成为"人治"的一部分。如今重提孝道，它能否与当今的法治模式和人权主题相契合，很多人难免有些疑惑和担忧。"孝"会不会沦为某种功利主义做法的标签？"孝"有没有可能重新成为人治主义的工具？其实产生这些疑虑和担忧的根本原因在于，孝道与现代法治之间存在着三大难题，这些难题不解决，"孝"的积极意义便很难发挥。

　　传统意义上的"孝"所应批判的地方，并不在于儿女应该向父母尽义务，而在于这种义务不应该脱离父母对儿女的付出而存在。

---

* 该文发表于《大众日报》2014 年 1 月 26 日。

第一道难题，身份型的"孝"与契约型的法的冲突。

　　如果从法律的角度分析，对儿女来说，孝是一种义务性的规定，对父母来说，孝则是一种权利性的规定。儿女尽孝是因为先前父母已经为儿女履行了养育的义务，儿女尽孝就是向父母反哺。从表面上看，这完全符合现代法治的权利义务一致的模式。但是如果深入地分析，便会发现，问题没那么简单。或许孝的观念在产生之初是因为报恩而生，但随着它成为一种文化或意识形态后，其就不单单基于报恩而存在了，而是基于一种身份或角色。换言之，儿女之所以要尽孝，就是因为你是儿女，父母之所以能够享受这种利益，就是因为他们是父母。在早期儒家的"五伦"（父子、君臣、夫妇、长幼、朋友）思想中，确实也曾流露出某些"契约趋向"，即孔子所说的"君君、臣臣、父父、子子"，孟子所说的"父子有亲、君臣有义、夫妇有别、长幼有序、朋友有义"。具体说，"父慈"与"子孝""君仁"与"臣忠"等要对应。这表明：任何一个角色都绝非居于绝对性的权利或义务的地位，而是一种对称性的关系。但随着汉代以后"三纲"（君为臣纲、父为子纲、夫为妻纲）思想的出现，父亲对儿子的绝对性地位确立起来，"契约趋向"的色彩就不存了。此时，"孝"便成为了一种无条件的义务。既然"孝"是基于身份而产生的，那么这种义务从一出生就印刻在每一个人身上了，是纯粹的、无条件的、天经地义的。它与父母先前为儿女提供的养育行为无关，因为即使父母先前的行为有瑕疵，按照"孝"的理念，儿女也应该"保质保量"地侍奉父母，正所谓"天下无不是父母"。既然如此，父母对我们疼爱，我们要孝顺父母；父母对我们不好，我们还是要孝顺。现代法治对代际关系的调整是通过契约式的权利义务模式进行的，而"孝"反映的则是一种基于身份而产生的下对上的单向的义务关系。因为它更强调的是基于身份的利益的单向流动，这就与法治中的基于平等人格而产生的利益的双向互动产生了冲突。

费孝通先生把西方的代际关系概括为"接力模式"，把中国的代际关系概括为"反馈模式"。在"接力模式"下，上一代有抚育下一代的责任，而下一代却无赡养上一代的义务，一代代地向下承担责任。在"反馈模式"下，每一代在抚育下一代的同时，都承担着赡养上一代的义务。如果从契约论的角度衡量，无疑"反馈模式"更符合契约论的要求，出于对上代的抚养而由下代支付的"孝"，在大体上能与契约法上的"等价有偿"原则相契合。传统意义上的"孝"所应批判的地方，并不在于儿女应该向父母尽义务，而在于这种义务不应该脱离父母对儿女的付出而存在。如果把"孝"仅视为儿女必须无条件地付出的话，那对父母来说无异于一种特权，对儿女来说则无异于一种奴役。显然，这与现代法治的理念是不相容的。由此看来，正像前文所提及的，早期儒家思想中的"孝"的观念因为更强调与"父慈"的交互性，可能对现代社会更具有借鉴意义。

　　"孝"解决的是一个在跨时交换中如何保障对价如实支付的问题。在通常的交易中，奉行的是"一手交钱、一手交货"的原则，交换者双方同时互换对价，即时交换，"人走茶凉"。而在代际关系中，按照生活的规律，上代必须先行付出，而在经历漫长的时间等待后，才可能收回回报，因此对于上代来讲，这种跨时性的交换蕴含着巨大的风险，因为它始终存在着不能收回"投资"的可能。而无论是作为一种观念意义上还是作为一种规范意义上的"孝"，恰恰可以作为防范这种风险的力量而存在。具体说，当享受了父母的恩惠而长大成人的儿女拒绝回报父母时，孝的观念或对其给予一定的贬谪，孝的规范或给予一定的惩罚。当儿女超出父母的支付程度而超额对其回报时，孝的观念或对其给予一定的颂扬，孝的规范会给予一定的激励。这样，"孝"的存在便降低了代际间的交易风险，减少了上代的顾虑，增加了"父慈"和"子孝"的动力，保障了代际间的公平，促进了家庭的和谐。从这个意义上说，

"孝"与法治主义并不矛盾。

"精神赡养"之所以令司法机关棘手，就在于"心病"难治，而舆论监督、思想教育、民间调解等非法律手段，可能要比硬邦邦的法律条文更有效。

第二道难题，"孝"的内在性与法的外部性之间的矛盾。

按照现代心理学的观点，孝道是一套子女以父母为主要对象的社会态度和社会行为的组合。也就是说，"孝"是由主观方面的"孝感"和客观方面的"孝行"构成的。孝道从产生之初，中国古人就认识到了这一点，而且更强调主观方面的重要性。孔子说："今之孝者，是谓能养。至于犬马，皆能有养；不敬，何以别乎?"可见，孔子把孝分为"养"和"敬"两部分，认为单纯外在化的"养"并不是真正的孝，而发自内心的"敬"才是真正的孝。对儿女来讲，孝不但要求其有外在的行为，即"养"，同时要有内在的态度，即"敬"；不但要为父母提供物质上的供养，同时还要提供精神上的快乐；既能"养亲"，又能"安亲"，并且精神上的赡养才是孝的关键。

这种特有的精神内涵，为"孝"介入现代法治构成了障碍。现代法律对社会关系的调整是从人的外在行为切入的。康德以来的法学理论一般认为，社会关系由人与人之间的行为而生发，没有人们之间的交互行为，也就没有社会关系。法与道德的重要区别就在于，法仅仅调整和约束人的外在行为，而不调整和约束人的内在思想和情感。如此，"孝"的精神内涵与现代法律对社会生活的作用方式之间便构成了一道难题。具体说，法律对实现"孝"的"养亲"方面的调整是不成问题的，但在完成"孝"的"敬亲""安亲"方面则显得力不从心。

其实，现代中国的法律中对"孝"是有规定的。只不过，在法律的文本中没有直接使用"孝"这样的概念和术语罢了，代之的是另一个法律术语——"赡养"。孝道虽然在新中国的历史上曾长期受到批判，但养老传统始终被国家所认可，即使在极左时期也不曾受到过冲击。赡养老人早在新中国成立之初就被《婚姻法》规定为公民的一项义务，当下的《婚姻法》依然延续了这样的规定，并且在《刑法》中还将虐待和遗弃老人规定为犯罪。正因法律只能从外在行为入手来调整社会关系，因此，"孝"在法律中必然也只能被物质上的"赡养"所替代，这样具有丰富内涵的"孝"便被阉割了。因为"孝"的主观方面，即子女的"敬"和父母的"安"，无法通过法律的调整来实现，所以规定到法律中的"孝"便被简单化为赡养费的支付。这样一方面，因为法律中的"孝"缺失了"敬"的要件，或者说法律中只容纳了"孝"中的"养"要件，所以"光养不敬"的行为是无法进入法律视野的，进而也就无法让当事人承担责任。正因如此，当下的"家庭冷暴力"虽然对老人构成了严重的伤害，但是法律往往无能为力。不仅如此，即使是"不养"的行为，也只有达到严重的程度，法律才能介入。而"不养"的行为由于隐蔽在家庭里、亲情中，既不易表现出充分的外观，也难以让执法者来认定，因此，法律对其虽有制裁性的规定（如《刑法》中关于虐待罪、遗弃罪等规定），但在现实层面却很难发挥作用。一般来说，"敬"是"养"的动力源泉，缺失了"敬"，物质赡养的质和量也必然遭到贬损和折扣。这正是当下中国特别是广大农村遭遇到的孝道危机的深层原因之一。另一方面，因为"安"无法纳入到法律的评价标准体系中，法律很难通过具体的制度来促进"孝"中"安"的因素的实现，而对于"不需养，只要安"的情况，即老人"精神赡养"的需求很难通过法律的途径来满足。一些法院虽然在"精神赡养"纠纷上作出了司法尝试，但效果并不令人满意。正如承办该类案件的一位法官所表述的那样："即使判决赡养人每月承担探望、照料、陪护义务，但其如果不去，法官也不可能拉着他去。再说即使强拉着去了，也往往只剩形式了。"

俗话说，"心病还得心药治"，既然孝的问题的症结在于行为人的内心，因此，我们还得在思想下功夫。即使在法治社会里，法律也绝非是调整社会关系的唯一方法和手段，政策、道德、习惯、民约、宗教等仍然有存在的空间和价值，舆论监督、思想教育、民间调解等非法律手段可能在某些领域或某些时候比之法律手段会更有效。"精神赡养"之所以令司法机关棘手，就在于"心病"难治。既然如此，解决的策略就应该以"攻心为上"。其实，通过司法手段解决当事人的"心病"对于中国法官来说并不陌生。中国的司法的优势在于调解，"调解优先"是目前中国司法的基本原则，并且在基层司法中获得了广泛的应用。"人民司法"是我们的特色，"群众路线"是我们的基本立场，"马锡五"审判方式是我们的宝贵的资源，做思想工作是我们最为擅长解决纠纷的手段之一，"晓之以理，动之以情""将心比心""换位思考"等是我们解决纠纷时经常使用的方法和话语。这些有时要比那些硬邦邦的条文更有效。由此看来，面对涉"孝"纠纷和精神赡养，我们的法院不是无能为力，而是大有可为。

一些地方把"孝"作为选拔干部的标准，不是没有任何合理性，问题在于不应把它绝对化、教条化。

第三道难题，"孝"的差别主义与法的普遍主义之间的抵牾。

在家庭层面生长的是私人伦理，在国家层面生长的是公共伦理。"孝"既然生长在家庭中，那么从本源上讲，它属于私人伦理或"私德"。儒家意义上的"国"是"家"放大后的产物，那么在国家层面生长的公共伦理就是私人伦理推延后的结果。因此，传统中国的公共伦理不过是以血亲为中心扩展开来的亲族关系伦理，传统中国的公共生活不过是一个以孝为核心的放大了的私人关系网。在这样的网络里有亲疏远近之分，有高低贵贱之别。现代法律生长在公共领域，由公共伦理来支撑，它以无差别的一般意义上的个体为调整对象，因此说"法乃公器"。这样，追求"一视同仁"的法与强调"差别对待"的孝之间便构成了矛盾，这种矛盾实际上是法律的公共性与孝伦理的私用性之间的矛盾，这为孝伦理进入现代法治空间又制造了一个障碍和难题。

以"孝"为中心的"差别主义"伦理观指导下的中国人，总是以某种角色进入到某种人际关系中，个人行为的选择总是伴随着伦理认同才能作出。当他进入到非伦理性的公共生活领域时，就会发生关系认同的障碍，其结果必然表现为社会公德的缺失和法律意识的淡薄。孟子曾对舜以"亲之欲其贵，爱之欲其富"的原则将"不仁"的弟弟"封之有庳"的做法大加赞赏。用现代法治观点来审视，舜的行为实际是徇情枉法、任人唯亲的行为，进而破坏了法制的公平性和统一性。在当下的中国，如果不理清私德与公德、亲情与国法的关系，而一味地宣扬"孝"的重要作用，或者说不加改造地将中国传统中的孝文化直接运用到现代生活中，那么只能造就越来越多的"善良违法者"。正因如此，以"德孝"为标准考核干部的做法，许多学者都提出了质疑。孝是私德，法乃公器，私德不能直接推导出公德，符合私德的行为未必合法。

在现代社会，法并不是不调整家庭，一个"孝子"也不是只停留在家庭中而不进入到公共领域，由此看来，"私德"的"孝"与"公器"的"法"的冲突是无法避免的。即使如此，也并不等于说在法治的框架内就不能倡导"孝"。诚然，"孝"是私德，当私德与国法相冲突时要舍弃私德，但这并不是说"孝"就对公德的培养没有支援作用。虽然说不能由一个人的私德直接推导出他的公德，但是在家庭领域"劣迹昭昭"的人，注定不会在公德领域有突出表现。一个在家打爹骂娘的人很难说他有爱民之心进而成为践行社会公德的典范。由此来说，"孝"对公德来说虽不是充分条件，但更趋向于必要条件。这样看来，一些地方把"孝"作为选拔干部的标准，不是没有任何合理性，问题在于不应把它绝对化、教条化。

在物质文化日益趋同的全球化的今天，中国人的特性很大程度上就来源于他的传统，强调家庭主义、重视亲情、遵从孝道等已经成为中国人所秉承的行为习惯和道德观念。

"孝"与法治的冲突实际上是传统社会和现代社会在意识形态上的冲突。从本源上说，"孝"是一套生发于农业文明、服务于宗法社会，旨在维护尊卑秩序的行为规范。因此，传统意义上的"孝"如果不经改造是很难和现代法治相融合的。如果忽视这一点，硬行将其嵌入现代社会，由此带来的负面效应恐怕还要多于它的正面效应。但这并不代表孝文化中就没有可供现代人利用的资源。其实，作为中国传统文化的一部分，"孝"文化中蕴含着丰富的能够跨越传统和现代的普适性价值和共通性资源，这些价值和资源如果能够得到合理利用，"孝"不但能够与现代法治共融，而且还有助于彰显中国法治自身的特色和独有的面向。而"孝"能够服务于现代社会则有赖于对上述"法治难题"的破解以及对孝文化的现代性改造。

以孝为中心的家庭伦理是中国传统文化的重要内容。传统就是一种"活着的过去"，传统必然要呈现出一种从古至今并且将来还要持续下去的"惯性"。在物质文化日益趋同的全球化的今天，中国人的特性很大程度上就来源于他的传统。在这样的文化传统下，强调家庭主义、重视亲情、遵从孝道等已经成为了中国人所秉承的行为习惯和道德观念。近代以来，出于救亡图存的目的，中国人把学习西方作为现代化的主要手段，而这种现代化又是在批判传统的基础上进行的。由于对传统文化资源挖掘得不够，传统中的许多有益的成分被忽视或者丢弃。这样，一方面，中国只能如一个无主体意识的小学生一样，跟在西方老师的后面亦步亦趋地学习别人的东西，另一方面全盘拿来的东西由于忽视了本土文化和传统的特殊性，常常出现"南橘北枳"或"消化不良"的现象。21 世纪的中国已屹立于世界民族之林，中国的道路自信要依赖于文化自信，中国要完成现代化必须要正视自己的传统。"孝"文化以及其他优秀传统文化在今天的重新发现和现代转化，正是基于这一背景。

30. "亲亲相隐"还是"大义灭亲"[*]

一、中国古代有"亲亲相隐"的文化传统，但同时也不排斥"大义灭亲"

法律是调整人的行为的规范，而现实中的人又是情感的动物，任何人都逃避不了亲情。因此，法律在其运作中必然要遭遇到与亲情的协调问题。去年黑龙江杀警越狱逃犯高玉伦被其亲戚举报抓获，随后关于"亲亲相隐"还是"大义灭亲"的讨论，再次引起了社会的广泛关注。

出于秩序和效率的考量，应"大义灭亲"；从自由或权利的角度出发，则应"亲亲相隐"。面对亲情，中国自古就有"亲亲相隐"和"大义灭亲"两种理念，它们虽然立场迥异，但与中国人的道德传统却都不相排斥。道德主义虽然并不是现代法律所要唯一坚持的立场，但如果某些法律漠视甚至背离基本的社会道德，那么它的合法性就有可能受到质疑，"恶法非法"的原则可能会激励人们反抗这样的法律。由此看来，法律对"亲亲相隐"和"大义灭亲"两种立场的选择问题并不是一个无关痛痒的问题，而是一个值得立法者深思甚至着实让其头疼的问题。因为，立法者必须要面对二者选其一的纠结，且任何一种立场的抛弃都可能遭遇法律的道德性危机，在这其中法的某些价值有可能受到不同程

---

[*] 该文发表于《大众日报》2015年4月1日。

度的贬损。该问题的难度还不限于此。当下的中国正处于改革和发展的关键时期，而建设法治社会的战略又促使国家往往把立法作为重建利益格局的惯常性举措。然而，对于中国这样一个在法律现代化过程中处于后发展阶段的国家来说，由于新旧体制、新旧利益、传统和现代观念的交融与碰撞，使得某些立法常常变得异常艰难和复杂。换言之，某些立法过程，其实往往就是一场各种力量之间的艰难的博弈过程。也正因如此，法律对"亲亲相隐"和"大义灭亲"立场的选择问题才变得更加复杂，因为在这场博弈中，立法者需要在更多的问题上作价值取舍和立场选择。

具体来说，在功利主义的驱动下，国家和民众具有不同的利益诉求进而持有不同的立场。国家出于秩序和效率的考量，更倾向于让民众"大义灭亲"，而民众更愿意从自由或权利的角度出发，希望国家能让其"亲亲相隐"，此间立法者应该如何取舍？面对传统的国家职权主义的压力和当下民众对权利日益高涨的需求，面对依赖"大义灭亲"法制而形成的分属于不同实体的部门利益和民众基于善良人性而亟待国家给予亲情"松绑"的欲求之间的冲突，在此消彼长的利益格局的重整中，立法者应该如何权衡？从文化传统上讲，"亲亲相隐"有其历史根基，从革命传统的角度，"大义灭亲"有其合法性，在传统文化复归和法律的政治性日益弱化的现代社会，在处理亲情的问题上立法者的立场应该如何选择？再进一步说，"亲亲相隐"和"大义灭亲"的选择与权衡过程实际上是一个在立法或司法场域中展开的，来回往复于官方与民间、传统与现代之间的，权力与权利、权力与权力的博弈过程。

二、"亲亲相隐"的文化传统曾长期让位于"大义灭亲"的"革命"话语

提及"亲亲相隐"，中国人并不陌生。传统中国是一个宗法伦理社会，亲情是维系该社会的最为重要的纽带，因此，国家往往把维护亲情视为法律所要保护的一种更高的价值。正因如此，在中国"亲亲相隐"一直以官方话语的形式出现。这表现在，一方面，在主流的意识形态上，统治者一直倡导亲属之间的相隐。孔孟对此的表述应该最具有说服力。孔子曾有"父为子隐，子为父隐，直在其中矣"的论断。孟子为被亲情与国法所困扰的舜设计了"窃负而逃，遵海滨而处"的方案。另一方面，在法律实践上，国家一直把"亲亲相隐"视为民众的一项义务，并且"相隐"的范围逐渐扩大，到了唐朝甚至发展成为"同居者相为隐"。与此相适应，法律还规定了强制亲属拒证制度，如《大明律》卷首就规定："弟不证兄、妻不证夫、奴婢不证主。"自晚清以来，随着法制近代化的推进，原有的体现中华法系特征的内容几乎都被废弃，但"亲亲相隐"的制度与理念经过必要的改造后却被保留了下来。据学者范忠信考察，从《大清新刑律》到民国刑法先后保留了为庇护亲属而藏匿人犯及湮灭证据不罚、放纵或便利亲属脱逃减轻处罚、为亲属利益而伪证及诬告免刑、为亲属顶替自首或顶替受刑不罚、为亲属销赃匿赃的免罚、有权拒绝证明亲属有罪、对尊亲属不得提起自诉等规定。

随着新中国的成立，有关"亲亲相隐"的官方话语开始中断，这直接表现为"亲亲相隐"制度连同旧法统一并被废除。从表面上看，这种话语的中断是出于新政权与旧制度决裂的需要。其实，在这背后有更深层的原因。首先，"斗争哲学"在其中发挥了重要作用。从新民主主义革命以来，中国革命始终受着一种"斗争哲学"的指导。这种哲学是建立在一定程度地否定家庭和传统的基础上的，它从阶级的立场出发，试图以一种"同志式"的政治伦理取代以血缘和婚姻为纽带的家庭伦理。这样，往往政治伦理当中的"大义"要高于家庭伦理中的"亲情"，当两者发生冲突的时候，一个合格的革命者自然应该"大义灭亲"。其次，革命主义的"人性观"也是促成"亲亲相隐"传统中断的又一要因。革命主义的"人性观"往往认为，人性并不是与生俱来且一成不变的东西，而是具体社会关系的产物；在阶级社会中，人性的问题就是阶级性的问题，即不能脱离阶级来空谈人性。因此，亲情不是人性中所固有的内容，它应该服从于阶级性。阶级社会是一个非血缘和非亲缘的联合体，它由阶级内统一的政治伦理来调整。而家庭则以私人层面的亲情伦理来维系，这与具有相对普遍性的政治伦理相差甚远，一个合格的革命者要勇于走出自己的家庭，摆脱亲情伦理的束缚，特别是当亲情和阶级性发生冲突的时候，他必须能够以阶级情感战胜狭隘的亲情。当政治伦理以法律的形式来表征的时候，亲情与阶级性的冲突便直接表现为亲情伦理和法律规范的冲突。于是，当亲人违法，每一个革命者（或公民）不但不能包庇，相反应该勇敢地予以检举和揭发。

在这种"斗争哲学"和革命主义的"人性观"的指导下，家庭和亲情观念受到了批判，"亲亲相隐"的官方话语地位遭到了颠覆，取而代之的是一种"大义灭亲"式的话语表达形式。在官方话语中，"大义灭亲""勇于揭发""大胆检举"等词语高频出现。这种话语随着极"左"思潮的泛滥在"文化大革命"中达到了顶峰。

在当下的中国，虽然阶级学说和斗争哲学的影响正在逐渐弱化，法律也在渐进地去政治化，但依据历史的惯性，"大义灭亲"式的话语仍然顽强地保留在当下的中国法律制度中。在法律的去政治化过程中，国家主义的立场悄然代替了阶级主义的立场而重新成为支持"大义灭亲"话语方式存在的理由和土壤。也就是说，配合国家缉拿自己的亲属，对公民来说虽已不是一项政治任务，但仍然是一项应尽的国家义务。正因如此，1979 年《刑法》的第 162 条和第 172 条以及 1997 年《刑法》的第 305 条、第 306 条、第 310 条都规定，知悉犯罪嫌疑人情况的任何人，包括亲属在内，都不能作伪证，不能实施窝赃、包庇行为，否则构成犯罪，1979 年以及 1996 年的《刑事诉讼法》都规定"凡是知道案件情况的人都有作证的义务"，近亲属并不能除外，当下的刑诉法又延续了这样的规定。

伴随着政治型社会的解构，人性的理念与家庭的观念开始回归，人权与法治的观念逐渐获得推进，在这一过程中，"大义灭亲"式的法制模式逐渐受到民众的质疑和批判，法律对亲属应给予必要的宽容的诉求开始生长，这些批判和诉求由弱变强逐渐形成一股不可小视的民间话语。早在1996年《刑事诉讼法》修订、1997年《刑法》修订之时，一些学者就曾呼吁给予亲属刑事豁免权。2003年由汤维建等学者起草的《民事证据法》建议稿中明确地设计了亲属以及有特定职业的人员可以拒绝作证的内容。2007年一位全国人大代表向全国人大常委会办公厅提交了《关于尽快恢复亲属容隐制的建议》。2011年《刑事诉讼法》修改期间，对于草案的亮点之一——"不强制近亲属出庭作证"的新规定，舆论普遍为之叫好。最近，网络有关"大义灭亲"的民意调查也显示：高达55.4%的人表示反对，仅有26.2%的人表示支持。

三、现代社会，私人领域应"容隐"，公共领域则必须"灭亲"

"亲亲相隐"思潮的兴起既有现实中的需求，又有文化上的动因。近年来传统文化的复归助推了这样的思潮与话语。对善良人性的尊重是世界立法的潮流，因此亲属豁免权在世界上几乎所有的国家都获得了法律上的认可。在经济、法律一体化的全球化时代，中国并不能长期站在这一潮流之外。另外，中国是一个最重亲情伦理的国度，亲属关系在中国最为发达，亲伦传统深厚而浓重并在当代中国开始复兴，这些都会成为推动亲属豁免权制度得以确立的重要动力。

其实，在中国传统中不光有"亲亲相隐"文化，同时它也不排斥"大义灭亲"。两者虽然对待亲属的态度截然相反，但是它们与传统道德并不冲突，因为中国古人是把它们放在不同的领域、针对不同的主体来提倡的。对普通百姓在私人关系中强调"亲亲相隐"，对政府官员在公共领域强调"大义灭亲"，正所谓"门内之治恩掩义，门外之治义断恩"。在中国古人看来，普通百姓是"小人"，也就是一般人，他生活在私人领域，逃避不了私情的困围，家庭伦理的效力自然高于国法，因此它应该"亲亲相隐"；而官员是"大人"，他生活在公共领域，道德水平应该比普通百姓高，国法和政治伦理的效力要高于私情，因此，它必须"大义灭亲"。正因如此，"石蜡杀子"与"包公铡侄"并没有因为其"灭亲"而受到人们的贬低，反而因为其维护"大义"而受到人们的颂扬。由此看来，对一个人来说，法律要求他在私人领域必须"容隐"，在公共领域则必须"灭亲"。难怪，当孟子遭遇到舜父杀人而舜应如何而为的提问时，他作出的是"窃负而逃，遵海滨而处，终身然，乐而忘天下"的回应。也就是说，舜如作为国君反而没有权利容隐其父，他若要如此，就必须放弃天子之位，以平民的身份为之，这才符合道德和法律的要求。从这一点看，中国古人相当睿智。他成功地解决了"亲亲相隐"和"大义灭亲"的冲突问题。这样的思想对现代中国颇有借鉴价值。当今时代，我们反对"大义灭亲"并不是反对在国家公职人员的执法和司法中的"大义灭亲"，这种"大义灭亲"是秉公执法、不徇私情的表现，是应受法律和道德鼓励和表扬的，我们所反对的是在私人领域出于促进司法效率的考虑，国家强迫公民而为的"大义灭亲"。由此看来，亲属豁免权可以在普通人之间行使，但在涉及执法或司法的国家公职人员时就应当受到阻却。

31. 人类为什么会穿上衣服[*]

——写在本谦先生之后

桑本谦先生先前在公众号"拍案集"上两次撰文《人类为什么会穿上衣服》，文中将人类衣服的起源与性竞争、权力运作和知识经济相联系。我没有本谦先生思考得那么深刻，但我只知道如果人类不穿上衣服，可能就会天下大乱。

人类社会的基本秩序是依靠"性"（sex）建立的。马克思说过，人类社会的生产有两种：物质资料生产和人自身的生产，即种的繁衍。也就是说，一个社会要想维持，一要能够顺利地生产物，二要能够顺利地生产人。而物的顺利生产则是以人的顺利生产为前提的，毕竟物是由人生产的嘛！提到人的生产就不能不提及"性"，因为在传统社会"性"是人类生殖的唯一途径。正因为"性"对于人类社会具有这样的基础性地位，所以人类社会的秩序首先是性秩序，或者说其他秩序都是围绕着性秩序展开或发生的。

首先，在传统社会，只有两性在性上通力合作才能完成每一次生殖，正是因为有了这样的合作，由此而来的"宝宝"才将合作的一方（男性）称为父，将另一方称为母。由此家庭和亲属关系得以形成，围

---

[*] 该文首次发表于微信公众号"法学学术前沿"，2015年7月12日。

绕着家庭和亲属便形成了人类的基本道德和伦理。这些道德和伦理规定着长辈对于幼辈的权威和幼辈对于长辈的尊敬。也就是说，家庭和亲属对于人的意义在于，有些事只能在亲属之间做，有些事在亲属之间绝对不能做。而不能做的事中首推"性"方面的事。英国人类行为学家莫里斯按照亲密程度把人的求偶的过程分为"眼对身""眼对眼""话对话""手对手""臂对肩""肩对腰""嘴对嘴""手对头""手对身""嘴对乳房""手对生殖器""生殖器对生殖器"这12个阶段，其中"生殖器对生殖器"是其最后一个阶段，也是最亲密的阶段。正因为性关系是最为亲密的关系，所以它被要求只能在特定的主体间进行。如果亲属之间可以随意发生性关系，原有的权威和尊敬便被"随意"和"亲密"所挤占，原有的身份关系随之发生改变，伦理道德将彻底被颠覆。所以在传统社会中乱伦行为一直被认为是"禽兽行"，是"十恶不赦"之大罪。

其次，在性的快乐功能的驱使下，性行为极易在群体中发生，又由于优秀的性资源的稀缺，所以性竞争不可避免，而无节制的性竞争对所在群体的破坏性是致命的。根据人类学家对古人类化石的分析，北京猿人几乎所有的颅骨都有被棍棒、石制工具打击致死的迹象。根据这些事实人类学家认为，早期人类死亡的一个重要的原因是他们同性之间由性竞争而引起的自相残杀。我们推想，或许是在集体劳动的时候，参与集体围猎的一哥们儿正向附近进行采摘植物果实的一女孩抛媚眼，而此时则引起了早已对该女子钟情已久的一同伴的嫉妒，从而遭遇到一闷棍。由此可见，性在普通人之间也不能自由流动，一个社会要想维系，就必须得对性进行管控。婚姻其实就是人类性资源分配的社会化形式，夫对于妻，妻对于夫都只不过是作为一方的性配额而存在的。难怪波斯纳说，强奸不仅侵犯的是受害者的权利，而且它还侵犯了受害者丈夫的（现在的或将来的）权利，于是他将强奸和通奸称为"性盗窃"。在传统的男权社会下，强奸和通奸之所以都要受到惩罚，归根结底就是因为它侵犯了女人背后男人的权利。在现代社会，婚姻代表着夫妻的任何一方对另一方的性垄断，即每一方针对另一方都享有"配偶权"。虽然通奸正在许多国家去罪化，但不等于通奸不承担法律责任。事实上，在许多国家通奸仍是承担民事责任的重要理由，因为"你动了我的奶酪"。

用莫里斯的话说："人类是最性感的灵长类动物"。生物科学研究表明：除人以外的任何动物特别是雌性动物都有发情期，即动物的性激素内分泌系统，只有在一年中的某些季节或时期内才发挥作用，才可能促使动物产生性欲，并发生性交。在发情期以外，动物不但没有性欲，不会性交，甚至有的还会两地分居，不相往来。而人作为高级动物则与普通动物不同，人没有发情期的限制，只要有欲望，人可随时随地与异性性交，并且人类的性交不单单是动物的生理反应，而是更多地融入了心理、精神的成分。

人类在性上还表现出"多元"的倾向，即人身上有喜新厌旧的习性和性爱对象不固定的特征。这个习性或特征是灵长类动物祖先遗传给人类的结果。据莫里斯的研究，裸猿（人类）具有超强的探求欲，幼猴虽然也有探求欲，但这种探求欲随着它们的长大会逐渐减弱，而裸猿这种探求欲不仅会从幼年时期延续到成年期，而且还会有所增强。

在人类漫长的进化过程中，人不但能直立行走，并褪去了体毛，这样与爬行的动物不同，他/她的生殖器便会暴露无遗。生殖器的暴露，对于人这个极端性感的物种来说，莫过于最大的性刺激和性吸引，所以由此极易导致大量违规性行为的发生，这对社会的性秩序是最大的威胁。难怪，人类的祖先亚当和夏娃偷吃了智慧果而有羞耻感后，最先的动作就是用树叶遮住自己的下身。

在裸体的刺激下，人们很容易把性行为随意化。在家庭内，随意的性行为会把任何关系轻而易举地变为最为亲密的关系，并极有可能由此衍生出一系列血缘关系并重新确定出身份和秩序，而这种新的身份和秩序是建立在颠覆原有的身份和秩序基础上的。身份和秩序频繁的更替必然导致家庭关系无法维系；还如前所述，在家庭外，随意的性行为必然导致固定的性配额被打破，性不再固定在特定人之间，有些人常常会"吃着自己盘子里的，惦记着别人碗里的"，人们常常会因为争夺自己的"心上人"打得"头破血流"，要是如此，可真是天下大乱了！要避免如此，人类真得把衣服穿上。难怪，前些天在故宫门前拍裸照的"家伙"受到了那么多人的舆论围攻，这岂止是"我进行我的创作，我没有影响到任何人"的理由就能够解释得了的。万一你要把我们的性秩序搞乱了，你能负得起这个责任吗？

也正因如此，文明社会对公共场合不穿衣服的行为都要禁止，例如《美国模范刑法典》第213.5条规定："以刺激或满足自己或非配偶他人之性欲为目的，明知有引起厌恶或惊愕之情况下，露出生殖器者，即系犯轻罪。"在我国，往往将之纳入治安行政处罚之列。

福柯认为，性侵害和用一个拳头打一个人的脸没有本质的区别，都是伤害或侵权的形式，因而将强奸单独列为或列为更为严重的犯罪是有问题的。的确，从外观上看，这两者确实没有本质的区别，但是，从人类文明伊始，"性"就是一个特殊的问题和领域，虽然它和人的穿衣、吃饭、睡觉等活动，从生理上讲没有本质的不同，但是任何一个文化也不可能将之同等对待。有时由性器官的接触而导致的物理伤害确实比用一个拳头打一个人的脸所受到的物理伤害要轻得多，但是，前者对于受害人及其家属精神上的伤害程度之深是后者无论如何也不能企及的。这或许是文化驱使的结果，但这是一个不可否认的事实。所以"性"在这个社会中的确很特殊。因此，"性"不能在人群之间随意造访，性行为只有在主流文化所规定的人之间发生才是合法的，它绝不可以如打球、下棋、跳舞等娱乐活动那样随便。如果那样，可就真是"家不像家""国不像国"了，社会"文明"也就真的不存在了。既然如此，我们还是把衣服穿好吧！

32. 人若"高尚"就要离"性"远一点[*]

福柯说:"性(sex)在任何一种情况下都不能成为立法的对象。"他说强奸之所以受到惩罚不是因为有"性",而是因为有"暴力"或者有"侵害",强奸罪惩罚的是"暴力"和"侵害"。由他的理论推之,没有暴力和侵害的"性",或者说,在"你情我愿"的情况下发生的"性"是不应该被法律所惩罚的。现代世界各国的法律实践正表现出一种与福柯的理论相吻合的迹象。传统上的通奸行为正在经历着除罪化的过程,无明显受害者的性行为,即传统上的有伤风化的行为也日益获得法律宽容。于是,人在性方面的自由空间开始拓展,由此"性权利"的问题也被提了出来。

事实上,即使真的如福柯所说的"性不再成为立法的对象",也不意味"性"就真的"没说没管"了,只是意味着在现代社会对"性"的调整更多地不是依靠法律而是依靠道德来进行,也就是说,"性"的问题更多的不是一个法律问题而是一个道德问题。而道德问题则又是一个关涉人是否"高尚"的问题。人若想在道德上受到高评,起码要做到两点:"利他"和"禁欲"。提到"禁欲",就又回到了"性"的问题。

"性"在人类生活中确实是一个特殊的问题。首先,它比较难控制;

---

* 该文首次发表于微信公众号"法学学术前沿",2015 年 8 月 7 日。

其次，它控制不好容易出乱子。所以在人类历史上法律、道德和宗教共同组成了一个权力网络来对性进行管控，这种管控越是在传统社会就越严格。在现代社会虽然法律不断为"性"松绑，但是道德和宗教对"性"仍然是排斥的。一个在"性"上追求多元化的人，即使不违法，往往在道德上也会受到指摘；虽然自由是现代社会的核心价值，追求自己的性自由从理论上说是人的权利，但是事实上还是洁身自好的人容易在道德上受到高评。有些政治家之所以受到本国甚至世界人民的爱戴，和他始终如一地恪守婚姻规则不无关系，而即使在崇尚自由的美国，当年身居高位的克林顿也差一点因莱温斯基性丑闻而丢掉总统的职位。也正因如此，西方国家的领导人竞选时，候选人常常要把他或她拥有温馨而和谐的家庭的一面展现给公众，极力要把自己塑造成一个"family man"或"family woman"（"顾家的人"），各国领导人出国访问也常常由家人陪同。一个在婚姻上不稳定的人很难得到民众的首肯。一个能控制住自己的性欲望，一个通过自己权位本来可以获得更多性资源而不那么做的人自然会赢得别人的尊敬。

谈及宗教，性更是不被其所容。传统的基督教就有"性就是罪"的思想。在基督教看来，性欲为恶，并且是他们忠于上帝和灵魂得救的最大的敌人。早期的教父们甚至认为，即使夫妻之间的性，也是用疯狂的快乐来"喂养"肉体，它在诱导人们去做与敬奉上帝的目的相悖的事。虽然现代的基督教也在不断宽容"性"，但在本质上它还是排斥"性"的，特别是传统的天主教的神职人员必须远离"性"。传统的佛教坚持"性即是淫"的观点，在佛家看来，过分贪恋"性"是与其敬神的宗旨相悖的。佛教把人类的性行为分成两类："正淫"和"邪淫"。由于修学佛法的人分为出家人和在家人，出家人是必须断绝淫欲，而在家人由于有家庭的责任，所以允许"正淫"的行为。虽然现代的基督教和佛教也都在与时俱进，但在反对"性"的多元化的这一点上则是相同的。一个人过分热衷于"性"必然分散其侍奉神的精力，并且由此而带来的快乐与宗教的严肃性和敬神的庄重性也是不相吻合的。

虽然宗教这样要求，但因为"性"的力量太强大了，因此在人类的历史上神职人员的违规行为依然屡见不鲜。据《欧洲道德史》记载："教皇约翰 23 世被指控犯有乱伦、通奸及其他罪行，圣奥古斯丁的一个获选而尚未就任的修道院院长，于 1171 年在坎特伯雷受审后被发现，他仅在一个村子里就有 17 个私生子；西班牙圣彼拉奥的一个男修道院院长，于 1130 年被证实，他至少有 70 个姘妇；列日主教亨利三世因有65 个私生子而被免职。"即使在当下也依然如此。1996 年 9 月 9 日苏格兰西部阿盖尔地区天主教主教赖特失踪，直到一周后人们获得准确消息：主教大人与女护士私奔了。据 20 世纪 90 年代的报道，在过去 30 年里罗马天主教会在全球范围内，共有 10 万神职人员由于感情问题离开教职。①

在中国古代关于和尚性违规的故事和案件也比比皆是。不消说诸如《水浒》中杨雄的妻子潘巧云与和尚裴如海勾搭成奸之类的故事，仅在传统经典的"妙判"中就有不少这样的案例。如清代郑板桥任山东潍县县令时，曾判过一桩"僧尼私恋案"。一天，乡绅将一个和尚和一个尼姑抓到县衙，嘈嘈嚷嚷地说他们私通，伤风败俗。原来二人未出家时是同一村人，青梅竹马私订了终身，但女方父母却把女儿许配给邻村一个老财主做妾。女儿誓死不从，离家奔桃花庵削发为尼，男子也愤而出家。谁知在来年三月三的潍县风筝会上，这对苦命鸳鸯竟又碰了面，于是趁夜色幽会，不料被人当场抓住。郑板桥听后，动了恻隐之心，遂判他们可以还俗结婚，提笔写下判词曰："一半葫芦一半瓢，合来一处好成桃。从今入定风归寂，此后敲门月影遥。鸟性悦时空即色，莲花落处

---

① 参见谈大正：《性文化与法》，上海人民出版社 1998 年版，第 130 页。

静偏娇。是谁勾却此案？记取当堂郑板桥。"又如，苏轼在杭州做官，灵隐寺有了然和尚杀死了相好的妓女李秀奴，了然和尚在手臂上刺两句诗："但愿同升极乐国，免教今世苦相思。"苏轼以《踏莎行》辞作判决如下："这个秃驴，修行忒煞。云山顶上持斋戒。一从迷恋玉楼人，鹑衣百结浑无奈。毒手伤人，花容粉碎。空空色色今何在？臂间刺道苦相思，这次还了相思债。"

　　宗教的本质是求善的，因此神职人员的任务是帮助、教导、劝诱人们做善事、立善德，而作为这样的启蒙者，他们自然被要求恪守更严格的清规戒律，自然被要求比一般人更"高尚"。一个人的伟大在于他能够做到别人做不到的事，一个人在道德上要赢得"高尚"也同样如此。由此说来，在"性"的问题上，对一般人来说可以谈"权利"和"自由"，但是对于某些神职人员却不能提这样的"权利"和"自由"，当然所在宗教的教义允许的除外。作为一个神职人员在"性"上做了有悖于教义的事，受到伤害的不仅是他自身的名誉，更是整个宗教的声誉。神职人员的地位越高，这种伤害的力度就越大。最近有关"释永信"的传闻，尽管真假难辨，尽管官方还未给出明确的结论，但还是遭到了"爆棚式"的热炒，究其原因，其背后更多地还是因为他所从事的特殊性的职业和所具有的特殊性的社会地位。

　　不同的职业有不同的职业伦理，某些人恰恰是因为从事了特殊的职业从而被社会赋予了更高的道德要求，诸如法官、教师、医生、国家公务员，当然还有以上提及的神职人员等。并且随着他们社会地位的提高，这种道德要求会随之被抬得更高。从某种意义上说，医生是治疗人身体疾病的人，教师和神职人员是治疗人精神疾病的人，法官是治疗社会疾病的人，国家公务人员是传播官方正义的人，矫正别人或传播正义的人自然要被赋予更高的道德要求，这意味着，社会要求他们在道德上是不能轻易犯错误的，或者说一旦在道德上犯了错误是不容易被原谅的。由此看来，正是基于社会地位和职业的原因，某些人群在道德上其权利和自由比之普通人是受到限制的。也就是说，基于社会地位和职业的原因，某些人群比之一般人应该更"高尚"。又如先前所说，"禁欲"，特别是在性领域的"禁欲"，是获得"高尚"的重要条件，因此我们提醒那些从事特殊职业、具有特殊社会地位的人，在性领域应该多一分保守和矜持，少一分放纵和贪婪。即使对于普通人来说，如果你想"高尚"起来，也要尽可能地离主流之外的"性"远一点！

33. 为何水浒英雄不要"家"[*]

　　水浒一百单八将中有一百零二个单身汉，除张青与孙二娘，王英与扈三娘，孙新与顾大嫂等六人算是有家庭之外，其余人等无一再有家室，并且无论是有家的还是没家的，统统都没有子女。像李逵、张顺、鲁智深、阮氏兄弟等压根就没有妻子，而像宋江、卢俊义、杨雄等原本是有家室的，但终因杀妻后而没有了家。林冲也原本是有家室的，但也因妻子被高衙内逼死后而失去了家。张都监曾把侍女玉兰许配武松，尽管这是他使用的奸计，但总之武松差一点有了家，但血溅鸳鸯楼那一刻，杀红了眼的他，未婚妻也被其结果了性命。

　　施耐庵先生之所以要把水浒英雄塑造成没有家的形象，其目的无非是要烘托英雄们的革命性。一个多愁善感、儿女情长、经常为心上人牵肠挂肚的人如何搞得了革命！正是有林娘子的牵挂，即使服了刑的林冲仍然幻想着有朝一日回归主流社会；正是割舍不下自己的家业，开始纵然有宋江等人的苦劝，卢俊义死活也不肯上山。在现实中确实也是光棍汉更有革命性，因为，从经济学上讲，独身会降低男子犯罪的机会成本，因为犯罪者不再担心连累他的妻子和孩子。

　　革命主义不但排斥家庭，同时还排斥"性"（Sex），或者说之所以

　　* 该文原载于微信公众号"法学学术前沿"，2015 年 11 月 21 日。

排斥家庭，很大一部分原因是因为敌视"性"。其中的原因，美国性学家凯查杜里安可谓一语中的：无节制的性行为会消耗掉人们本可用于建设和创造的精力：性生活是如此的其乐无穷，以至于如果放任自流，将无人想去工作或强迫自己做一些有益的事情。也就是说，"性"可能会浪费掉革命者的许多精力，让他不务正业。难怪，夏商周三代都亡于一个"性"字，夏桀贪恋妹喜，商纣宠爱妲己，周幽王钟情褒姒，以至于他们荒废了政事，最后落得个国破人亡。正因为"性"有这样的功能，"美人计"才成为了人类军事史上的重要谋略（"三十六计"之一）。春秋时期雄才大略并能中兴自强的吴王夫差正是中了此计才拜倒在西施的石榴裙下，最终失去了江山。当历史学家在描绘某个王朝即将走向穷途末路或者总结它败亡的原因时，总愿意对统治者使用"荒淫无耻"这个概念，原因大概也在于此吧！文学家们更是认可这一逻辑，在《三国演义》中，曹操之所以丢掉了宛城恰恰是因为包养了张绣的婶娘，爱将典韦、长子曹昂、侄子曹安民等人才殒命沙场；在《隋唐演义》中，正是李密沉迷于萧美娘才导致了瓦岗事业的败亡，以至于英雄们留下了这样的反诗："心中恼恨西魏王，玉玺换来萧美娘。瓦岗山上散众将，一统天下归大唐！"而"商女不知亡国恨，隔江犹唱后庭花""楼外青山楼外楼，西湖歌舞几时休"等诗句又寄托了诗人多少对不争气的统治者"玩物丧志"的忧虑和怨恨！

弗洛伊德阐述了一个名为"力比多"的概念。"力比多"又被称为"性力"，它是与生俱来的、以实现性需求为特定目的的一种能力和力量。在弗洛伊德看来，一个人的"力比多"是有限的，如果他或她将"力比多"用在某一对象上，那么用在另一对象上的分量就会减少。如果它的正常释放受到阻碍，它往往会以反常的形式表现出来。这种反常或以破坏世界的某种形式表现出来，比如"歇斯底里症"。弗洛伊德生活的时代正是欧洲的"维多利亚"时代，这是一种被后世称为"假正经"的禁欲时代。在长期的性压抑下，当时社会流行着一种歇斯底里性的痉挛，患者大多是女性，发病时突然全身抽搐，有时身体僵硬，平躺床上，两眼紧闭，腹部弓起，如性交动作。弗洛伊德正是从治疗这种怪病从而走向了对性学的研究。另外，性犯罪、性倒错等形式也是这种反常形式的表现。

这种反常还可能以建设世界的某种形式表现出来，也就是说，如果能够通过一种意识形态把这种"性力"引导到人类发展的正道上，它最终会转化成一种建设世界的能量而释放出来。马克斯·韦伯认为欧洲资本主义的发展和新教伦理有密切关系，其中的道理也符合"力比多"的逻辑。欧洲的这些新教，特别是加尔文教，强调一种更为严格的禁欲主义，把"性"严格限制在婚姻的范围内，因此在清教统治下的欧洲和美洲，同性恋、通奸、性倒错等都被视为重罪而被处以绞刑、火刑等重刑。加尔文教还倡导一种勤勉节俭的清教徒式的生活方式和道德标准。它不仅倡导取消一切浮华的宗教仪式，而且主张节制任何形式的奢侈娱乐活动。在他们看来，清教徒应一生勤勉节俭、积累财富、精于计算，不断扩大经营，要成为事业和道德上的楷模，这样才能成为上帝的"选民"，否则注定是上帝的"弃民"。最早来到美国的也是这一批清教徒。正是这种新教伦理，让他们禁欲、节俭、有为、上进，于是美利坚在短短的一二百年的时间里就从一块废地发展成世界头号强国。道理很简单，既然"力比多"不允许浪费到无聊的地方，那就应该集中用于"干正事"，"力比多"为人们提供了建设世界的不竭动力！由此看来，欧洲近代的繁荣和美国的发展其实都是"性力"转移的结果。

既然压制"性"能够起到凝聚建设性力量的作用，那么激活"性"也自然会产生瓦解这种力量的效果。在专制时代，一种不在统治者的掌控之下的建设性力量，更足以让其恐慌，因为建设性越大，对其的威胁也越大。所以，在人类的政治实践中，统治者常常通过"性"的手段来消除这种威胁从而实现自身的政治安全。正如波斯纳所指出的，多妻制在某种意义上具有促进政治稳定的功能，尤其是在一个没有政府或政府孱弱的社会中，多妻制可以减少强势阶层对中央权威的威胁。如果一个社会鼓励多妻制，富有的男子就更可能把多余的钱财用来供养妻子，而不是用来供养士兵，从而掌握在少数人手里的多余财富就被分散到政治上无害的渠道中来了。同时由更多的妻子而导致的更多的性活动会消耗掉原本用于建设和创造的全部或大部分精力进而使其丧失政治进取心，从而降低其对中央的威胁。据说，宋太祖"杯酒释兵权"之时就曾以允许将军们广纳美女作为解除兵权的交换条件，究其原因，我想，这其中除了以性资源作为将军们功勋的补偿外，其中很重要的一点就是想通过"多妻"的方式来瓦解他们的政治破坏力。在君主们的眼里，一个有为的政治家通常都是远离"性"的，而一个在"性"上表现得过于贪婪的人注定在政治上没多大"出息"！正因如此，统治者往往更警惕在"性"上矜持的部属，而有时更宽容在"性"上贪恋的下级。历史上有多少王公大臣、功臣良将是通过这种"自甘堕落"的方式来消除统治者的猜忌从而躲过政治上的劫难的！萧何、潘美、韩世忠……不可胜数！

革命主义更排斥"性"，因为在革命斗争中更需要这种建设性的力量，需要集中所有的力量来完成革命任务从而实现既定的政治目标。于是，革命者往往都表现出一种禁欲主义的倾向，因此，施耐庵先生笔下的英雄当然要不近女色，贪恋女色岂能称为好汉！革命基调越浓重，这种禁欲主义就表现得越强烈。"文化大革命"将这种禁欲主义推向了极致。革命者必须把所有的精力都集中到革命的方向上来，把精力浪费到男欢女爱方面甚至"玩物丧志"是对革命的不忠，因此，在政治性的思维中在性领域的越轨常常被视为带有阶级斗争性质的"大逆不道"，于是，作为"革命"的孪生兄弟——"政治"便把"性"牢牢地抓到了自己掌中。

"文化大革命"时代是人类历史上空前的"无性"的时代。恋爱被视为"小资产阶级情调"而被反对，在暗地里亲热，要是被逮住，那犯的就是"流氓罪"。一切涉及性爱的视觉艺术，都在禁止之列，就连在革命样板戏中，任何能够引起性联想的情节和人物关系都被扫得一干二净。《沙家浜》中只有阿庆嫂没有阿庆，《红灯记》中三代革命者都没有血缘关系。最为典型的是1972年版的《新华字典》，连娼、妓、嫖这几个字都没有了。婚前、婚外的性行为都被严令禁止，甚至通过开批斗会、游街等方式来惩罚，此中许多所谓的"流氓"和"破鞋"因受不了侮辱而一死了之。整个社会笼罩在一种"革命清教"的氛围中！对此潘绥铭教授在《中国性现状》中的论述颇为精辟："性一旦被捆上了政治战车，秩序主义就会把性文化变成相反相成的'对立统一体'。一方面，秩序把性贬到最无价值、最不应该的地步，似乎真的无性；但另一方面又从来没有将性看成小事，反而认为它最危险、最强大。于是秩序只有一个办法：把性的一切构件，从本来最不沾边的男女社交直到最难管束的性生活，统统改造成螺丝钉，紧紧拧在自己的这架机器上，然后，它就会以超过初始推动力百倍千倍的疯狂惯性，一往无前地奔向自我毁灭。"

　　革命者因为排斥"性"，自然也就排斥由"性"组合在一起的家庭。正因如此，梁山英雄大部分没有家庭。没有家庭才能保证这种革命性，不要家庭才能显示出这种革命性。所以，在革命主义的视野下，一个合格的革命者要勇于走出自己的家庭，摆脱亲情伦理的束缚，特别是，当亲情和革命大义发生冲突的时候，他必须能够以阶级情感战胜狭隘的亲情。正因如此，现代的中国革命一开始就把矛头指向了"家"，正像陈独秀所说："要拥护德先生便不得不反对孔教、礼法、贞洁、旧伦理、旧政治。"因为在革命者看来，只有解构了私人的"小家庭"，才能构建起革命的"大家庭"；只有用一种"同志式"的政治伦理取代以血缘和婚姻为纽带的家庭伦理，这种新型政治共同体才能建成和维系。

革命政治伦理把自然状态下关于人的"亲属"和"非亲属"的分类硬行改变为"同志"和"敌人"的分类，按照这种政治逻辑，虽有杀父之仇但因站在了同一个革命阵营也会因仇人变为同志，而虽有养育之恩、结发之义，但因站在了相反的阵营中也应彼此视为敌人。于是，一旦有人犯了罪，那么他便异化为了人民的反面，他和亲属之间的关系也毫无例外地演变成了敌我关系。因此，即使面对亲属的犯罪，任何人都没有理由不揭发犯罪，不配合国家惩罚犯罪。如果对此消极懈怠，甚至为犯罪者提供便利，便是一种政治上的"资敌"行为，自然应该受到法律的严惩。于是，当亲人违法，每一个革命者（或公民）不但不能包庇，相反，应该勇敢地予以检举和揭发。正因如此，在"极左"时期，儿女揭发父亲、妻子揭发丈夫、弟妹揭发兄长的"宁使一家哭不要千家哭"的"许多范例"和"动人事迹"不断涌现，在官方话语中"大义灭亲""勇于揭发""大胆检举"等词语高频出现。这种话语随着极左思潮的泛滥在"文化大革命"中达到了顶峰。

因为革命主义强调的是革命大家庭的建设，所以在革命者眼里结婚永远都是"个人问题"，婚姻以外的"性"永远都是"作风问题"。家庭关系和亲属关系是一种不值得提倡的关系，因为正像在革命导师的著作中所指出的那样，家庭、私有制和国家最终是要退出历史舞台的。既然如此，就应该抛弃以血缘、亲属为中心建构起来的旧家庭法，而应该以爱情为纽带走到一起的革命同志关系为中心建立新的婚姻法。在政治伦理下亲属关系是不应该被当作特殊的关系来看待的，受这样思维的影响，无论是新中国成立后的刑事司法还是直到1979年以后的刑法典，都是以一般意义上的公民展开和形构的，具体表现为：亲属间的犯罪都没有当作特殊的犯罪来处理，"亲亲相隐"的传统完全被抛弃，乱伦不被视为犯罪，对尊亲属没有任何保护的规定，等等。在革命主义思维下，在移风易俗的口号下，许多生长于民间、来源于传统的有关婚姻、家庭、亲属方面的习惯、风俗以及伦理都被当成封建主义的糟粕被废弃。

当年在管仲临终之前，齐桓公探视管仲，问及他死后丞相的人选。桓公提及易牙、竖刁和公子开方三个人，而管仲不但否定他们而且还告诫桓公远离他们，因为在管仲眼里，他们都不是好人。易牙为了满足桓公的好奇能把自己的亲生儿子蒸来给桓公吃，竖刁为了能够留在桓公身边宁可阉割自己，公子开方为了跟随桓公宁可放弃卫国公子的身份甚至父母死了都不回去奔丧。管仲说："人之常情是最爱自己的儿子的，他连儿子都忍心杀掉，对别人还有什么做不出来的？人都是把自己的身体看得最重，他连自己的身体都不在乎，他会在乎别人吗？连父母都可以抛弃，还有什么人不能抛弃的？"结果，后来的事情恰恰被管仲言中了。齐桓公生病后，他的几个儿子为了争夺太子的位置明争暗斗，三宠加入了这场争斗，最终易牙和竖刁将齐桓公关在后宫，将他活活饿死。

一个人不懂得爱亲人，如何懂得爱别人？一个人自私到连自己父母都不爱，还能指望他爱别人的父母吗？古人说："一屋不扫，何以扫天下？""不能治家，焉能治国？"对"家"没有爱的人，如何对"国"有爱呢？一个从小就不爱家的人，大了以后能指望他爱国吗？正如《论语》中说的："其为人也孝弟，而好犯上者，鲜矣；不好犯上，而好作乱者，未之有也。"家庭是培育爱的场所，国家就是放大的家庭，"爱亲"是人的本性，"亲爱"是"他爱"的基础，国家尊重和保护"爱亲"的人性才能让民众有理由爱它。常常是，一个健全的正常的家庭才能培育出一个真正具有社会责任感的人。各国领导人竞选时，候选人总要向民众展示其家庭的一面，领导人，特别是一个大国的领导人，出访时，往往都要带上其家人，其实这是向其人民或世界展示一种"Family man"形象。为何如此？因为哪一个国家的民众会愿意或敢把自己的国家交给一个没有家庭责任感的"光棍汉"呢！世界和平又如何能指望一个连家庭之爱都残缺的人来支撑呢！

正是由于没有认识到家国之间的这种关系，错误地认为只有不要家才能更革命；正是在实践中背离了"爱己—爱亲—爱他"之间的正常逻辑，才使我们走了许多弯路，犯了许多"极左"的错误。今天的中国共产党已不是昔日的革命党，而是带领自己的人民进行经济、社会、文化建设的执政党，她不单单是某一个阶层的先锋队，而是中华民族的先锋队，她以代表中国最广大人民群众的根本利益为自己的指向，因此在她领导下的国家应以最宽广的人性关怀为立场，应以最大限度地保护人权为目标。

中华民族是家庭观念最强的民族，是最重视亲伦传统的民族，是亲属关系最发达的民族。正因如此，当下的中国的发展，不能不要"家"，相反还要弘扬"家"、发展"家"。正像习近平主席在 2015 年春节团拜会上的讲话中所说的那样："中华民族自古以来就重视家庭、重视亲情。家和万事兴、天伦之乐、尊老爱幼、贤妻良母、相夫教子、勤俭持家等，都体现了中国人的这种观念"；"家庭是社会的基本细胞，是人生的第一所学校。不论时代发生多大变化，不论生活格局发生多大变化，我们都要重视家庭建设，注重家庭、注重家教、注重家风，紧密结合培育和弘扬社会主义核心价值观，发扬光大中华民族传统家庭美德，促进家庭和睦，促进亲人相亲相爱，促进下一代健康成长，促进老年人老有所养，使千千万万个家庭成为国家发展、民族进步、社会和谐的重要基点"。

天不怕、地不怕的水浒英雄可以不要"家"，但是今天回归于世俗的中国人必须要有"家"！

34. 乱伦为罪的生物学解释

    人类的亲属制度是以基因（血缘）为基础的。据美国学者理查德·道金斯的解释：男女两性结合后，所生子女各携带父母的 1/2 的基因，其子女再生育子女，孙子女各携带祖父母的 1/4 的基因。兄弟姐妹身上都携带父母的 1/2 的基因，伯、叔、姑、舅、姨等堂、表兄弟姐妹都携带祖父母、外祖父母 1/4 的基因。依此类推，所携带相同基因的比例越高，亲缘越近。

    亲属制度是现代许多法律制度赖以存在的基础，比如，法律以亲缘的远近来划分继承顺序，以与被监护人的亲疏程度来确定监护人，法律还把亲属制度作为禁止婚姻的条件。亲属制度对刑法领域也构成重要影响，早在中国古代就有"准五服以治罪""亲亲相隐"等制度，即使在现代社会，许多国家仍规定了"包庇亲属免罚"或"亲属作证义务豁免"等制度。

    在众多的与亲属有关的制度中，与婚姻关系最为密切的莫过于近亲不婚制度了。纵观古今，不同的民族、不同的时代对婚姻与性的认识与规定或许千差万别，但是就倡导近亲不婚或禁止亲属相奸（乱伦）方面却有相当大的一致性。在古代中国，亲属相奸一直都被统治者视为最为严重的犯罪之一，被认为是灭绝人伦的"禽兽行"。自汉代开始，法律明确规定惩罚亲属相奸。汉律规定："立子奸母，见乃得杀之。"隋唐以后，其被称为"内乱"，归入"十恶"罪之中。

与古代中国法律一样，《汉谟拉比法典》《赫梯法典》、罗马法、中世纪的日耳曼法和教会法等古代世界的重要法律也都将乱伦作为严重的犯罪来惩罚。早在公元前18世纪的《汉谟拉比法典》中就有惩罚亲属相奸的规定。例如，其第154条规定："倘使自由民将一新娘许配其子，其子已与其发生关系，此后他自己奸淫之，而被破获，则应将此自由民捆缚而投之于水。"又如，其第157条规定："倘使自由民于其父死后淫其母者，则两人均处焚刑。"公元前13世纪的《赫梯法典》对乱伦处罚规定得则更为详细，其规定多达5条，其中包含了对多种不同亲属之间的乱伦形态的认定和处罚。在古罗马时期，法律将具有六亲等以内亲属关系的人或者具有姻亲关系的人之间发生性关系的行为定为乱伦罪。并据《优士丁尼新律》的规定，卑亲属与其父之继室或姘妇通奸者，将被剥夺其继承权。

在中世纪欧洲的日耳曼法中也普遍存在禁止亲属之间的婚姻的规定，法兰克人的法律特别禁止叔、伯与其侄女、侄孙女之间的婚姻（同样，婶、姨也不能同侄子、侄孙子之间结婚），同时也禁止与兄弟的前妻、舅舅的前妻、姨的前夫结婚。594年，国王查得波特颁布的一项法律规定，如果与其父的妻子结婚，将被处以死刑（该法典能适用死刑的罪名并不多）。在勃艮第王国，法律规定，男子与法律所禁止范围内的女性亲属通奸，将被惩向女子的亲属交纳赎杀金及12索尔第的罚款，以作为他们失去她而应得的赔偿，因为依法律规定，犯通奸罪的女子丧失自由，并沦为国王的女仆。[①]《圣经》是中世纪欧洲教会法的主要形式，它这样规定："人若娶他的姐妹……彼此见了下体，这是可耻的事情，它们必在本民的眼前被剪除。"若有与近亲属同房等行为，男女均

---

① 参见李秀清：《日耳曼法研究》。

应一起治死或用火烧。①

当今世界，虽然对乱伦行为的惩罚已远没有传统社会那样重，但是许多国家仍然保留着乱伦为罪的规定，即使那些社会自治化、民主化程度很高的国家也不例外。据笔者的不完全统计，目前，包括在美、英、德、法、意、加拿大、西班牙、瑞士在内的几乎所有西方国家的刑法中都有乱伦罪的规定，只有中国、俄罗斯、蒙古等少数国家没有这方面的规定。与此相应，包括中国在内的几乎所有的现代国家也都将"近亲"作为结婚的禁止性条件。

现代人类遗传学的研究也表明：大多数人均具有若干个恶性基因，这些基因一般都呈隐性状态，但近亲之间的婚配，由于双方都具有遗传上代的隐性基因的可能性，因此他们的子女出现病态的可能性就比较高。据统计，由 21 种隐性基因所致的遗传病出现率，非近亲结婚者为 1/3000，近亲结婚者为 1/180。前捷克斯洛伐克的一项研究表明：在 161 位由近亲结合而生的子女中，有 15 位是死胎或者在出生一年内夭折，其余，40% 以上带有各种先天性的身心缺陷。显然，这是现代国家婚姻法规定近亲不婚的一个最为重要的理由。然而，吊诡的是，关于乱伦禁忌或近亲不婚的习俗，在人类的初民社会中就已经形成了，而那时人类还不一定具有这样的知识，而实际上现代法律的这些规定与初民时代的这些禁忌和习俗也不无关系。

而从动物学视角，我们不难看出，即使没有这方面的知识，乱伦或近亲不婚的禁忌也会形成。动物学家们观察到：大多数哺乳动物在他们性成熟之前就离开父母的巢穴，分散开来生活，这样就能够有效地避免血亲之间相遇和交配的可能性。20 世纪 50 年代，科学家在日本的一个动物园里观察到，那里饲养的雄性猕猴会与任何一头雌性猕猴交配，却

---

① 《圣经·利未记》第二十章这样的规定一直延续到近现代的欧洲。

避开了它的母亲。美国科学家简·古尔多在20世纪60年代对坦桑尼亚贡贝国家公园的黑猩猩进行了长时间的考察，据她的观察，她还没有看到过成年的雄性黑猩猩与母亲交配的情景。社会生物学的研究表明，所有的灵长类动物都存在着乱伦禁忌。而人类作为最聪明的灵长类动物，应该有这样的本能。

人类不单有这样的本能，更应有将基因传播开来的智识。进化的规则不但要求物种基因传递的多，还要求物种基因传递的广，因为只有传递的广，才能增加携带本体基因的个体数，这样可以增强该物种抗拒风险的能力。由于亲属之间都携带者某种程度的相同的基因，亲属之间婚配，必然要产生基因重叠的现象。将基因囿于一个小的群体当中，不消说生殖的后代是否赢弱，就基因不能广泛散播来讲也是一种物种自杀行为。法国文化人类学家列维－施特劳斯将乱伦禁忌形成的原因归结于"交换"，他认为：在原始社会中，父亲娶了女儿，哥哥娶了妹妹，这好比拥有香槟酒的人不邀请朋友而独自享用一样；出于扩大交流的需要，父亲必须把等同于女儿的财富，哥哥必须把等同于妹妹的财富，放入一个仪式性的交换流通之中。如果从生物学的角度来分析，这种交换的本质则在于"基因的交流"。如此看来，中国历史上的诸如"昭君出塞""文成入藏"等"和亲"行为以及西方历史上的"亚历山大大帝东征""诺曼征服"等征服行为则是有助于基因进化的举动。

由此我们推出，支持乱伦禁忌以及近亲不婚习俗形成的力量来源于自然的选择，这种自然的选择超越了人类对近亲交配病理的认识。我们试想，如果人类性行为不受这种禁忌限制，它的基因传递能否顺利进行？如前所述，基因不能顺利传递就意味着进化上的失败，而某一物种在进化上的失败则意味着它遭到了自然选择的惩罚。对此美国人类学家威尔逊的论述可谓一语中的，他说："凡是在遗传的先天倾向上能排除近亲的性关系者，便能传递更多的基因给他的后代。自然选择很可能就是沿着这条经过几千个世代而建立起来的；也正是这个缘故，人类才会直觉地通过简单、自动地排除性关系的方法来避免乱伦。"人类各种制度都应该向着有利于自身进化和发展的方向演进，因此，对于强大的家庭纽带贯穿于每个个体一生的人类来说，很有必要演化出一种内生机制来制约亲属相奸行为的发生，而这一机制是建立在家庭成员识别的基础上的。

虽然说乱伦禁忌和近亲不婚的习俗可能是在动物学的基础上以潜意识的方式起源发端的，但当人类进入文明社会以后，出于维护性秩序的目的，伦理、道德、宗教、习惯等又强化了这一意识，并进一步在法律中加以规定。因为在任何一个文明的社会中，乱伦都会对亲属之间的尊敬、权威乃至家庭间的差序格局形成致命性的冲击，对性关系的亲密、平等、特定、有序的文化内涵构成了根本性的颠覆，维护这些文化内涵和伦理秩序的法律规范必须要对此作出反映。

从传统到现代虽然实现了梅因笔下的"从身份到契约"的转型，但即使是现代社会，也不是说不需要任何身份，家庭仍然是人们生活的重要场域和方式，亲属也仍然是现代人重要的社会关系，尊敬、权威、身份、秩序在特定的领域仍然具有其合理性，因此即使是现代国家仍然有必要对其进行维护，所以即使在现代，许多国家法律仍然规定乱伦为罪。新中国成立以来，我国刑法中就废除了乱伦为罪的规定，因为在革命者看来家庭关系是要解构的关系，乱伦罪的本质是对家庭秩序的维护，因此它在新社会是没有合法性的。乱伦罪的非自然地被移除，不同程度地加剧了中国社会伦理的消亡、敬畏文化的灭失，因此引发了一系列的社会问题。在政治型社会逐渐弱化，家的观念逐渐加强的今天，其实乱伦罪的存废是一个值得重新思考的问题。

35. 乱伦为罪的社会学解释

　　弗洛伊德认为，"恋母或恋父是人所共有的终生的深情和偏爱所在"，"俄狄浦斯"情结，即乱伦情结，是人的一种自然本能。我们暂且不论这一理论的真伪，但有一点是可以肯定的：如果从纯粹的快乐主义出发，性在对象的选择上应该是完全自由的，在完全自由的状态下，是无所谓乱伦的。在初民社会，人的性行为完全受本能支配进而处于一种杂交状态，因此当时还没有乱伦的概念。由此我们这样推知：乱伦禁忌不是出于人的本能，而是一种文明进化或文化选择的结果。弗洛伊德认为，文明的进化基本上是按照两个目标进行的，一个是保护人类、抵御自然，一个是调节人际关系。依其理论，如果人类按照这两个目标来进化，那么一个社会的构建必须借助于自身结构的维护和对外关系的交流内外两个机制来进行。如前所述，人类学的考察证明，不受监督和控制的性本能和由此产生的性嫉妒对于正在形成的社会来说无疑是最严重的威胁，文明社会的建立在相当程度上是通过压制动物式的性冲动和性本能来实现的。因此，禁止近亲属之间的乱伦就是人类文明社会缔造的关键环节，是自身结构维护机制发挥作用的体现。

　　性关系是人类社会的最为基础的关系，因为，只有通过性才能衍生出婚姻关系；只有通过性，人类才能繁衍出自己的后代，进而产生血缘关系；只有以此为基础才会形成亲属关系，形成家庭、家族、部族和社会。因为人类的性行为具有种的繁衍的功能，所以由人类的性关系而发展成的婚姻关系往往被文化认同为平等的社会关系。一方面，种的繁衍与抚育需要两性双方通力合作才能完成，另一方面，正是因为只有通过性行为才能生育后代进而造就了"父""母"的称谓和身份，因而相对于子女来讲，他们处于同一位阶，他们之间的关系是相对平等的。以这种平等的性关系为中心，他们与其子女、子女的子女，等等之间就构成了不平等的辈分与亲等关系。社会文化要求长辈对晚辈应该给予必要的抚爱，晚辈对长辈应该给予必要的尊敬。又因为性行为的发生必须通过两性生殖器的媾和才能完成，而生殖器与生殖器之亲是两性亲密行为的最高和最后阶段，因此性关系通常被社会文化定义为最亲密的关系。既然它是亲密关系，那么亲密的本性便倡导自由和快乐，排斥尊敬和权威；既然它是最亲密的关系，那么性关系的主体便是特定化的，社会文化不允许这种由亲密的本性所导引出的自由和快乐任意流动，即不允许性关系的主体身份随意转换。从这个意义上说，人类性关系缔造了社会的基本位序和道德，而这些基本的位序和道德恰恰是社会构成的基础。然而，既然性关系能够缔造社会的基本位序和道德，那么它也能破坏社会的基本位序和道德。英国人类学家马林诺夫斯基对此这样表述道："乱伦的意义就是年龄分别的颠倒、辈数的杂乱、情操的解组、任务的剧变等等都在家庭正是重要的教育媒介的时候，一齐出现。在这种情形之下，是不会有社会存在的。"

乱伦之所以能颠覆人类社会的伦理基础，用涂尔干的理论解释，是因为在乱伦上发生着人的本能和社会文化间的激烈的冲突——一种自由的性爱和有规则的、婚姻内的性爱的冲突。（涂尔干：《乱伦禁忌及其起源》）借用弗洛伊德的理论，这种冲突是性爱的快乐原则和现实原则之间，人格结构中的"本我""自我""超我"之间发生矛盾的表现。正像涂尔干所说的："如果去追求一个应该报以尊敬之情的人，或者一个对你怀有尊敬之情的人，就不可能不使双方的这种情感变质或消失。一言以蔽之，就我们既定的现有观念而言，一个男人不可能使其姐妹成为妻子，而这位妻子又不失为其姐妹。"同辈亲属之间的性关系我们尚且接受不了的话，代际之间的性关系我们就更难以接受了。原本是我们的兄弟姐妹，只因和自己的父母发生了性关系，便脱离了原先的辈分而取得了与自己父母相同的亲属等级和权威；原本是自己的父母，只因和自己的兄弟姐妹发生了性关系便降到了和自己相同的亲属等级从而丧失了别人对其应有的敬畏。如果因此又生育了子女，子女的身份更难以确定，便又加剧了这种混乱。这种混乱无论是对社会秩序还是对人的观念都无疑是巨大的冲击。这种冲击对性关系的亲密、平等、特定、有序的文化内涵构成了根本性的颠覆，维护这些文化内涵的社会规范必须对此作出反映。马林诺夫斯基曾把原始社会比作"生物工厂"，把文明社会比作"文化工厂"这就好比，谙习"生物工厂"规程的人突然闯入"文化工厂"，如果不让他们的行为颠覆了文化工厂的"厂规"，那么就必须通过更严厉的"厂规"对之进行管束和责罚。

如前所述，人类的进化还要依靠对外交流机制来进行，禁止乱伦既有利于维护社会结构的稳定，又有利于扩大对外交流的渠道。法国文化人类学家列维－施特劳斯认为乱伦禁忌的形成是出于交换的原因，他认为：在原始社会中，父亲娶了女儿，哥哥娶了妹妹，这好比拥有香槟酒的人不邀请朋友而独自享用一样；出于扩大交流的需要，父亲必须把等同于女儿的财富，哥哥必须把等同于妹妹的财富，放入一个仪式性的交换流通之中。如果某人的女儿离开所在群体与另一群体的一位男子婚配，那么他就多了一门亲戚，他和这一群体的关系和感情便会进一步改善或加深，他以及他的家族的社会交往范围便会进一步拓宽。如果他把女儿留在家里与自己或自己的亲属配对，他则无法获得新的政治或社会的裙带关系。出于自身群体结构稳定和对外合作的考虑，必须排斥性关系向内缔结而鼓励向外发展，于是，乱伦禁忌和族外婚制便产生了。

传统社会的婚姻家庭是以男子为中心建立起来的，妻子和儿女实际上是他的一种财产，因此，这种婚姻模式强调家庭权力结构的稳定和血缘谱系的纯洁，因此它极力排斥婚外性行为。农业生产和生活的特点在于面向固定的土地获取生活资料，以土地为中心定居生活，因此农业社会是秩序至上的社会，而家庭又是整个社会的基础，血缘和婚姻是社会联系的基本纽带，家庭的不稳会直接关系到国家的安定，血缘的不纯会搞乱基本的财产继承顺序，亲属相奸直接对婚姻稳定、家庭权力结构、尊卑秩序、血缘谱系构成严重的威胁，因此它自然被视为最为严重的罪行。

乱伦为罪的规定在新中国成立后随着对国民党时期"六法全书"的废除而彻底消亡。无论是新中国成立后到1979年《刑法》颁布之前的刑事政策，还是1979年的《刑法》和1997年的《刑法》都没有具体的关于惩处乱伦的规定。在具体实践中，亲属相奸的情形或者被视为道德领域的行为，不适用刑法；或者被视为强奸罪，从重论处。例如，1952年12月12日最高人民法院西南分院和西南军政委员会对云南省人民法院的批复中指出：关于父女间发生的性行为，实质是一种强奸行为，对之应较一般的强奸行为加重处理。兄妹间发生的性行为，如是出于家长制权威，也以上述精神处理。目前我国《刑法》第236条关于强奸罪的规定中，无论是从重处罚还是处以10年以上有期徒刑、无期徒刑、死刑的法定事由中都没有涉及亲属相奸情形。

我国现行的《婚姻法》规定，直系血亲和三代以内旁系血亲不能结婚。这一规定不但具有优生学的意义，同时它也具有伦理学的意义。也就是说，从婚姻法的角度可以推知，对于近亲属之间的婚姻和性，国家是反对的，特别是不同辈分之间的，更在反对之列。但是如前所述，从新中国成立至今，由于受各种原因的影响，我国刑法中却一直缺少乱伦为罪的规定。因为刑法的功能是保障性的，理论上说，没有刑法不能保护的社会关系，既然从婚姻法的角度国家禁止近亲属之间的婚姻和性，那么情节严重的，就应该由刑法来制裁，但对此我国刑法却没有相应的规定，这不能说不是立法上的漏洞。

36. "人是生物"
——婚姻立法不能忽视的维度

　　提及婚姻，我们都不陌生。因为一般来说，婚姻是每个人都要经历的生活方式。婚姻为人类所独有，正是人能够通过情感而固定将两性联系在一起进而形成婚姻，所以人类才有别于动物。正基于此，人们对婚姻的理解往往都是从人的社会性的角度进入的。"男女平等""婚姻自由""一夫一妻"等原则和理念具有绝对的合理性和正确性。近现代的婚姻法也是在这样的原则上建立的。但从另一个角度说，尽管人在其发展进化中不断地增加他的社会性，但是人毕竟还是动物，从生物学意义上说，他和动物又有其同源性。现代科学证明：通过分子生物学的技术分析表明，人类体内的遗传物质 DNA 与黑猩猩只有不到 2% 的不同，而且倭黑猩猩则比一般黑猩猩更接近人类的血缘。也就是说，与倭黑猩猩比较，我们只不过是在 1% 多一点的意义上属于人类，几乎在 99% 的意义上属是猿类。正因如此，英国人类行为学家莫里斯把人类称为"裸猿"。而这一面，恰恰是现代的婚姻制度的设计者有可能忽视的。

　　如果从生理角度看，因为女性在孕育后代中承担了主要的任务，因此在两性的博弈中，男性明显占有优势，而女性明显处于劣势。所以，对于处于劣势从而必须要得到男性扶助的女人来说，这种扶助越稳定、越持久，便越有利。因此，女人相对于男人来说更依赖于婚姻和家庭。

也正因如此，在人类的早期阶段，女性为了谋求稳定的经济来源，她并不特别在乎与她共同分享的人数，特别是男性在社会分工中占有明显优势的农业社会开始后，更是如此（"嫁汉嫁汉，穿衣吃饭"）。所以，我们推之，在传统社会中，一夫多妻制带给妇女的未必都是不利，因此，要求废除一夫多妻制的力量也未必都来自女性。一般认为，一夫一妻制的确立是近代民主革命的成果，是妇女解放的标志，但从另一个侧面讲，这场革命实际是由男性领导的，从某种意义上说，它代表着男性对女性性资源的一种重新分配。在一夫多妻制下，女性性资源必然集中在少数强者手中，而多数弱者则处于资源匮乏状态。因此，与平均土地、财产等要求一样，平均分配性资源也是革命的原动力之一，而这种生物学动机越是接近社会底层，其在革命中的作用就越明显。由此看来，一夫一妻制受益最多的不一定是妇女，而更可能是处于社会底层的男性弱者。由此推之，在现代社会，"包二奶"现象不但侵犯了男人妻子一方的利益，同时也侵犯了一夫一妻的受益者——处于社会底层的男人们的利益。男人"包养情人"的现象似乎是对现代婚姻构成致命冲击但又难以治愈的"癌症"，但是我想，如果国家能够通过具体的制度将这部分处于社会底层的男人的力量发动起来，便会极大增强抵制该现象的力量，进而，对破坏婚姻家庭行为的治理效果也会随之大为改观。

如果将婚姻看成是两性基于生育和性而达成的合伙的话，那么，男女两性在生物学上的差异便决定了他们在结合之初所依赖的投资的形式是不同的。通常说来，男方要以其供养能力做投资，而女方要以其容貌（性资源的一种形式）和生育潜力做投资（在中国古代，"无子"是丈夫要求离婚的法定理由）。对于男性来说，其供养能力越强，越能在婚姻市场中占有优势，对女性来说，其性资源越优秀（容貌越好）、生育潜力越大，就越能受到青睐（所谓"郎才女貌"）。然而在这种看似平等的投资模式背后却隐藏着许多对女性不利的因素。由于生物学上的原因，随着岁月的推移，妻子或是已经年老色衰，或是已经"灯枯油尽"（俗语说"女大五，赛老母"），而此时的男人或是在身体上还老当益壮，或是在事业上已如日中天。这时候夫妻离异，男子不难再娶（不愁再找到一个年轻貌美的姑娘），而女性却难以再嫁（很难再找到一个供养能力强的小伙）。由此看来，当初所做的投资，在价值上，对于男性来说是递增的，而对于女性来讲却是递减的。从另一个角度看，由于受传统的社会分工的决定，往往妻子在家庭生活中尽有更多的义务，正如苏力教授所说的，她们常常"放弃或减少个人的社会努力以养育子女、承担家务，以自己独特的方式和进路对丈夫的成就和地位进行了'投资'"，而这种投资因为不能物化，所以在离婚时很难作为"共同财产"来分割。因此，从自然的角度看，在现有的婚姻模式下，离婚总体来说对女人是不利的。强调男女平等的"离婚自由"原则和"无过错离婚法"，由于两性生物学上的差异，带给妇女的不一定都是利益。美国统计资料表明，虽然无过错离婚比过错离婚更加合理，但由于离婚后90%的子女归母亲抚养，离婚后他们的生活质量大幅度下降。在20世纪70年代，当美国的48个州采取了无过错离婚法之后，当离婚时在财产分割上采取了男女"平等"对待之后，离婚女性及其子女的生活水平下降了73%，而她前夫的生活水平却上升了42%。为配合"无过错离婚法"，我国《婚姻法》规定了"有错受罚"的原则，即离婚虽然原则上不需要一方有过错，但在分割财产时有过错的一方要受到少分或不分的惩罚。这种表面看似合理的制度选择，实际上对女人来说却没有多少可操作性。在现有婚姻家庭结构和生理结构下，通常丈夫会比妻子更多地拥有婚外性机会，而且婚外性行为也更具隐蔽性。受生物学因素的影响，男性的性的多元化的愿望远胜于女性，因此妻子监控违规丈夫的成本要远远高于丈夫监控违规妻子的成本，无论在生理上还是经济上都处于弱者的妻子一方，要想举证对方有过错，谈何容易！相反，在现实生活中，妻子常常遭遇到"捉贼不成，反被贼咬"的尴尬。近些年来隐私权的纠纷很多都是由所谓的妻子"维权不当"造成的。

再有，虽然现代婚姻法规定了一夫一妻制，在法律状态下共时层面的"多偶"已不可能，但是由于两性在生理上的差异，许多男性中的强者，可以在婚姻自由的旗帜下，通过不断的离婚再结婚的方式，实现历时层面的"多妻"。而由于在生理上处于劣势，女性，即使是事业上的女强者，也很难做到这一点。这些都是现代的婚姻立法必须面对的问题，否则，许多为自由、平等而设计的制度最终可能会走向反面。

37. 由大爷被"性侵"看中国当下
强奸罪立法的缺陷[*]

　　近日，江西庐山区海会镇年丰果园经常有一名男子不分白天和夜晚的在外围转悠，这引起了果园老板的注意，本以为对方是来偷葡萄的，结果在加强守夜时，自己的一名守园的大爷被其脱光衣服，遭到强暴。原来，对方是一名同性恋，看到果园地处偏僻，便踩点实施了犯罪行为。当晚性侵老大爷的男子已被抓获，目前已被刑拘。

　　该案件虽然还处于侦查阶段，但笔者认为，由于我国立法上的缺陷该案件注定会遭遇到定罪上的尴尬。虽然一些主流网站以"强奸"为主题词报道了该案，但实际上依笔者看来该男子很难以强奸来定罪。我国现行《刑法》规定的强奸罪，实际更科学的表述应为"强奸妇女罪"，《刑法》第236条规定："以暴力、胁迫或其他手段强奸妇女的，处三年以上十年以下有期徒刑。"再依相关的司法解释和通行的刑法理论，我们可知强奸罪的实行犯主体只能是男子，女子只能成为教唆犯和帮助犯的主体，而强奸罪的对象只能是女子。也就是说，我国刑法上的强奸罪是以男对女主动插入式性交为中心来建构的。这种对强奸的定义无论是在犯罪主体和受害对象，还是在侵害方式上明显过窄，这既与世界立法

---

　　* 该文原载于财新网2015年8月11日"财新名家"专栏。

相悖，同时又远远落后于社会现实。

我国强奸罪立法的最大缺陷在于对犯罪主体和受害对象规定的单一化。从本质上说，强奸罪成立的关键要件有二：主观上的违背对方意志和客观上的性交行为，行为人和受害者的性别对该行为的成立没有意义。这样，强奸行为就不仅只具有男对女的形式，女对男、男对男、女对女的形式都可构成强奸，特别是在同性恋日益成为现代社会普遍存在的现象的今天。显然，当下中国"强奸妇女罪"的模式，只包含了男对女一种形式，其他三种形式都没有包括进来。

正因为我国刑法对强奸罪仅规定了"男对女"这样一种形式，与此相应它对"侵害行为"的定义也自然单一化。我国刑法虽然没有明确规定强奸罪中的性交的概念，但通行的刑法理论一般都把强行发生性交视为强奸罪成立的客观要件，把两性生殖器接触的程度视为强奸既遂与未遂的唯一判定标准。由此我们可推知，在我国刑法中，强奸罪所指称的性交是指两性生殖器的媾合。明确性交的概念对于强奸罪的认定非常重要，因为只有首先认定某人的行为属于性交的范畴，它才有可能构成强奸，比如打击受害人脸的行为，不是性交行为，因此，采用此种方式对受害人的侵害，就不能认定为强奸。所以明确性交的概念是区分罪与非罪、此罪与彼罪的关键。而我国目前刑法中对性交概念的这种限定明显过窄，既落后于我国的社会现实，也与世界发达国家性犯罪立法的经验保持着相当大的距离。

在传统的西方社会对强奸罪的立法也曾采用当下中国的这样的模式，但在当下西方社会这种立法模式正在受到修正。1983 年加拿大在性犯罪法律改革中开始用"性侵犯罪"（Sexual Assault）而取代"强奸罪"，它的特点在于没有规定受害人和被告人的性别，它保护所有性关系中的性权利。1998 年德国新版的《刑法典》删去了 1975 年原联邦德国刑法典强奸罪中的"强迫妇女"的表述，以"强迫他人"代之。法国 1810 年刑法典未对强奸罪明确定义，传统的刑法判例与刑法理论认为强奸罪的施害者须是男性，受害者须是女性，但在 1994 年重新修订的《刑法典》将强奸罪的受害者明文规定为"他人"，既包括男性又包括女性。1974 年生效的美国密歇根州的《性犯罪法》也将关于强奸的法律其所保护的范围不再局限于女性而扩展到了男性。美国得克萨斯州立法规定了奸淫幼男罪，此法律规定对"任何妇女同 18 岁以下不是其丈夫的男孩性交的"行为进行处罚。俄罗斯《刑法典》的第 132 条还专门规定了强迫同性性交罪。目前瑞典、芬兰、挪威、丹麦、西班牙、奥地利、意大利等国的《刑法典》在规定强奸罪及其他侵犯型的性暴力犯罪时都将受害人表述为他人，在英文的版本中使用了"any person"或"a person"，而没有用"woman"。

随着强奸罪主体和受害对象所发生的变化，当代西方国家在理论和立法上纷纷对传统的"性交"概念和强奸形式作以修正。在英国，先前成文法中通常使用的"性关系"一词经性犯罪法案整理后，代之以"性交"。经 1994 年法案修正后，性犯罪法案第 44 条对于肛交及阴道性交同样适用。在美国，根据《美国模范刑法典》第 213 - 1 条规定，性交包括口或肛门之交接在内。法国 1994 年的《新刑法典》第 222 - 23 条规定："以暴力、强制、威胁或趁人无备，对他人施以任何性进入行为，无论其为何种性质，均为强奸罪。"这里的"任何性进入行为"显然要比传统的性交的定义的内涵广得多。西班牙《刑法典》179 条明确规定："如果性侵犯是通过阴道、肛门或者口腔等肉体途径，或者以阴道和肛门的接触进行的，构成强奸罪的，处 6 年以上 12 年以下徒刑。"挪威《刑法典》213 条规定得更为具体："性交一词在本章中包括阴道性交和肛门性交。阴茎插入口部以及物品插入阴道或者直肛的，等同于性交。"现今奥地利《刑法典》第 201 条这样定义强奸罪："以对其实施严重的暴力或以立即严重伤害其身体或生命相威胁，强迫他人实施或容忍性交或与性交相似的性行为的，处 1 年以上 10 年以下自由刑。麻醉视同严重的暴力。"这里所使用的"与性交相似的性行为"应该包括肛交、口交或以工具接触生殖器以达到性交目的的行为等。

我国当下的这种强奸罪的立法模式折射出立法者的男权主义思维。在传统的男权社会，男人被定义为征服者、占有者、主动者、主体，女人被定义成被征服者、被占有者、被动者、客体。男人的性霸权表现为对女人的征服和占有，男人是性行为的发动者，只有男人的主动插入，性行为才能完成。女人只能被动地接受，女人的主动则被视为"淫"，从而为传统道德所不容。中国古代的《易经》中的"乾道成男，坤道成女""天地氤氲，万物化醇，男女构精，万物化生"等说法，虽旨在言明男主女从式的性交方式是生成人类世界的基础，同时也为男女性交方式作出了规定。由于受这种定义了的观念的驱使，在实践中完全由男人垄断发动权是必然的。在性道德的高压下，在男尊女卑的社会结构下，或许法律这样定义性犯罪的主体与对象以及强奸的模式是符合社会现实的，但在妇女的地位不断提高、社会日益倡导平等的今天，这种立法模式就与社会现实有了差距。在当今的社会，女性的权利意识正在崛起，本质上在生理构造、行为感受、反应周期等方面与男人同质对应的甚至在某些方面还要优于男人的女人，在男女平等观念的支配下，主动提出性的要求，甚至在性行为中占据"优势"地位，都是完全可能的。因此，在现代社会女性强迫男性发生性关系的现象并不罕见。

究其根源，这种立法是传统生殖文化催生出来的产物。从性行为的本质上讲，它既有生殖功能，又有快乐功能。在传统社会里性的生殖功能唯有依赖由两性生殖器的媾合而完成的性交行为才能实现，而快乐功能实现的途径则较为多元，除两性生殖器的媾合外，口交、肛交、利用手或工具性交等都是其实现的途径，由于个体的差异，哪一种途径都有可能成为行为人娱乐的最佳形式。由于受本能的驱使和性快感的吸引，在个体中不以生殖为目的而为性行为的现象更为普遍，而这种性行为又是与男权社会的主流价值不相符的。为了保证性的生殖功能的实现，进而巩固男权社会的基础，男权社会的性规范便极力排斥性的娱乐功能，从而表现出不同程度的禁欲主义倾向。中国古代的禁欲主义以明清时期为盛，在封建礼教的视野中，不导致生殖的任何性行为都是"淫"的范畴，单纯追求性快乐的任何形式都是"罪"或"过"，甚至夫妻之间的爱抚、亲吻都在禁止之列。在基督教统治下的西方中世纪，对禁欲的追求更是达到了登峰造极的程度。基督教认为，为了人类的繁衍，性行为是一桩不得不为之的罪恶；所有非生殖性的性行为都是"不自然的"或"违反自然的犯罪"，因而是罪恶的。基督教的理想性行为仅仅是那种不包括快感在内的以生殖为唯一目的的异性性交。如果单从个人幸福的角度，夫妻间的性交也应在禁止之列，因为在教父们看来任何性交都是用疯狂的快乐"喂养"自己的肉体，这是与为上帝当牛做马的人生目的相悖的，但从社会存续的角度，性交虽不能完全禁止，但是即使对于婚内的性交在频率上也要作严格限制，尤其反对在性生活中获得任何快乐与享受。正如基督教圣哲罗姆所说："那些对自己的妻子爱得过于热烈的人，就是一个通奸者。"于是在基督教的规束下，人类行为的方式只限于一种：以生殖为目的的男女生殖器的媾合。

在现代社会，一方面，随着人类思想的解放，人们日益将追求快乐当作自己的权利，另一方面，出于人口的压力，人们的主动生育越来越少，加之高科技的发展，人为的避孕措施以及不依靠传统的男女性交的方式繁育子女的手段越来越多，这样就使性越来越远离生殖。因此，人类性行为的快乐功能超过生殖功能而占据统治地位已经成为了现代社会普遍接受的事实。对于生殖来讲，人们必须依靠两性生殖器的媾合，但对于快乐来讲，则不必于拘泥于此，任何有助于行为人快乐的方式都应在选择之列。因此，在现代社会人们性行为的方式正在多样化。虽然性行为和性交并不是同一概念，性交只是性行为的一种方式，但性行为的多样化必然带来性交方式的多样化。以生殖为中心的性交必须通过男女生殖器的媾合来实现，而以快乐为中心的性交完全可不依赖于此，一方生殖器与另一方身体开口或凸出部位或与模拟性器官进行的交合都应称之为性交，换言之，追求性快乐而为的性交和追求性生殖而为的性交有很大的不同，它不但包括传统的两性生殖器的媾合式的性交，还包括能满足行为人性快乐的诸如肛交、口交、利用手或工具性交等各种性交形式。由此我们可推知，性交或性行为方式的多元必然导致性侵害的形式的多元，进而导致强奸形式的多元。所以，从根本上说，只要行为人以满足自己的性欲为目的，使用暴力、胁迫或其他手段，违背妇女意志，强行与之发生各种形式的性交行为都应被视为强奸，而在我国的现行的刑法理论与实践中，违背妇女意志而实施的两性生殖器媾合以外的性行为，要么将之认定为强奸未遂，要么归入猥亵、侮辱妇女罪的范畴。无论是前者还是后者，刑法的对犯罪人的处罚都明显的轻于对完整形态的强奸罪的处罚，而实际上这两者无论在满足犯罪人性欲的程度上，还是在对受害者的侵害程度上都不一定比完整形态的强奸罪低。正是在这个意义上说，我国刑法中使用的强奸的概念滞后于社会现实，是男权社会生殖文化下的产物。基于以上分析，笔者认为及时修改我国强奸罪立法势在必行！

38. 构建良法要尊重人性的逻辑*

　　"春秋决狱"是我国古代独具特色的一种审判制度，它留给我们的众多案例中，有一则颇耐人寻味：西汉时，某乙犯罪逃至家中，被其养父甲藏匿，后案发。乙构成犯罪当属无疑，甲的行为是否有罪颇有争议。当时的大儒、"决狱"大师董仲舒就《春秋》中孔子的一段论述"父为子隐，子为父隐，直在其中"为论据推之：父爱子，子敬父，人之本性，情理之中，结果甲被判无罪（这是我国古代"亲亲相隐"的法律原则的开端）。

　　如果说在专制时代，有这样的判决，人们还可以理解的话，那么在上千年后的今天，在法治相当发达的澳大利亚发生的类似情况就让一些人大惑不解了：近年来，一直受聘于澳大利亚体育学院、培养出包括波波夫在内许多世界冠军的俄罗斯教练图雷斯基，因涉嫌窝藏兴奋剂而被法院传唤。在没有其他相关证据的情况下，如果能得到其夫人的证词，就能将其定罪。但澳大利亚法院认为，如果证词对其婚姻关系构成伤害，则不予采信。于是图雷斯基被判无罪。

　　发生于性质完全不同的两个时代的案子，在审判机理上却获得了统一，笔者认为其根本原因在于法律有统一的人性基础。所谓人性，是人

---

　　* 该文发表于《检察日报》2003 年 7 月 30 日"法辩"版。

之所以为人的固有属性和后天发展起来的精神品格。它包括两个方面：一是与生俱来的自然本性，它首先表现为自爱，正如卢梭所说"人性的首要法则，是维护自身的生存，人性的首要关怀，是对于其自身应有的关怀"；二是社会化后的社会本性，正如马克思所说"人的本质不是单个人所固有的抽象物，在其现实性上是各种社会关系的总和"。当人以群体的形式生活时，社会本性首先表现为爱他之情。家庭是基于血缘、婚姻或情感而联系在一起的群体，它是人的基本生活方式，因此在长期的家庭生活中形成的成员间的亲爱之情便是人的社会本性的典型表现。人性的逻辑发展应该是先有个人的自爱，后有家庭的亲爱，再有社会的友爱。也可以这样说，亲爱是友爱的基础，是自爱的升华，是具有特殊意义的人性。

传统的法治是建构在人性恶的基础上的，它往往更重视法律对人性的约束和矫正，而忽视对人性的宽容与张扬。正因如此，前一个案子的判决才很容易被一些人认定是专制时代人情破坏法律的表现，而后一个判决则被讽刺为西方法治的误区。其实，问题并不这么简单。诚然，人性有许多负面的价值，完全基于人性而行事，必然会带来社会的无序，因此，法律主要是作为约束人的感性的理性形式而存在的。但我们必须知道，对人来说，法无非是一种工具或手段，法治也不过是人的一种生活方式，因此，法律是为人产生并为人服务的，法律不应该异化为人的枷锁。所以，任何法律的制度设计与安排都应该从人性出发，与人性相结合，只有建立在善良人性基础上的法律，才有可能获得本质上的合理性；否则，违背人性、不近人情的法律，虽可强行一时，但终将因得不到人们的认可而失去生命力。正如古罗马法学家西塞罗所说："真正的法是符合自然的理性。"也正基于此，刑事古典学派的代表人物贝卡利亚认为基于出卖、背叛而提供的证词，即使是事实，也不应采信。

法律追求的基本价值是正义，善良人性是正义的应有之义。通过刑讯逼供迫使犯罪嫌疑人自证其罪或亲人之间的揭发有时确实能发现犯罪，但当人性的法则受到践踏时，少量的犯罪虽被发现，但大量的犯罪便会重生，因为犯罪的基础便是人性的泯灭。试想，一个连父子都没有慈爱之心，夫妻皆失恩爱之义的社会，纵有再多的法律，能说是健康的社会吗？在"文革"时代，"亲不亲，阶级分"，父子、夫妻、朋友因为所谓的革命大义，顷刻之间反目成仇，互相揭发与批斗，其悲剧之源莫过于此。于是我们可以这样说：法律不仅要有感性约束，更要有人性关怀；法治不仅要有权威，更要有温情。

39. 法律中的人性*

  所谓人性，就是人之所以为人的固有属性和天然精神品格。用美国近代社会学家霍顿·库利的话说，它是"人类出生时即具备的各种无形的冲动和潜能"，"特别是在家庭和邻居中发展起来的社会性本质"。①法律虽然作为约束人感性冲动的理性形式而存在，但它毕竟是调整人与人关系的规范，人是法律关系的主体，因此，在终极意义上，法律应该是促进人类自由全面发展的手段。也就是在这个意义上，马克思赞美法应该成为"人民自由的圣经"。由此看来，法不仅应是对人的必要的约束，更应是对人性的承认、尊重和保护。人性根植于人本身，一个法律只要它被认为是人法，它就不能漠视人性的存在。一个排斥甚至践踏人性的法律便失去了它存在的合理性基础，恶法不是法，只是强盗的行规而已。

  具有几千年历史的中华法系，虽然"存天理，灭人欲""重义轻利"是其思想的主流，但它也并不是和人性格格不入的。"人欲""谋利"固然是人类的天性，但"天理"和"道义"也有人性的成分。这从我国古代独具特色的审判制度——"春秋决狱"就足可见一斑。所谓"春秋决狱"，又称"引经决狱"，就是以孔子所著《春秋》的精神和事

---

 * 该文成于 2002 年 6 月。

 ① 〔美〕查尔斯·霍顿·库利：《人类本性与社会秩序》。

法律中的人性 ………… 191

例来审理案件的制度。西汉的大儒董仲舒是"春秋决狱"的第一人。西汉是在秦王朝的废墟上建立起来的，而秦王朝灭亡的根本原因就是秦法对人性的摧残。崇尚"以刑去刑"而"繁于秋荼密于凝脂"的秦律，给人民制造了"赭衣塞路""履贵踊贱"的人间悲剧。这种法制的暴政必将招来秦王朝二世而亡的下场。秦王朝短命的教训一直警醒着后人，它的教育意义对西汉统治者尤甚。出身于农民或小知识分子的西汉开国统治者，虽然看到了秦律的弊端，但由于自身水平所限又不能制定出内容宽缓、包容人性的完美法典，因而只能依旧抄袭残酷的秦律。（实际上，汉律是在照抄秦律的基础上又增加了《户》《厩》《兴》三章而来。）因此，在某种意义上说"春秋决狱"制度是作为缓解当时法律与人性的冲突而存在的。正如董仲舒所云："《春秋》之听狱也，必本其事而原其志。志邪者不待成，首恶者罪特重，本直者其论轻……罪同异论，其本殊也。"有这样的"春秋决狱"的古代案例。某甲之父乙与丙由言语相争而发展至打斗，丙抽刀刺乙。甲见状，忙举杖击丙护乙，但误伤了其父乙，甲被送官论罪。按当时的法律，甲犯了殴父之罪，应当枭首。董仲舒认为不可，他举出了《春秋》中记载的一个故事。春秋时期许国太子止为父进药，因为没有事先尝药，药进后其父身亡。孔子认为止非有意害父，不但无罪而且是孝道的表现。由此董仲舒认为，此案乙的行为纯系人之天性，是孝道者当为之举，不应处刑。又有一案，某乙犯罪，逃至家中，被其养父甲藏匿，后案发。董仲舒又举出《春秋》中孔子的一段论述："父为子隐，子为父隐，直在其中。"就此他认为，父爱子，人之本性，情理之中，对甲包庇其子的行为不应定罪。到了唐代，随着立法技术的进步，许多有关人性的内容被直接吸收到法律之中（例如，在《唐律疏议》中"亲亲得相隐匿"被规定为正式的法律原则），彻底实现了法律与伦理的融合。由此我们不难看出，即使中国古代的法律也有对人性的尊重与关怀。中华法系虽然有其自身的落后与保守性，但就此而言，是应值得肯定的。

纵观西方的历史，自然法的思想源远流长。自然法是人性之法，它宣扬人有天赋之权、自然之欲。人定法只有尊重这种人性的需求，才是善法，才有人们遵守的理由。正如古罗马著名的法律家西塞罗所说："真正的法是符合自然的理性。……违背这个法的人，就是回避自己，否定人性的人。"从古希腊、古罗马到文艺复兴再到当代西方社会，法治主义的精神要旨始终是对人性的关爱和权利的弘扬。人性是现代法律的精神之基和动向之源。前不久发生在澳大利亚的一个案子颇耐人寻味。近年来一直受聘于澳大利亚体育学院并培养出许多奥运冠军的世界著名教练图雷斯基，涉嫌非法窝藏兴奋剂而接受法院的传讯。在此案中，如果能得到其夫人的证词，就能将其定罪。但澳大利亚法院认为，如果证词对其婚姻关系造成伤害，则不予采信，因此，法院宣判图雷斯基无罪。这可能让许多人大惑不解，法律的本质不就是发现犯罪，伸张正义吗？法律的宽容不就是对罪犯的放纵吗？诚然，法律的本质价值是正义，但我们还必须知道，正义的基础是人性。通过刑讯逼供迫使犯罪嫌疑人自证其罪或亲人之间的揭发有时确实能发现犯罪，但如果人性的法则受到践踏，我们在发现犯罪的同时恰恰自己也沦为"合法"的罪犯。如果一个连父子都无慈爱之心、夫妻皆无恩爱之义的社会，能说是一个法治社会吗？在"文革"时期，"亲不亲，阶级分"，父子、夫妻、朋友因为所谓的"革命大义"，顷刻之间反目为仇，互相揭发和批斗，其悲剧之源就是人性的泯灭。

卢梭说得好，"人性的首要法则，是要维护自身的生存，人性的首要关怀是其对自身应有的关怀"。追求自身的权利是人类最一般的心理特征和行为规律。综观改革开放二十多年，我们所取得的每一项成就无不是适应了人的这种需求，我们法制发展的历程也不过是不断地对人性认可、尊重和关爱的过程，法治理念的深化就是人性观念的深化。最近最高人民法院要求各地切实推行以注射方法执行死刑和从 2002 年 11 月 1 日起实行的《吉林省人口与计划生育条例》中规定的"达到法定年龄决定终生不再结婚并无子女的妇女，可以采取合法的医学辅助手段生育一个子女"的规定就是明证。

40. 西方性犯罪立法的趋势[*]

　　传统的西方立法理论认为，强奸罪的主体一般只能由男子构成，女子可以构成强奸罪的教唆犯或帮助犯，但不能构成实行犯或亲手犯。受害者也只能是女子。在英美法系国家，普通法的奠基人布莱克斯通早在二百多年前就将强奸罪的基本因素总结为："强行性交，违背妇女意志。"依此逻辑，英国《1956年性犯罪法》规定强奸罪是"男子强奸妇女的犯罪行为"；美国1961年《伊利诺斯州刑法典》规定"14岁以上男子同不是自己妻子的妇女以暴力方式在违背她的意志的情况下实行性交的，构成强奸罪"；1962年美国法学会起草的《模范刑法典》也规定了只有男人针对女人实施的性侵犯才能构成强奸。在大陆法系国家也是如此，1907年的日本刑法规定"以暴力或胁迫手段奸淫十三岁以上女子的，是强奸罪"；1975年的前联邦德国刑法典规定："以暴力或胁迫手段，强迫妇女与自己发生或他人实施婚姻外性交行为的，处两年以上自由刑。"随着女权主义的发展和科学技术的进步，传统的性行为方式正受到挑战。在现实生活中即使在男方不同意的情况下，女方也完全可以在性药物或其他科学手段的帮助下完成性行为。再有，随着性解放思潮发展和人权观念的进步，同性恋现象逐渐在西方社会得到接纳。如英

---

　　* 该文发表于《人民法院报》2005年10月21日海外法域 B4 版。

国 1967 年的性犯罪法规定，公民只要年满 21 周岁且在私下进行的双方同意的性恋行为不是犯罪。随着同性恋现象的增多，同性之间的性侵犯也就不可避免。

现实已经对传统的理论与实践形成了冲击，为了适应社会的需要，西方国家纷纷对自己的强奸罪立法加以修正。1983 年，加拿大在性犯罪法律改革中开始用"性侵犯罪"（Sexual Assault）取代"强奸罪"，它的特点在于没有规定受害人和被告人的性别，它保护所有性关系中的性权利；1998 年，德国新版的刑法典删去了 1975 年原联邦德国刑法典强奸罪中的"强迫妇女"的表述，以"强迫他人"代之；法国 1994 年重新修订的刑法典将强奸罪的受害者明文规定为"他人"，既包括女性又包括男性；1974 年生效的美国密歇根州的《性犯罪法》也将关于强奸的法律所保护的范围不再局限于女性，而扩展到了男性，美国得克萨斯州立法还规定了奸淫幼男罪；俄罗斯刑法典的第 132 条专门规定了强迫同性性交罪；目前瑞典、芬兰、挪威、丹麦、西班牙、奥地利、意大利等国的刑法典在规定强奸罪及其他侵犯型的性暴力犯罪时都将受害人表述为他人，在英文的版本中使用了"any person"或"a person"，而没有用"woman"。只有瑞士、日本等国的刑法典还明确将其表述为妇女。

与此同时，"性交"定义的内涵也在扩大。在美国，几个世纪以来，司法界经常传颂的一句有关描述强奸的经典名言"只有针不动的时候才能穿线"是传统观念的生动体现。这种观念与传统的单纯将"性"定义为为生育而进行的活动的观念相符合，也与法律侧重保护妇女贞操的传统功能有关。即使在今天，西班牙刑法典还将性犯罪表述为"侵犯性自由及贞操罪"。在现代西方社会，一方面，人们对性的功能的认识有了根本性的转变，不再单纯强调它的生育功能，更重视它的娱乐功能，正因如此，现代社会性犯罪的侵犯方式也出现了多样化的趋势；另一方面，女权运动的发展、性观念的转变也使妇女更重视自己的权利而不是贞操，也就是说，通过其他方式也会使妇女的性权利受到巨大伤害。这样，传统理论中的"性交"概念已经无法解释现实了。于是，西方国家在理论和立法上纷纷对传统的"性交"作以扩充，为它赋予新的内涵。在英国，先前成文法中通常使用的"性关系"一词经性犯罪法案整理后，代之以"性交"。经1994年法案修正后，性犯罪法案第44条对于肛交同样适用；在美国，根据《美国模范刑法典》第213条第1款规定，性交包括口交或肛交；法国1994年的新刑法典第222条第23款规定："以暴力、强制、威胁或趁人无备，对他人施以任何性进入行为，无论其为何种性质，均为强奸罪。"这里的"任何性进入行为"显然要比传统的性交定义内涵广得多；现今奥地利刑法典第201条这样定义强奸罪："以对其实施严重的暴力或以立即严重伤害其身体或生命相威胁，强迫他人实施或容忍性交或与性交相似的性行为的，处1年以上10年以下自由刑。麻醉视同严重的暴力。"

多维视角下的法制

41. "法治" 面前须冷静

  2014 年召开的十八届四中全会是我党历史上第一次以"依法治国"为主题的大会，它把中国特色的法治之路推向了新的高潮。"法治"是当代中国的核心价值观之一，同时"法治"也是这个时代时髦的话题。在领导人的讲话中、在学者的著述中，"法治"的声音不觉于耳。最近我参加一个有关地方立法的会议，某一个地方领导人踌躇满志地说："目前我们虽然存在着这样那样的问题，但我们相信随着社会主义法律体系的建立和健全，这些问题定会得到彻底解决，随着社会主义法治国家的推进，这些问题定会迎刃而解！"

  在"法治"日益升温的时代，我想为其"唱唱反调"，"降降温"。提醒为法治狂热和痴迷的人们，不要刚从法律虚无主义的泥潭中解放出来就又陷入法律万能主义的误区。这种倾向在我们当今时代无论是在学术领域还是在社会领域都有所显见。而此时，我们特别需要以一种冷静、客观的态度来观察"时髦"的东西。

  法律万能主义观认为：社会的方方面面都应由法律来调整，各种社会问题最终都需要法律来解决，把任何社会不良现象都归结为法制不健全，法律成了一副解决社会百病的良方；新中国成立以来我国政治经济上的失误的主要原因归结为没有实行法治，西方国家之所以比我们先进、发达、民主、文明的主要原因就是实行法治；制定健全完备的法律体系是建立法治社会的根本前提，有法治才能治国，无法治必然乱国。在实践环节上只要提高人们的法治意识，并认真贯彻有法可依、有法必依、执法必严、违法必究的方针，切实地践行科学立法、严格执法、公平司法、全民守法的原则，就能最终走向法治社会；法治社会是一个理想社会，是一个没有瑕疵的社会，只有在法治的社会里才能实现人们的终极幸福，因此法治是一个彻头彻尾的褒义词，它代表着正义、文明、进步、科学、人权、自由、民主与和谐。

诚然，法律是人类社会调整社会关系的最主要的社会规范，是社会经济、政治、文化发展和社会进步所必不可少的因素。法治模式与其他方式的社会模式（德治或人治）相比较有许多优势，它是现代社会追求的价值目标，也是文明社会的主要标志和通行的治理方式。但是辩证法告诉我们，对任何事物必须进行一分为二的分析，法律和法治也不例外，当我们更多地给予它们荣誉和花环的同时，也必须认识到法律也有弱点和盲点、不足和局限。它们也有许多"不能"或"误区"。在我们的社会普遍对法律和法治顶礼膜拜的今天，我们必须对他们保持清醒的头脑。

第一，法治不是所有问题的最好解决之道。

法只是调整社会生活众多规范中的一种，它是调整社会关系的重要方法，但不是唯一的方法。作为规范，除法律之外，还有道德、习惯、政策、教规、纪律、乡村民约等；作为方法，除法律方法，还有行政、思想教育、宗教等方法。综观当今社会，虽然法律是处理社会问题主要方法，但就某些社会关系和生活领域而言，法并不是最主要的方法，也不是最佳的方法。

其一，思想、认识、信仰领域不易或不能由法律来调整。法律是调整社会关系的规范，而社会关系是人与人之间的关系，这种关系是由人的行为而产生的。因此法要作用于社会关系必定要通过人的行为来完成，也就是说，法律对社会关系的调整是通过人的行为这个中介而进行的外部调整。因此，只有某人的思想外化为行为后法律才可能作出评价，单纯是一种思想、认识、信仰，哪怕是一种非常危险的思想、认识、信仰，在没有外化为行动之前，法律不能或不宜调整。如果强行调整，不但不能起到应有效果，反而会导致有害的结果。一个人的思想和心理活动别人无法得知，因此法律无法介入和调整。一个对人的思想定罪处罚的法律是恶法，那叫出入人罪、滥施刑罚！比如张三看到李四发财了，心生嫉妒，进而萌生了图财害命之心，尽管这种思想是非常邪恶的，也是非常危险的，但在这种思想没有外化为行动之前仍然不能给其定罪。

刑法当中关于犯罪的认定，既要强调它的主观方面又要强调它的客观方面，主观方面涉及犯罪人的思想动机、心理状态，但是对犯罪人主观方面的认定一方面要通过犯罪者的自白，另一方面要通过犯罪人的外部的行为和当时的具体条件、外部环境来推定。我们学习刑法的时候，非常强调对犯罪主观方面的研究，要研究犯罪者的犯意，是故意还是过失，但当我们一旦真正地进入实践场域，或是作为一个法官，或是作为一个警官，你就会发现，现实中哪会有什么故意和过失，有的只是一堆堆碎片化的证据。法官也好，警官也罢，他们都不是神，而是普普通通的人，他们如何知道当事人是如何想的，他只能根据外在的条件来推断，具体来说是主要根据证据来推断。在人类早期阶段，由于推理技术不发达，所以当时的司法更强调口供。俗话说："人是苦虫，不打不成；人是木雕，不打不招"，意即公开地宣扬和使用刑讯逼供。在现代社会由于侦查技术的进步和人类推理能力的提高，不依赖于口供也能探知人的内在心理，所以现代的司法更强调言辞以外其他更客观化的证据。由此可见，法律只对作用于客观化的行为、外观化的证据发挥作用，法律不能直接作用于人的思想，这不能说不是法律的局限。所以传统的儒家主义就认为，法律只能治表，不能治根。由此说来，思想上的问题还得靠思想方式来解决，即要在人的心灵深处做文章，要在人的思想上下功夫，只有解决了人的思想，问题才能根本解决。在这方面道德教化、思想教育、政治工作等方式可能会比法律更有优势。

其二，人的私生活领域法律不宜调整。现代法学和政治学将人类社会分为政治国家和市民社会。市民社会是区别于政治国家而存在的典型私人领域。国家的公权力主要作用于政治国家，公民的私权利主要存在于市民社会。市民社会强调自治、自主、自律，不允许国家公权力随意进入。整体来讲，法律是由国家强制力保证实施的，是典型的公权力的表现形式，因此现代法律对市民社会必须保持一定的距离，纯私人生活领域，如家庭生活领域、父子关系、友谊关系、恋爱关系，往往是即使是强调意思自治的私法也不许介入。西方古代的谚语："上帝的当归上帝，恺撒的当归恺撒，该隐的当归该隐"，这就是说精神的属于精神的，国家的属于国家的，私人属于私人的；"风能进，雨能进，国王不能进"，就是说，穷人的寒舍即使在风雨中飘摇，风可以吹进它，雨可以打进它，但英王和他的千军万马绝不敢踏进它。因为它虽为寒舍，却被私人所有。所以，侵犯他人住宅的行为普遍受到现代国家法律的惩处，隐私权普遍受到各国法律的保护。

其三，法律不能强人所难。法律是由人而定，为人服务的规范，它规范人的行为，指引人的行动。它归根结底要靠人来实施，如果法律规定的内容超出人的能力，根本违背人的本性，最终必然受到人们的抵制，虽然法律是由国家暴力来保证实施的，但最终失败的也往往是法律。在人类历史上许多国家和时代都颁布过禁烟和禁酒的法律，比如美国和苏联都做过这方面的尝试，但最终都失败了，不但没有禁得了烟和酒，而且还助长了黑市贸易。我国前几年许多城市都颁布过春节禁放烟花爆竹的规定，但现在所有的城市几乎又都放开了。为什么？法律不能强人所难。

能不能制定一部禁止夫妻性爱的法律？中世纪基督教会强调禁欲，教规和教会法中都有很多禁欲的规定，教会认为夫妻的性生活是一件不得不为的事，但达到生殖的目的就可以了。正如基督教圣哲罗姆所说："那些对自己的妻子爱得过于热烈的人，就是一个通奸者。"因此通奸或其他婚外性行为是法律严令禁止的，是重罪，处罚相当严厉。甚至对夫妻间的性爱的姿势都进行了规定。但通奸等婚外性行为从来没有被有效地制止过，就连在神职人员中都没有杜绝得了这种行为。据《欧洲道德史》记载：教皇二十三世被指控犯有乱伦、通奸和其他罪行；圣奥古斯丁的一个男修道院院长 1171 年在坎特伯雷受审后被发现在一个村子里有 17 个私生子；西班牙圣彼拉奥的一个男修道院院长，在 1130 年被证实，至少有 70 个姘夫；列日主教亨利三世因有 65 个私生子而被免职。过去 30 年里，天主教在全国范围内，共有 10 万神职人员由于感情问题离开教职。中国古代明清时期禁欲主义也是登峰造极，封建礼教甚至认为"饿死是小，失节是大"，宣传"男女授受不亲"，崇尚"乳疡不医""寡妇断臂"等故事，国家歌颂贞妇烈女，除生育之外的夫妻的任何性的举动都属于"淫"。但这一时期同时又是历史上民风放荡，纵欲思潮泛滥的时期，比如历史上的所谓的色情书刊如《金瓶梅》等，就出现在那个时代。当时在 2001 年婚姻法修改之时，有人针对目前"包二奶"现象日趋严重的趋势，建议增设通奸罪，遭到法律专家的抵制。道理也在如此。

第二，法律调整具有滞后性、保守性、不周延性的特点。

首先说滞后性。正如马克思所说：无论是政治的立法还是市民的立法都是记载经济关系的要求而已。法律是作为调整人类现实生活的手段而存在的，它存在的目的和宗旨在于解决现实生活中的矛盾，因此成文法的内容只有与社会发展的步伐相一致，它才能实现这一目的和宗旨，正因如此，法律与社会生活之间始终存在着一种矛盾。一方面，成文法作为人们一体遵行的社会规范，要求它必须稳定，它必须给予人一种预期，因为只有稳定的立法，人们才能以法律的内容安排自己的生活，调整自己的行为，自觉地与法律保持一致，否则，法律朝令夕改，人们将无所适从，这样将极大损害法律的严肃性和权威性，不严肃和无权威的法律对社会的危害比无法更甚。另一方面，社会是发展的，现实生活是变动不居的，这样，越是稳定的法律其滞后性、保守性就越明显。例如，我国 1979 年的《刑法》中没有关于劫机罪的规定，因为 1979 年以前我国对外交往不多，国人连坐飞机的机会都很少，从来没发生过劫机的犯罪。改革开放以后，随着国人对外交往的频繁，坐飞机出行越来越普遍，劫机犯罪也多有发生，而此时我国刑法却没有该类犯罪的规定。我国法院不得不类推适用破坏交通工具罪处刑，后来到 1992 年才以人大常委会决定的形式补充进来，但这次立法者聪明的是将"飞机"改成了"航空器"，扩大了犯罪对象的外延，使该罪具有更大的社会适应性。

又由于一部法律，特别是法典，是对一定时期成熟的社会关系的凝练与升华，它的每一个规则都是从现实生活中的无数的个案归纳、抽象出来的，且要经过起草、审议、修订、通过、公布等程序，其才能被赋予效力，这样，从意识到某一社会现象需要立法到该法律出台本身就需要很长时间、耗费很大成本，这也正如萨维尼所指出的："法律自制定公布之时起，即逐渐与时代脱节。"例如，1900 年《德国民法典》从编纂到颁布，其前后耗费了长达 26 年的时间；再如我国的《民法通则》基本上还是计划经济时代以苏联民法典为蓝本的产物，许多规定都已过时或不能采用，统一的民法典从 20 世纪 90 年代初就开始策划，至今仍未出台。正因制定一部法律并非易事，因此一旦某一法律出台即使其内容有瑕疵，也要尽量维护它的稳定。新中国历史上第三部宪法，即"七八宪法"，基本上还是以"左"的思想为指导制定的宪法，虽然从 1978

年我国实行改革开放政策以后，它已明显落后时代的要求，但国家出于维护宪法的稳定的需要，还是到了 1982 年才予以废止，制定新的宪法，即"八二宪法"。

其次，法有不周延性的特点。法律实际是人的理性的反应，而理性实际上是人把握事物本质的能力。近代以来，成文法的扩张与唯理论哲学的发展是分不开的。唯理论哲学认为通过人的理性能够解决所有的问题。落实到法律上，它认为凭借人的理性可以制定出能够包容、涵盖所有个案的法典，凭借这样的法典能够解决所有的社会问题。也正因如此，那时各国纷纷制定大的法典。然而任何人的认识都要受到时间、空间、物质载体、自身条件等方面的限制，因此，人的理性必然是不周延的、非至上的，所以，概念只能近似地表征事物，而不能绝对表征事物。正如卡尔·波普所认为的，任何一种科学的理论都必须是全称命题，才具有普遍的有效性，但具体的、有限的经验事实又是无法证实普遍的无限的科学理论的。正因如此，以立法者的理性来制定的法律必定也是不周延的、非至上的，再聪明的立法者也不能制定出一部天衣无缝、包容全部社会生活事实的法典。所以任何法律都存在着一定的规则真空和立法空白。特别在立法者远离社会生活时，当我们的法律往往是那些躲在书斋里的法学家和高高在上的官员制定的时候，这种立法空白就更不可避免。比如，我国现行刑法除了刑法典外，还有许多单行刑法。1979 年的刑法典颁布以后又陆续颁布了一些补充规定，如《关于禁毒的规定》《关于严惩拐卖、绑架妇女儿童的犯罪分子的决定》等。1997 年刑法颁布后又陆续颁布一系列的修正案，迄今为止一共出台了 9 个修正案，不断增加新的罪名。原因就在于此。

再次，法还有保守性的特点。法律是作为约束人的感性的理性形式而存在的，它对人的行为更多表现为一种约束。通俗地讲，制定法律就是给人立规矩，确定一种理性化的制度，建立一种秩序。权利本位并不是说法律中权利规范就比义务规范多，法律中更多的还是一种义务性的规定，对权利的保护也往往是通过规定相对方的义务来实现的。正因如此，法律对人的行为、社会生活和社会关系不可避免地具有强大的限制性，这种限制性还有可能被强化而趋于僵化。这样，它就不可避免地限制了人们的创造性活动，特别是社会经济生活和政治生活中的创新和自由。这样，往往法律越多，经济反而越迟滞、社会越不活跃。老子所言"法令滋彰，贼盗多有"，就是这个道理。

例如，秦朝奉行法治，其法律制度非常健全，"繁于秋茶，密于凝脂"，但是秦朝却落了个二世而亡的下场，这与法律的严酷不是没有关系。这种法律的暴政严重地破坏了生产力，社会也失去了活力。残害肢体的肉刑，破坏了人的生产能力，增加了社会的负担。对细微的行为就规定较重的处罚，非但不能保护秩序，反而会破坏秩序。致人轻伤，就判死刑，以后就不会再有轻伤害，而是直接把人打死。陈胜、吴广、刘邦都是因为误期当死，最后不得不起义，推翻了秦王朝。在汉初为了挽救羸弱的经济，统治者实行宽法省禁，下放主动权，实行无为而治，反而出现了后来的"文景之治"。从这个意义上讲，历史上的许多进步往往都是通过规避法律的方式取得的。比如20世纪70年代末，安徽凤阳县小岗村率先实行的农村土地承包责任制，拉开了我国土地改革的序幕，当时政策和法律都是不允许的。

20世纪30年代美国罗斯福新政遭到了许多大法官的反对，罗斯福采取了一些非法律途径，也就是政治手腕，通过架空一些大法官的方式，来减少新政推行的阻力。罗斯福宣布了一个名为"填塞法院"的计划。按照这个计划，总统可以提名另一名法官取代任何超过70岁但还没有退休的联邦法官。当时，最高法院的大法官中有6人的年龄已经超过70岁。总统可以借此把最高法院的大法官人数从原来的9名增加到15名。"填塞法院"计划的表面理由是，年纪太大的法官，将难以胜任法院繁重的工作，需要增加更年轻的法官，以使法院更好地履行职责。其实，真正的理由是，此前几年，最高法院通过几个关键案件的判决，严重阻挠了罗斯福上台以来为了解决美国 1929 年经济大萧条而推行的"新政"。

从这个角度说社会进步往往是靠"违法者"推动的，具体说社会的发展靠那些"离经叛道"者，而不是靠那些"墨守成规"者。这些年中国法治的发展也表现出这一规律。比如个案推动立法，2003 年的"陈志刚事件"迫使原有的《城市流浪乞讨人员收容遣送办法》废止，新的《城市生活无着的流浪乞讨人员救助管理办法》施行；在拆迁中正是有了那些"自焚者""钉子户"，从 2011 年开始，原有的《城市房屋拆迁管理条例》废止，新的《国有土地房屋征收与补偿条例》才获得施行。

第三，法律因注重形式而与现实存在着一定的差距。

法律与其他规范相比，其优势在于它有一套处理问题的程序。因此，只有满足一定的形式的要求，法律的正义才能体现出来。法律强调的是形式上的正义，民众希求的是实质上的正义，这两种正义一般情况下是重合的，但有时也存在着差距。因此程序正义和实质正义之间存在着一定的矛盾。法律由于追求形式上的正义可能会造成某些实质上的不正义，即当形式正义与实质正义不能兼得时，只能以牺牲实质正义或个案公正来换取形式正义或整体公正。这表现在以下三个方面。

其一，强调程序意味强调外在形式，而内在方面往往被忽略。比如一个人因盗窃而入狱，被判三年徒刑，刑期执行完毕以后，后明知他出去还是改不了，也得把他放出去。而道德则强调对内心的改造，只要内心改造好了，不需要非得坐三年牢。因此，中国古代重视道德教化，相对轻视法律的惩处，认为法律只能治标，道德才能治本。孔子说："道之以政，齐之以刑，民免而无耻，道之以德，齐之以礼，有耻且格。"

再比如，两个人婚姻应以爱情为基础，不以爱情为基础的婚姻是不道德的。社会的正义要求法律要促成有感情的人自由的结合，但是法律因为遵循特定的程序，不问两个人是否有感情，关键看两个人是否有无不宜结婚的病史、是否有三代以内的血缘关系。如果有血缘关系，即使两个人的感情是真感情，但也不能结婚。结果，就出现这样的现象：有感情的结不了婚，结了婚的未必有感情。再如，欠债还钱，千古一理。但依法律的诉讼时效的规定，过了诉讼时效的债务可以不偿还。因此，法律的正义和实质的正义并不是一一对应的。

其二，法律强调法律真实，法律真实不一定是客观真实。诉讼中的事实是能用证据证明或以法律规则推导出来的事实，如果不能用证据证明或法律规则推导出来的"事实"，哪怕即使是"事实"，也不能算作"事实"。正基于此，"谁主张谁举证""以事实（即证据）为根据，以法律为准绳"是现代司法的根本原则。美国法律强调证据，没有合法的证据根本不能定案。辛普森之所以能够无罪开释，关键是因为警方取证违法。又如，中国某农村教师在十几年内奸淫几十名小学生，只有一个家长举报，其他家长都不出来作证，最后这位老师只判八年。如果能有更多的家长来作证，就不只是八年。法官只能以证据定罪。于是，我们可以这样说，用法律解决纠纷并不在于它能完全分清是非，还事物本来面目，而是只能做到在诉前设立一套认定事实、判断胜负的规则，符合规则者胜，不合规则者败，规则对一切人都平等，机会为每个人都开放。只能做到在这既定的制度下，给诉讼双方平等的充分的发言、举证和适用规则的机会，即形式上的平等。司法的任务是为现实的纠纷给出一个结论。这个结论有可能和客观事实相符也有可能不符，可能对当事人有利也可能对当事人不利。只要按照程序和规则给出了结论就认为完成了任务，只要当事人用尽了审级规定的诉权，结论就得生效。法律只能做到这一点。

其三，法律强调形式往往还会造成处理问题的不效率。通过法律解决问题必须遵守程序，程序的适用往往会耽误很长时间，造成问题处理的不效率。法治方式往往包含着民主的内容，民主要有多人参与，这相对于一人独裁往往效率低，因此，在紧急状态下，集权或专制有时比民主和法制更有效率，更能收到好的后果。第二次世界大战时德国起初的胜利和它的独裁体制有关，苏联之所以能反败为胜也和它的集权体制有关，而法国迅速败亡与它的民主、法治的体制有关，因为决策太慢。

第四，法律和法治的基础是性恶论或者说法律所面对的对象应该是道德水平不高的人。

从人类的思想史可知，性恶论产生法治主义者，性善论产生德治主义者。儒家倡导性善论，《三字经》中说："人之出、性本善，性相近，习相远。"他们认为无论是统治者还是普通老百姓，都会通过修身养性达到较高的道德水平，通过自律就能实现社会的有序。而像韩非、商鞅等法家则认为人性恶，认为人都有趋利避害的本性，因此倡导以刑去刑。所谓"以刑去刑，刑去事成，罪重刑轻，刑至事生"。

我们应该承认法治主义起源于西方。古希腊的柏拉图倡导德治，认为应由"哲学王"来统治。亚力士多德倡导法治，认为受理性的限制，不可能找到这样的"哲学王"。西方基督教哲学中"原罪说"起了一定的影响，原罪的基础是性恶论。始祖偷吃了知善恶树上的智慧果，犯了罪。人生下来就是有罪的。从近代以来，基本可以这样认为：公法中适用"无赖"假设，在私法中适用"小人"假设。也就是说，在公法中将人应定性为"无赖"，私法中应将人定义为"小人"。这里的"小人"是指平民百姓，或法律经济学中的追求自身利益最大化的理性的经济人。

先说公法中的无赖，英国哲学家休谟说过："许多政论家已经确立这样一项原则：即在设计任何政府制度的若干制约和监控机构时，必须把每个成员都假定为一个无赖，并设想它的一切作为都是为了谋私利，别无其他目的。"西方许多法治主义者往往将权力或行使权力的人设定为"恶"。米尔顿说："长期持续地拥有权力致使最真诚的人亦变得腐败。"孟德斯鸠说："一切有权力的人都容易滥用权力，这是万古不易的一条经验。"康德说："拥有权力，必定会贬损理性的自由判断。"阿克顿勋爵说："权力导致腐败，绝对的权力导致绝对的腐败。"正是把拥有权力的人看成无赖，才有对权力控制的必要。正是把人看成无赖，人天生就有犯罪的倾向，所以才需要法律规束。正是西方有"人生而有罪"这样的文化，所以西方法学中才出现过一种极端的犯罪学派：刑事人类学派。以龙勃罗索为代表，他们阐述一种天生犯罪人的理论，认为眼斜、嘴歪、面相不端等都是天生的犯罪特征。后来的社会达尔文主义强调弱肉强食，法西斯主义强调对所谓的"劣等民族"进行肉体消灭，都与这种"性恶论"有关。

私法中强调的是"小人"假设。"小人"相当于罗马法上的"市民"的概念，是为自身利益而奋斗的人，是凡夫俗子、贩夫走卒、平民百姓，可谓"天下熙熙，皆为利来，天下攘攘，皆为利往"。冯友兰先生把人生分成四大境界：自然境界、功利境界、道德境界、天地境界。我们大部分人都生活在功利境界之中。而生活在道德境界中的孔子、雷锋、孔繁森、焦裕禄等不是私法上的人，因为他们是道德上的超人，在他们身上生长着利他主义情怀，他们不会与别人产生纠纷，没有纠纷也就不需要法律了。正如科斯所说的，当交易成本为零时，不需要法律。由此我们想到，我国民法当中规定的，遗失物找不到失主，应上缴国库，是有问题的。法律不是道德规范，它所针对的主体不是君子，是小人，是市民，这样做超越了法律人的标准。比如在我国《民法通则》和相关解释中无因管理人有权向受益人要求必要的费用，这种费用包括实际支出的费用和活动中受到的损失，这里面必要的奖励应不应该有？也就是说，人见义勇为或拾金不昧以后能否有取得报酬的权利？我认为人应有这样的权利，因为市场经济的人应该定位为谋求自身利益最大化的理性的经济人。

第五，法律的实施效果取决于相关条件的完善。

用法律来治理从某种意义上说是一种高成本的治理方式。它的实施需要许多配套的条件，当这些条件不具备时，法不可能充分发挥作用。

其一，法律的实施需要相应的精神条件和文化氛围。在某种意义上说，法律是一种观念，是一种多数人头脑中的观念性的共识。因此，只有民众头脑中有这种观念，法才能落到实处。如果人们头脑中的观念与法的内容背道而驰，法的施行效果可想而知。正如伯尔曼所说："法律除非信仰，否则形同虚设。"因此，在这个意义上说，法治不是"法律之治"，民主也不是"人民当家作主"；法治是"法律人之治"，民主是"民主人做主"。中国几十年来，可谓有宪法，无真正的依宪治国，为什么？因为人缺乏对宪法的信仰。如果人的头脑中想的都是专制的事，纵然有法律又当如何？关于鞭炮禁放的问题，新年钟声一响，万炮齐鸣，警察和公安局长家里都响，有法律又如何？有人想废除死刑，但民众中还有强烈的报复主义的观念，死刑是无论如何也废除不了。中国法律实施效果差与法律工具主义文化传统有关，而西方法治社会的构建与他们的法律信仰主义的传统也不无关系。

其二，法律的实施效果要依赖适用法律的人的素质。

法律作为一种普遍性的规则，它不是针对具体的人和事，而是针对某一类人和事，因此法律中的任何规则都应是全称命题，而不是单称命题。因此说，法律规则就是对社会生活的高度抽象，因此法律规则与现实生活之间不是一一对号的，而是保持着一定的距离。比如关于故意杀人罪的规定，刑法当中只是规定了"犯故意杀人的，判死刑、无期徒刑，情节较轻判3年以上10年以下有期徒刑"。但是在现实生活中，关于故意杀人的情形因时间、地点、主体、心理动机、实施手段等不同表现为多种形式。这样法律规定对于活生生的现实来说是模糊的、抽象的。因此将法运用到现实中必须通过法律适用者。法律适用往往是第二次立法，于是，在现实中你所感觉到的法未必就是立法者所立的法。所以从规则中的法到现实中的法需要法官这个中介，这样法官的素质在法律的实施中就起到了关键性的因素。好的法官就会使法律实施更精彩、更准确。素质不高的法官则会使法律变得呆板、机械，甚至把法律当成谋取个人私利的手段。中国古人云："歪嘴和尚念错经"，就是这种情况。

其三，法律的实施还有需要必备物质条件。

法律的实施依赖科技手段，古代司法之所以盛行刑讯逼供，更多的是因为没有其他更好的审讯手段，所以从这个意义上说，在现代社会抓捕犯罪嫌疑人不是难事，关键如何证明所抓的人就是犯罪人，这是难题。

法律的实施依赖于执法者、法律适用者的正常生活能得到保障。为什么西方国家有高薪养廉的制度？执法者在极度贫困的情况下保持自身的廉洁是很困难的。当他们手里有权而无钱时，当被管理者有钱而无权时，两者便产生了交易。

法学研究也是一个奢侈的事，你的学术积累需要付出成本，连书都卖不起，怎么搞科研。孟子说："无恒产则无恒心。"西方的著名的法学家、哲学家几乎都出身贵族。亚里士多德是亚历山大大帝的老师，学生专门给老师建个园子，供他搞试验。孟德斯鸠将波尔多市议长的职务卖出去，靠这笔钱周游欧洲，写出不朽的著作——《论法的精神》。西方学者中就卢梭穷，没受过正规的教育，但人家不但聪明还长得漂亮，有贵妇人资助他"搞科研"。

今天我谈了这么多，可能有人对我的立场产生怀疑：你是不是一个反法治主义者？或者说是不是一个专制主义者？我可以明确地表白：我是一个坚定的法治主义者。今天我讲这些的目的不是在为推行人治、德治或反对法治摇旗呐喊，我的目的在于给当下的人们提个醒，因为当我们受某种潮流影响的时候，往往不愿从它的负面去考虑问题，因此当出现问题时往往没有思想准备。我的目的在于告诉大家，法治虽好，但它他并不是完美无缺的，它只是人类的一种无奈的选择，是两利相权取其重，两害相权取其轻的结果。或者说，人类社会之所以选择法治并不是因为它完美无缺，而只是因为它比人治、德治、神治好一些，或者说不像人治、德治、神治那么坏。按照马克思的理论，我们的终极社会是人类的全面自由发展的社会，是"自由人的联合体"。这个社会肯定不是由法律来规束人的社会，因此也就肯定不是法治的社会。只有我们充分地意识到法治的这些局限，我们在法律的运行中才能采取措施补救，力求把负面的影响减少到最小。只有我们充分地意识到这些局限，我们才能以一种平常心看待法律，才能不对法治求全责备，才能客观地对待法治的"能"与"不能"。笔者认为，构建和谐社会这种心态是必不可少的。

42. 变性人与少数人的权利*

　　最近新闻媒体对有关变性人的问题讨论得十分热烈。变性手术应不应该合法化，变性人的权利是否应得到保障、如何保障是其讨论的主要话题。笔者认为，变性手术应该合法化，变性人的权利应该得到切实的尊重与保护。

　　世界本来就是丰富多彩的，不同的人、不同的物、不同的语言、不同的颜色才构成一个真实的世界，这正如毛泽东同志在早年的诗句中写道的"万类霜天竞自由"。一个所有人都吃一样的饭、穿一样的衣服、唱一样的歌、喊一样的口号的社会只能是一个畸形的社会。因此，近代英国思想家密尔告诉我们，人性不应当是一架毫厘不爽的按程序工作的机器，它应该是一棵"按照那使它成为活的东西的内在力量的趋向生长和发展起来"的树。世界是由矛盾构成的，而矛盾双方是互为存在的，如果失去一方，另一方也就没有了存在的意义。所以，有天才有地，有阴才有阳、有正才有负、有异端才有正道。因此，在这个意义上说，"变性人"这种所谓的"异端"的存在在一定程度上起到了肯定正常人生活的作用，那么，我们还有什么理由对此大惊小怪呢？一个多元竞争、个性自由的社会才是一个富有生机和活力的社会。历史虽然由人民

---

* 该文成于 2002 年 11 月。

创造，但它的发展却总是靠少数离经叛道者推动。试想没有当年敢于冲破旧的枷锁的共产党人，哪有今天的人民共和国；如果没有 20 世纪 70 年代末安徽凤阳小岗村农民的包产到户，哪有今天的中国农村的土地改革；如果没有 20 世纪 70 年代末或 80 年代初所谓的"投机倒把"者，哪有今天的社会主义市场经济。因此，从某种意义上说，一个社会需要"异端"和"另类"，因为，"异端"常常代表创新，"另类"往往象征活力。它们的存在更是对正道的督促和警醒。多元的社会是法治形成的基础。

多数人的权利固然应该保护，但少数人的权利更不应该受到轻视。多数人因其多数而是社会的强者，他们往往能够利用自身的优势很好的保护自己，而处于弱势地位的少数人，因其命运易被多数人掌握，故其权利常易受侵犯。少数人专权可以形成暴政，多数人专权未必不会如此。从法国大革命中雅各宾派的红色恐怖到前苏联斯大林时期对地主富农的消灭，从希特勒对犹太人的屠戮到美国历史上南方白人对黑人施加的私刑，无不是多数人为少数人制造的人间悲剧。人生而平等，多数人有什么理由为自己而牺牲少数人呢？饱受精神之苦的"阴阳人"凭什么没有确定自己性别、实现幸福的权利呢？诚然，允许"变性人"合法化会对传统的伦理构成冲击，会给正常人带来一些冒犯和不适。但是，我们必须知道，法治是有代价的，任何一种权利都具有一定的风险。我们在倡导言论自由时，不免会带来谬论、流言和偏见；我们在弘扬契约自由时，也不免会出现诈欺与违约。正是如此，法治的福祉在于宽容，不想承担风险而建成法治无异于痴人说梦。并且唯有如此，旧道德才能除弊，新伦理才能更新，社会才能发展。

中国传统文化是一种"大一统"思想居主导地位的文化，"异端"得不到宽容，少数人的权利得不到尊重，因此中国的传统社会是一个死气沉沉的社会。但值得我们欣慰的是，改革开放以来，我们的社会日益宽容，人们的个性日益得到尊重，多元的文化正在形成。最近从网上得知，中国有将近 40 万人有变性的需求，2002 年 11 月 18 日河南省公安厅和卫生厅下达了关于给予实施变性手术后的公民办理性别变更手续的通知，这无疑都是在说明我们的思想观念在更新，时代在进步，公权的专横正在消解，人权正在受到尊重。我们应该对此欢呼，因为法治的基础在于人性，法治的福祉在于宽容，正如德沃金先生所说："如果政府不能认真对待权利，那它也就不能认真对待法律。"

43. 口号背后的理念变迁[*]

　　诸如"人定胜天"这类口号，对于曾生活在20世纪六七十年代的中国人来说无疑是再熟悉不过的了。传统的惯性是巨大的，以至于在当代中国每当遇到自然灾害时仍有人喜欢将它搬出来以显示我们战胜困难的决心，即使在1991年和1998年的抗洪斗争中我们仍然大量使用了"人定胜天"一类的口号。如果我们细心观察，不难发现，近年来这些口号，正在悄然变化，例如在今年淮河流域的抗洪救灾中则更多地使用了"依法防洪""科学防洪"的口号，而不是"人定胜天"。从表面上看虽然这只是某些细节的变化，但实际上却反映了国人对自然的法律理念的巨大变迁。

　　"人定胜天"这一口号的背后更多地反映的是人类万能主义的生活理念和浪漫主义的革命情怀。从古希腊的"人是万物的尺度"到近代文艺复兴的"人是宇宙之精华，万物之灵长"，再到中国极"左"时代的"人有多大胆，地有多大产""没有办不到的，只有想不到的""三山五岳为我开道""不吃国家反销粮，面向草原要产量"等口号与理论，都是该种观念的反映。这种观念不合实际地提升了人的地位，高估了人的能力，忽视了人自身的弱点和不足。诚然，人是地球上唯一有思想的动

---

　　* 该文成于2002年8月。

物，随着生产力的发展，人的生存能力正在增强，人类驾驭自然的能力也在提高，但我们必须看到，人只是自然的一部分，地球也不过是宇宙中的一点，人在宇宙中是何等渺小与脆弱，自然中还有多少现象人类尚不能认知，世界中还有多少问题人类还无能为力，人定胜天不过是理想主义者的空想和盲动而已。即使对于自身来说，人仍然是脆弱的，就目前来讲，他无法克服自身的欲望、需要、自利等心理，为谋求自身利益的最大化常常不惜铤而走险、损人利己、破坏合作甚至彼此厮杀和混战。在这种观念的指导下人们办了许多蠢事，毁林开荒、围湖造田、填海造陆、过度放牧等。人以主宰者的身份对待自然，以自我为中心对自然任意摆布，其招来的后果必须是自然的惩罚。诚然，社会的发展必须以人为前提，不以人为前提的发展是没有意义的，社会的发展实际上就是人的发展，但是追求人的发展，并不是追求人的万能，也不是追求"人定胜天"，而是追求人与自然、人与自身的和谐。欲实现人与自然的和谐，人是应该有所作为的，因为人与自然对话的平台是人对自然规律的掌握，而对自然规律的掌握方式即科学，只有依靠科学才能提升人在自然中的位置；为了实现这种和谐，人又应该有所不为，和谐本身就不意味着只是一方无休止地索取，人只有在自然面前学会克制自己的欲望和冲动，学会向自然让渡自己的权利，才有可能利用自然以获得自身的发展。正因如此，在最近召开的国际防洪讨论会上，许多学者对"容忍洪水"这一治洪新理念取得了共识。欲实现人类自身的和谐，人必须正视自身的弱点和不足，人应该更多地从"性恶"的一面反省自身，而不是盲目乐观地坚信通过自身的理性能完全实现人的自治。当人们不把人类社会的和谐过多地寄予人的"自律"时，他律的形式——法律便产生了。科学和法律主要是作为约束人的感性的理性形式而存在的。

新中国成立以来，在"群众万能"和"革命无阻"的感性冲动下，我们犯了很多错误。一方面，我们盲目夸大了人在自然面前的能力，在

"人定胜天"的口号下，对自然无节制的开发和利用，致使生态环境急剧恶化，结果，现代的国人还在品尝着祖辈留下的"革命"苦果，并不断地为其赎罪。另一方面，对人自控能力估计过高，笃信通过自身的道德建设人有能力实现自律，其结果必然造成法治的废弃和制度的松弛，以致现在我们的法治之路仍任重而道远。但令人欣闻的是，现代国人已经意识到了自己的误区，可持续发展战略正在得到实施，依法治国之路正在获得推进。由此我们看到了希望，从"人定胜天"到"科学防洪""依法防洪"的口号的变化不正说明了这一点吗？

44. 财产权的人性基础*

美国当代的法哲学家贝勒斯在论及财产权时曾以两个发生在孩子间的非常普通和常见的事例来说明。其一：亚当抱怨说："爱丽森不让我玩电视游戏。"爱丽森反驳说："这是我俩的，她都玩了一上午了，现在该轮到我了。"其二：在海滩上，贝蒂和布鲁斯正在抢夺一个大海螺。"是我的！"贝蒂叫道。"不，是我的！"，布鲁斯大声说，"我先拿到的！""但是是我先看到的，我刚要去拿，就被你抢走了。"贝蒂大喊。①这两个例子都旨在说明，即使在人的孩童时代，财产权利的因子就已移植入我们的心中。

马克思说，人们奋斗所争取的一切都同他们的利益有关；恩格斯说，贪欲是文明时代从第一日起直至今日的动力，个人财富是文明时代唯一的具有决定意义的目的。需求是人的本能，是人"自由自觉的活动"。由于资源的稀缺性，这种本能常常得不到满足，于是便产生了人们对财富的占有欲。正是在这种欲望的驱使下，人们才有了生产和斗争的动力。因此，追求现实的物质利益是人类最一般最基础的心理特征和行为规律，是社会发展的动力和源泉。马克思为人类的发展划分了三个阶段，它们分别是：对人的依赖性阶段、对物的依赖性阶段、人的自由

　＊　该文发表于《深圳法制报》2004 年 4 月 6 日。发表时题目为"国富民强的法宝"。
　①　贝勒斯：《法律的原则——一个规范的分析》，第 87 页。

全面发展阶段。市场经济是人对物的依赖性阶段的具体表现形式，每个经济人都必须紧紧地依赖于所有物的一般形态——货币，才能生存和发展，于是，在此阶段和经济形态中私人财产权就成了人的独立性的基础、一切权利和自由的前提。目前人类还处于并将长期处于这一阶段。马克思说，人的本质不是单个人所固有的抽象物，在其现实性上是各种社会关系的总合。因而，在对物依赖的社会里，自利性就是现实中人的本质特性。这正是私人财产权合法性的人性基础。

　　私人财产权受到合法的保护是社会发展的基础和动力，是生产效率的源泉。西方制度经济学家说得好：人类生产方式的取得是利益选择的结果，一个农民辛勤种下的庄稼，如果数次被别人无偿收获，他最终会重新选择游牧或狩猎的生活方式。也正如法国经济学家巴斯夏所说：在财产权受到保障的制度下，人们为干得多和好而竞争；在否定财产权的制度下，人们为干得少和坏而竞争。"一个和尚挑水喝，两个和尚抬水喝，三个和尚没水喝"的逻辑即是如此。因此我们说，对一个国家来说，国富民强的最有效的法宝就是保障私人财产权，积贫积弱的最便捷的途径就是不承认任何私人财产。财产权不明和不稳正是计划经济失败的原因，国有企业效益低下的根源。改革开放 20 多年来，我们的市场经济之所以欣欣向荣，其根源就在于人们的物质利益不断地被承认、人们的财产权利不断地被保护。今天，宪法中增设了"公民的合法的私有财产不受侵犯"的规定正是适应了这种趋势，体现了对人性的尊重和以人为本的时代主题。

45. 私人财产权的法律真谛*

    18 世纪中叶的英国首相威廉·皮特在一次演讲中曾这样形容私人财产权的神圣性：穷人的寒舍即使在风雨中飘摇，风可以吹进它，雨可以打进它，但英王和他的千军万马绝不敢踏进它。因为它虽为寒舍，却被私人所有。这可谓道出了财产权的真谛。财产权的首要价值就在于它为社会中的人划出了一道线，为社会中的财产圈上了一个圈，从而使人们的财产有了你的、我的之分，使人们的行为有了实行的标准；圈内的人对圈内的财产可以正大光明地占有和享用，但这种占有和享用仅能针对圈内的财产，否则即为权利滥用；而圈外的人只能就圈外（或自己的圈内）的财产行使权利，而不能跨入此圈内享用他人的财产，否则就构成侵权。权力滥用和侵权行为都是法律所禁止的。这样，社会的正常的秩序得以维系，人们的正常的生活和生产得以进行。因此我们说，财产权的真谛在于定分止争，维护社会既定的秩序。我国古代的思想家商鞅曾用形象的比喻来描述财产权对治国安邦的重要意义，他说："一兔走，百人逐之，非兔可分百也，由名分未定也。夫卖兔者满市，而盗不敢取，由名分定也。故名分未定，尧、舜、汤、禹皆如鹜而逐之；由名分定也，贫盗不取。"荀子曾这样阐述权利制度形成的原因："人生而有

---

    * 该文发表于《深圳法制报》2004 年 3 月 26 日。发表时题目为"定分止争"。

欲，欲而不得，则不能无求，求而无度量分界，则不能不争，争则乱，乱则穷。先王恶其乱，故制礼仪以分之。"有秩序的社会必然是财产权明晰的社会；否定财产权的社会，必然是盗贼横行、暴行泛起的社会，在这样的社会中，法律没有生存的空间。因此马克思说：法律的精神就是所有权。

由于受"重义轻利"的传统文化的影响，国人往往更愿意提及财产权的负面影响，我们听到的更多的是诸如"为富不仁""饱暖思淫欲"等对财产权的指责。其实历史发展的逻辑并非如此。古罗马的法谚说得好，"无财产即无责任"，一个人对社会的责任是和他的财产的多寡、财产权的稳定与否连在一起的。在一个社会里，人民越富足，财产权越受保护，民众对社会的责任感就越强，因为在这样的社会里，每个人的利益和社会的利益紧紧地连在一起。民众的赤贫和财产权的不稳定往往是社会动荡的根源，因为赤贫的人更希望在社会的重新洗牌中获得利益，不稳定的财产权常常诱使人们怠于创造和生产而乐于投机和抢夺。因此，穷国比之富国更容易爆发战乱和革命。

当今的时代主题已不是对抗和革命，而是和平和发展，现在的中国共产党也已不是过去的革命党而是今天的执政党。作为执政党，她必须以中国的国富民强、长治久安为己任。事实上，改革开放 20 多年来，以经济建设为中心，实现人民的共同富裕始终是我们党和国家坚定不移的方针和政策。时下宪法修正案中增设了"公民的合法的私有财产不受侵犯"的规定，即是这种政策和方针的升华。

46. 银行的 VIP 是对谁的 VIP[*]

　　一天，笔者去工商银行取款，取款的人很多，排了很长的队。正当大家都在焦急地等待的时候，从门口进来一位穿着十分考究的中年妇女。她径直走到服务窗口，拿出存折准备取钱。大伙儿对这种"加塞儿"的行为都有不悦之色，最终还是她身后的一个学生模样的小伙儿首先发言了："大姐，您应该排队。"这位妇女向小伙，似乎也是向排队的所有人晃了一下手中的卡，坦然地说："我是银行的 VIP 客户。"小伙儿显然没有领会她的意思，继续说："什么客户可以不排队？"这时这位妇女有些生气了，继续晃动着那张卡说："这是我的贵宾卡，我有优先享受服务的权利。"小伙儿也不示弱，继续和她争辩。此时，银行的工作人员连忙向小伙儿解释："这是我们银行提供的一种特殊服务，人家有贵宾卡，可以不排队，随来随取。"接着便为这位妇女办理了业务。这件事过去很久了，但我一直在思考一个问题：银行的 VIP 客户就可以不排队吗？他们有这样的优先权吗？

　　这虽然是一件生活中的小事，但它却涉及三个法律关系，即 VIP 客户与银行的关系、普通客户与银行的关系、VIP 客户与普通客户的关系。

---

　　* 该文发表于《人民法院报》2005 年 9 月 28 日 "理论与实践" 版。

VIP 客户与银行的关系是平等主体之间的有偿的契约关系。虽然笔者不太清楚要想成为银行的 VIP 客户需要什么条件，但我敢肯定银行之所以设立这项服务注定是要谋利的，因为银行是市场经济中典型的经济人，它不可能无偿地为客户提供服务。也就是说，VIP 客户在取得贵宾服务的同时是向银行支付了对价的，这种对价可能是客户的大额存款，也可能是客户支付的服务费。在客户为银行提供了足够的对价的前提下，银行只要在不违反法律和公序良俗，不侵害国家、社会、他人利益的条件下，为客户提供的任何贵宾服务都是无可厚非的。

普通客户与银行之间也是有偿的契约关系。在这种契约关系中，双方的权利义务相当明确：银行的权利在于它可以使用储户的资金谋利，义务在于为客户保存钱款并支付利息；客户的权利在于随时可以提取现金并取得利息，义务在于必须先行将资金存入银行。在这些主要的权利义务的背后，实际还存在着一些从权利和从义务，它们是银行与客户契约中的默示条款，即不用特意指出根据此种关系的性质、特点与生活常理即能推出的权利和义务。正如商场有义务保证所售冰箱能够制冷、房地产公司有义务保证所售房屋能住人一样，银行也有义务保证客户按照生活常理所规定的时间先后顺序提取钱款，这些内容不用特意规定就当然存在。如欲取消此项内容，须银行向普通客户支付特定的对价并预先声明。

VIP 客户和普通客户之间更是一种平等关系。VIP 客户的优先权是针对银行的，而不是针对普通客户的，因为他只是向银行支付了对价，普通客户并没有得到他的任何利益。因此，在 VIP 客户和普通客户之间，VIP 客户并没有任何优先权。

经过以上分析，我们可以得出如下结论：银行的 VIP 客户是针对银行的 VIP，而不是针对普通客户的 VIP。现在的问题是，如果 VIP 客户享有优先提取存款的权利，那么就意味着银行在以普通客户的利益为代价为自己赚取特殊利益；意味着银行在没有向普通客户支付对价的前提下破坏了默示条款，侵犯了普通客户的权利；意味着 VIP 客户在没有向普通客户支付对价的前提下，无偿地占有了普通客户的利益；意味着普通客户在没有从银行和 VIP 客户那里取得任何对价的条件下，无端地丧失了部分利益。因此，我们说 VIP 客户并没有不排队而提前提取存款的权利。这里需要特别强调的是，银行不是不能给予 VIP 客户特权，而是不能以牺牲普通客户的利益为代价给予 VIP 客户特权。目前有些银行专门设立的 VIP 窗口和火车站专门设立的 VIP 通道，单独为 VIP 客户提供优惠服务，这种使 VIP 客户与普通客户权利都能兼顾的做法是值得提倡的。

47. 也谈法的属性[*]

　　法的阶级性的内涵是，法是在政治、经济、文化方面占统治地位的阶级意志的体现，是统治阶级进行阶级统治的工具。法的社会性的内涵是，法作为一种规范对一定社会的政治、经济、文化进行调整，以达到社会整体的和谐有序。它所调整的人不是阶级的人，它所调整的社会关系也不是阶级关系，而是一种纯粹没有阶级差别的人和关系。阶级性和社会性都是法的属性，这已在法学界取得共识。但两者何为先，何为后，何为第一位，何为第二位，何为本质属性，何为非本质属性都是历来争论不休的问题。传统的法理学观点认为法的阶级性永远是法的本质属性，永远是第一位，而法的社会性是法的非本质属性，永远是第二位的。笔者认为此种观点值得商榷，它不符合目前社会主义中国实际发展的需要。阶级性和社会性是社会主义中国法的本质属性，但社会性应是第一位的属性，阶级性是第二位的属性，就目前中国特殊的国情来说有必要强化法的社会性和弱化法的阶级性。理由如下：

　　第一，中国目前在人类社会发展中所处的阶段决定了它的法必然具有强社会性、弱阶级性的特点。马克思主义的核心观点是阶级的观点，阶级斗争是社会发展的直接动力。唯物史观认为，原始生产力的发展产

---

[*]　该文成于 2001 年 12 月。

生了私有观点，私有观点产生了私有制，为了维护私有制，出现了国家，国家是一个阶级压迫另一个阶级的工具，而法是作为国家这一暴力机器的重要组成部分而出现和存在的，因此法是阶级压迫的工具，体现的是统治阶级的意志。国家和法都是历史的存在物，法是随着阶级和国家的消亡而消亡的。共产主义社会没有国家和阶级，也就没有了法。法的消亡是否意味着规范的消亡呢？笔者认为不是，共产主义社会仍然存在着人与人之间的各种社会关系，有社会关系就应有规范调整。只不过这时的规范已经没有明显的权利、义务之分，完全代表全人类的意志而已。它是由阶级社会的法衍化而来的，它的实现不是靠强制力而是靠人们自觉。它完全具有社会性而不具有阶级性。那么纵观人类历史的发展，法的演进的历史就是法的阶级性逐渐弱化，而社会性逐渐增强的历史。也就是说法的发展历程是一个从先强化阶级性、弱化社会性再到强化社会性、弱化阶级性直至法消亡的过程。社会主义社会之前（奴隶、封建、资本主义社会）都是少数人占统治地位的社会，广大劳动人民处于被压迫和被剥削的地位，因此阶级矛盾尖锐，国家权力异常强化，法也就具有鲜明的阶级性，这时的法无疑阶级性是第一位的，社会性是第二位的。唯物史观又告诉我们，社会主义代替资本主义是历史的必然，社会主义是共产主义的过渡阶段，社会主义国家通过解放生产力、发展生产力为迈向共产主义准备条件。但这个过渡的阶段也是一个相当长的阶段，就当代的社会主义中国来说，人民的范畴越来越广泛（拥护社会主义、拥护祖国统一爱国者、劳动者都是人民范畴），敌对阶级的范畴越来越小，许多矛盾已不是敌我矛盾，而是人民内部矛盾，科技已成为社会发展的第一动力，经济建设是国家活动的中心。而这时的法也就越来越成为解决人民内部矛盾、调整经济运行、增进人民幸福的规范，因此它的性质也就具有了不同于以往时代的新内容，即社会性成为了它的第一属性，阶级性弱化为第二属性。

第二，从世界范围来看，各国法律有融合的趋势。当今的世界，经济一体化，科技一体化，文化、政治领域等许多方面也呈现出一体化的趋势。市场经济的共同性和政治民主需求的一致性，使世界能超越意识形态而紧密的联系在一起。中国的入世在即和世界人民共同反对恐怖主义就是最好的例证。在这种形式下，法也不可避免地出现了日渐融合的趋势，那么这种融合的基础就是法的社会性，因为它越来越成为维护人类社会基本的生活条件，维护生产和交换秩序，组织社会化大生产，扩大民主、增进自由，保护人权，确定设备、工艺技术规程和标准，推进教、科、文、卫发展的规范。而各国之间在法的社会性上又具有共同性的特征。当今的世界是开放的世界，无论什么国家、什么民族都必须融入其中才能生存和发展，那些无视时代发展潮流，死抱着意识形态的框框而使自己隔绝于世界大家庭之外的国家或民族，只能永受贫穷和落后。所以小平同志多次告诫我们要解放思想，既要防右又要防"左"，但主要是防"左"。今日中国已经成为世界经济的不可分割的一部分，在世界舞台上日益发挥着举足轻重的作用，究其根本是 20 年改革开放使然，是同世界各国求同存异使然。入世在即，中国人民正以宽广的胸襟，发展自己、服务世界的气魄走进世界人民阵营。这也必将使我们的法律更加接近、趋同于世界。当前从我国同世界各国广泛开展的立法、司法法学研究及教育的合作就可见一斑。如果不顾这种事实，而一味强调法的阶级性，只能阻碍我国法制现代化的发展。

第三，强调法阶级性会陷入"工具论"的误区。"工具论"是"左"的思想在法的理论上的反映，也是近年来日益受到法学界质疑和批判的观点之一。它认为社会主义法是无产阶级专政的工具，其主要作用就是维护社会主义国家的秩序，所以法是无产阶级的"刀把子""印把子"。几十年来这种思想一直在社会主义国家占有统治地位，实际上，这种思想是和现代法治思想格格不入的。法治中的法，其核心是法是权力运行的规则和权利实现的手段。法不单单是工具，法更是一个国家权威的终极力量；更是权力的来源及权力产生的规则；更是一种信仰及根植于民众头脑中的精神，是评判是非善恶的准则。法治就是要求法律至上，实行法律统治。一个法治国家中没有任何超越法律的权威力量，包括执政党的政策。而"工具论"具有很强的功利主义、实用主义色彩，从而形成了种种理论误区。

其一，工具只是一种受支配的力量，不可能是一个国家的终极权威，更不可能是一种信仰，只是一种应急措施，需要时拿起，不需要时放下。

其二，法律如果只作为统治阶级的工具，就好象一个人手里拿着的刀一样，只能砍别人，而不能砍自己。这种法律在限制权力，防止权力异化上无能为力。

马克思主义是一个开放的、发展的理论体系，它的灵魂就是以实际出发，理论联系实际。坚持马克思主义是坚持它的世界观和方法论，而不是坚持马克思在100多年前所作的某些个别结论。坚持马克思主义是坚持活的、发展的马克思主义，而不是使马克思的个别结论教条化、神圣化。马克思主义只有在不断发展中才能永葆青春。可以这样说，列宁主义、毛泽东思想、邓小平理论的各自发展历程都是不断地修正传统的教条的马克思主义的历程。纵观马克思、恩格斯的一生，他们的理论也是逐渐走向成熟的过程。他们晚年著作中就有许多否定修正早期论点的情况。马克思主义诞生于100多年前，马克思所处的那个时代，正是资本主义由自由竞争转向垄断时期，由于科技的不发达，生产力的低下，无产阶级正遭受着严重的压迫和剥削。作为指导无产阶级反抗压制和剥削的思想武器就必然强调阶级斗争和法的阶级性。而今日世界和社会主义中国已经完全不具有马克思那个时代的情况。世界一体化的趋势的加强，国内人民范围的日益扩大，和平和发展这个时代的主题的确立，这都要求我们必须修正传统的法的本质理论。确立社会性是当今社会主义法的第一属性的观点。只有强化法的社会性我们才能走出法的工具论的误区，才能实现我们建设社会主义法治国家的战略目标，才能不断地推进我们的法制现代化进程。

48. 为什么人体器官不能成为商品*

　　我不同意人体的重要器官可以商品化的观点。我认为，如果把人的重要器官等同于商品，公开在市场上出售会贬低人的尊严和存在的价值。莎士比亚说得好，"人是万物之灵长，宇宙之精华"。人具有尊严是他作为人类的本质规定性，是人与各种"非人"的本质性的区别。所以，文明的社会都主张将人作为目的而反对把人视为手段。有人说：人的器官与人是两码事，人是有生命、能思维的活体，而人的器官一旦脱离人体后就是物，把人的器官当成物出售并不影响人的尊严。这种观点我不敢苟同。人是有尊严的，这并不单单是一个抽象的口号而是有着更具体的内容，这既表现在人较之物有其更高贵的生活方式，又表现在人不能像物那样被对待。正基于此，现代文明社会一方面极力烘托人的价值，赋予人各种权利和自由，且任何人都不能非法干涉这些权利和自由，当人的这些权利和自由受到威胁的时候，政府有扶助的义务；另一方面，它坚决反对和排斥那种对人的"非人对待"。因此，我们反对将人作为奴隶、将人视为工具，反对滥用死刑，反对用克隆的方式大量制作人，等等。人也不是抽象的，他在外观上是各种器官的有机组合，在内容上是一种借助外在器官来表现的有意识的存在。这也就是说，各种

---

　　* 该文成于 2004 年 11 月。

器官的组合是意识存在的基础，离开了器官组织，人的特有的意识（区别于物的本质规定性），即它的实质内容也就失去了生存的家园。因此，尊严既是针对人的又是针对器官的。

现代大部分学者将人享有自己器官的权利定义为身体权而不把它定义为物权，道理就在于此。我们能说我们的肢体被大卸八块时，被随意地与我们相分离时，我们仍有尊严吗？我们能说人的肢体被当成物而出售时，人依然那样神圣吗？我们能说当人的器官和其他动物的器官一样被明码标价只不过它的价钱稍高一些时，我们的尊严不受减损吗？显然我们不能这样说。人如果失去他固有的尊严，人何以有"超过天使的高贵"？又有什么资格作"万物之灵长，宇宙之精华"？人又何以成为人？有人说：市场经济的宗旨就是使越来越多的人或物成为商品，参与流通，有需求才有供给，市场流通能各给所需，互通有无，公平交易，眼看着急需某个重要器官，却为了维护你的抽象的人类尊严而让它不治而亡，这道德吗？诚然，商品经济确实是拜物教式的经济，人或物越能参与流通，就越能满足各方面的需求。从人类的发展史来看，商品市场也在日益扩大，过去不能成为商品的东西现在成为了商品。但本人认为无论商品的范围如何扩大，它仍有一个底线不能突破，那就是人的尊严不能作为商品或物成为商品的时候不能危及人的尊严。商品经济越发达，人越要注意保持和商品的距离。离我们越远的东西，往往越是神圣的；越是司空见惯的，往往越容易丧失其价值。当人的器官频繁出现在市场上的时候，人的神圣性必然遭到消解。更令我担心的是，一旦人的重要器官成为商品后，会形成或助长一种轻视人、贬低人的氛围。还是那句话，人之所以高贵是因为人不做那些"非人"做的事，不被当作"非人"来对待。当铜臭污染到人的重要器官时，人也就相当于给自己降了格。如果人们对自己的重要器官明码标价且司空见惯时，我们对他人倒卖人体重要器官盈利增值置若罔闻时，人们会形成一种什么样的意识？

社会会形成一种什么样的氛围？在这种意识下能有爱心的存在吗？在这种氛围下人性能得到尊重吗？

由此我不禁想起意大利刑法学家贝卡利亚曾经作过的论述，他认为，在一个不废除死刑的社会里，永远不会消灭恐怖和犯罪，因为死刑本身就是恐怖的，也是一种犯罪，它助长了一个社会的恐怖氛围。由此说开去，当人的重要器官没有尊严时，人也不会有尊严，在一个对人普遍没有神圣感的社会里，恐怖和犯罪将获得永生。在这样的社会里又何谈人类的道德？

49. 刑法上的行为系统刍议*

　　唯物辩证法的系统观告诉我们，系统性是事物的本质属性，一事物即是一个系统，系统具有整体性、相关性、结构性、动态性、有序性、环境性等特性。系统的构建需要有一定的要素，同时各要素之间以某种特殊结构和层次相互关联，通过内外环境之间物质、能量和信息上的交换，形成系统在时间、空间、能量上的动态变化，进而实现系统的有序功能和效益。

　　我国刑法学界将某一行为确认为犯罪的主要依据是犯罪构成。所谓犯罪构成是指反映我国刑法所规定的相互联系、相互作用的诸要素组成的具有特定的犯罪性质和社会危害性的有机整体，即犯罪主体、主观方面、客观方面、客体等诸要素相互联系、相互作用组成了一个系统。它是质和量的统一，质决定着系统的性质和功能，决定着某个犯罪构成是它自身而不是其他犯罪构成，它是犯罪构成诸要素相互作用的协同效应和共同结果，而不是诸要素质的简单相加。量表现着犯罪构成有机整体及其诸要素的数量以及存在和发展的规模及程度，任何犯罪构成的质都是通过量去认识的。在一定程度内，犯罪构成量的增减并不会引起其系统质的变化，但如果一旦超出其系统质所能容纳的界限，就会引起犯罪

---

*　该文成于 1999 年 6 月。

系统的质变，即导致原系统破坏，新的系统产生。① 笔者通过犯罪构成系统中的诸要素来构建刑法上的行为系统，并以诸要素质和量的内在规定性的强化、弱化、缺失、改变将它分为本罪、轻罪、重罪和无罪四个子系统。我们以完全行为责任能力主体实施的故意犯罪行为的既遂状态为本罪系统之质，以此为基础，由于其系统质和量的弱化向无罪系统方向演化即出现轻罪系统，反之则出现重罪系统，由于犯罪构成诸要素质和量的缺失，弱化程度已经改变了犯罪构成系统的质的规定性，则该行为失去犯罪性，无罪系统成立。下面对各系统分别作以论述。

首先是本罪系统。本罪行为是刑法规定的主体部分，是划分有罪和无罪，轻罪和重罪的标准。从犯罪概念上看，它是该定义最本质、最直接、最典型的犯罪形态。从犯罪构成角度上看，这一系统规范地具备了构成犯罪需要的一切必要要素和结构，不缺乏任何影响其质的规定的要素。其结构平衡、稳定，并由这一结构决定了它的本罪性质和系统功能，即明的社会危害性和人身危险性。正是基于此，刑法分则中一般都把本罪行为作为规定具体各类罪名和量刑的基础。本罪行为即具备完全刑事责任能力的主体在故意的心理态度支配下，对社会主义刑法所保护的社会关系实施达到既遂状态的侵害行为。这是刑法具体罪名的一般状态（具体罪名中由于某些罪名自身的特性必须由特殊主观要件构成的除外，如过失重伤罪、失火罪等）。具体而言，在该系统下行为主体必须是年满 18 周岁，精神和生理功能健全而智力和知识发展正常的人；主观方面表现为故意，可以是直接故意也可以是间接故意；客观方面表现为实施了既遂状态的侵害行为；而该行为侵犯的客体是刑法所正常保护的一般的社会关系，它包括国家主权、领土完整、人民民主专政制度，社会公共安全，社会主义经济秩序，公民的人身权利、民主权利和

---

① 何秉松：《刑法教科书》，中国法制出版社 1995 年版。

其他权利，社会主义社会秩序，公私财产的合法权利，国家的国防利益等。本罪系统表现为诸要素之间互相联系、互相作用的有机整体。犯罪构成系统是运动的、发展的、开放的。本罪系统在不断地和外界环境进行物质、能量、信息的交换，转换过程中，由于诸要素在质和量上的强化、弱化或缺失都可能导致本罪系统的破坏，重罪、轻罪和无罪系统的生成。

其次是轻罪系统。轻罪系统是本罪系统向无罪系统的过渡阶段，它的基础是轻罪行为。轻罪行为因构成其犯罪的诸要素在质和量上较之本罪行为不充分而使其社会危害性和人身危险性较之本罪行为大为降低，在量刑上有从轻、减轻或免除处罚的情节。以故意杀人行为构成的本罪系统为例，其主体要素是年满 18 周岁，具有完全刑事责任能力的人。如果该主体要素在质和量上发生弱化，主体变为 14—16 周岁之间的未成年人或为尚未完全丧失辨认、控制自己行为能力的精神病人，或者是又聋又哑的人、盲人，那么此行为的恶性程度相对减弱，虽然故意杀人罪性质未变，但处罚可以从轻、减轻。故该行为已属轻罪行为，成立轻罪系统。又如同一本罪主体实施杀人行为，在主观方面没有达到故意的程度，而是持着过失的心理态度，虽然造成的客观结果一样，但因罪过形式不同而使两行为在质上有着根本的不同。过失行为比之故意行为的社会危害性明显弱化，罪名也随之发生变化，由故意杀人罪变为过失致人死亡罪。虽然过失致人死亡罪也列入刑法分则之中，但由于其主观方面的特点，终归属于轻罪系统。又如同一本罪主体，持有相同的故意心理态度，对同一对象实施了侵害行为，但其客体不是本罪行为中刑法所正常保护的客体，比如，一个屡遭凌辱的社会弱者将一个欺行霸市，为非作歹的恶棍基于义愤杀死，虽然该行为有社会危害性，但因客体的特殊性质其社会危害性大为减弱，具有从轻、减轻的情节，从而构成轻罪行为，轻罪系统成立。

再次是无罪系统。无罪系统是本罪系统向轻罪系统方向衍化，进而因犯罪构成要素质和量的缺失而产生的。诸要素质的缺失，直接导致本罪系统破坏，无罪系统生成。而量的缺失不一定致使无罪系统生成，但量的不断缺失，超出质所容纳的界限，由量变发展成质变，则也导致无罪系统生成。仍以故意杀人行为构成的本罪为例，它的诸要素都有特定的质和量的内在规定性。如果这些规定性具有某种程度的缺失，则导致该行为犯罪性的缺失。由于诸要素质和量的缺失可能出现下列情况：（1）行为主体是14周岁以下的未成年人或不能辨认、不能控制自己行为的人或行为主体不是人而是动物或自然现象；（2）行为主体的行为不存在故意、过失的心理态度，而是处于一种无意识的心理状态，可能是不可抗力或意外事件或睡梦中的行为等；（3）行为主体没有实施实际行为，只是某种主观想法的流露；（4）行为主体侵害的不是刑法所保护的客体，如正当防卫中不法侵害人的生命权或紧急避险中第三者的合法权益等。只要具备上述要素的四种情况中的一项或数项则该行为犯罪性消失，本罪行为转化为无罪行为，无罪系统生成。又如，在盗窃行为构成的本罪系统中，主体行为对公私财产侵害量的多少一般不会影响犯罪的性质，但如果量的缺失达到犯罪起点界限以下，就会使本罪发生质的变化，犯罪性消失，成为无罪行为。

　　最后是重罪系统。本罪系统诸要素在质上的强化或量上的增加，使本罪行为具有更加严重的社会危害性和人身危险性，具有从重处罚情节。故本罪行为生成重罪行为，重罪系统成立。重罪系统也是某一刑法行为由无罪系统向轻罪系统、本罪系统方向演化的最高形式。以抢劫行为构成的本罪系统为例，其诸要素因质的强化或量的增加可能出现下列情况：（1）行为主体不是一般主体，而是累犯、教唆未成年人犯罪的教唆犯、惯犯（虽然已被刑法典取消但仍属酌定从重情节）等；（2）行为主体的行为不但出于直接故意，且具有其他恶劣动机，如抢劫金钱为了购买军火，武装暴动；（3）主体不但实施了既遂的抢劫行为，而且手段极其恶劣，如持枪在公共交通工具上抢劫或抢劫时造成致人重伤、死亡的严重后果；（4）主体侵害的客体不是一般的公私财产所有权，如是国家军用物资所有权。上述四种情况是本罪系统诸要素，质的强化或量的增加的结果，原四要素中如具备其中一项或数项情况，本罪行为的社会危害性和人身危险性即增加，即生成重罪行为，重罪系统成立。

无罪、轻罪、本罪、重罪系统之间关系可用下图表示。

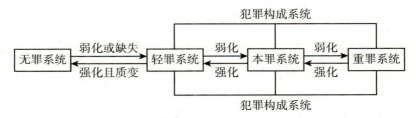

刑法上的行为系统

无罪系统、轻罪系统、本罪系统、重罪系统的划分不是单纯追求感官上的和谐，而是具有重大的立法、司法意义。首先，四系统的划分是刑法典上定罪定刑的基础。刑法分则中的各类罪名一般都是以某一本罪行为为核心的，因此本罪是刑法各类罪名的典型形态，是划分有罪与无罪、重罪与轻罪的标准。弱化本罪要素质和量的规定性，生成轻罪系统，出现了刑法上的过失犯罪、未遂、预备、终止、相对无刑事责任能力和减轻刑事责任能力人的罪犯、防卫过当、避险过当等具有从轻、减轻或免于处罚的情节的犯罪形态。继续弱化本罪要素的内在规定性，以至于造成某些规定性的缺失则生成无罪系统，出现了刑法上的完全无刑事责任能力人犯罪、意外事件、正当防卫、紧急避险等不负刑事责任的情况。强化本罪要素的内在规定性，生成重罪系统，则出现刑法上的累犯、教唆犯等具有从重处罚情节的犯罪形态和一罪中处以较重刑罚的情节。其次，四系统的划分是司法人员正确定罪量刑的基础。无罪系统和有罪系统的划分有助于司法人员划清罪与非罪的界限，正确认定意外事件、正当防卫、紧急避险以及思想犯等无犯罪性的行为；本罪系统与轻罪系统的划分有助于司法人员分清故意犯罪与过失犯罪、犯罪完成形态与未完成形态等界限；本罪系统与重罪系统的划分有助于司法人员正确认识累犯，教唆犯等犯罪形态，并根据其他酌定情节对某一犯罪行为正确量刑。总之，刑法上行为系统分类研究是罪刑法定原则、罪责刑相适应原则在司法实践中正确贯彻实行的理论保障。

50. 关于降低经济法运行成本的思考*

　　在经济学看来，"免费"是个不可思议的概念，一切行为都是有成本的。法律运行成本是指某一法律在实施过程中所作的支付。笔者认为，某一法律在运行中其成本支付愈小，收益则愈大，运行效果则愈好，也就愈能体现立法者的初衷。反之，成本支付愈大，收益则愈小，运行效果则愈差，进而可能使立法者得不偿失。而作为规范市场主体、维护市场秩序、加强宏观调控、保障社会经济协调、稳定和发展的经济法，由于其特有的法律属性，就决定了这种调整经济活动的法律形式比之调整平等主体之间经济关系的民商法具有高成本性的特征。所以政府在运行经济法律手段调控和管理经济时就必须对此特性加以充分考虑，否则，可能达不到预期目的，甚至会走向反面。

　　经济法与民商法相比在调整功能上具有高成本性的特征。在法的起源上，恩格斯有过一段精辟的论述："在社会发展某个很早的阶段，产生了这样一种需要：把每天重复的生产，分配和交换产品的行为用一个共同规则概括起来，设法使个人服从生产和交换的一般条件。这一规则首先表现为习惯，后来便成了法律。"正如恩格斯所述，调整平等主体之间经济关系的民商法作为价值规律的直接反映，它的产生顺应了商品

＊　该文成于 1996 年 6 月。

经济自由竞争，排除国家干预的需要，一些旨在维护交易安全，保障平等竞争的民商事规则、习惯以法律的形式被国家认可，即成了民商法规范，民商法的这种适应商品经济内在规律，"国家认可"的产生方式就决定了其在运行中成本支付不高。而经济法的产生正好与此相反，它不是已有规则和习惯的认可，而是国家的直接创设。它是在高成本的基础上发育以巨大的经济代价交换而得来。资本主义由自由竞争发展到垄断阶段，生产的高度社会化和垄断的形成，使各垄断企业内部生产的组织性和计划性与整个社会生产的无政府性和无计划性的矛盾日益突出。各垄断企业对于利润的追逐而导致生产无限增长的趋势同有限的社会购买力之间的矛盾不断激化，其后果是引起了经济危机的频繁爆发，社会生产力遭到极大破坏。当价值规律失灵，反映价值规律的民法对此无能为力时，经济法作为国家调控经济的"有形之手"则应运而生。也正是那场席卷世界的人类大劫难——1929～1933 年的经济大危机才使它开始走向成熟，这种在经济危机的基础上发育，以"国家创设"的方式产生的经济法就决定了其在运行中必然显示高成本性的特征。

民商法作为保证市场主体依靠自身力量、克服市场失足、节约交易费用的法律，它以个体权利为本位，以促进市场主体自主交易为宗旨，以平等、自愿、等价、有偿、诚实、信用为原则，以完善和促进交易主体的意思自治为其价值趋向，这就使得民商法规范很大程度上与市场主体交易中追求自身利益最大化的偏好接近。所以市场主体往往是主动而不是被动地适用民商法规范，即它顺应了市场主体的自利性的属性。而作为宏观调控经济、维护市场秩序的经济法则不然，它主要是运用政府干预经济活动的法律力量。规范主体行为，维护国家和社会的整体利益。但由于某种程度上政府的经济政策，与市场主体的经营政策不一致，因此，经济法所体现的交易规则因注重政府对交易活动的控制，而不易被市场主体接受。即经济法的自觉性、强制性与市场主体的盲目性、自利性、价值规律的自发性、落后性相冲突，其结果就必定增加经济法的运行成本支付。① 作一个比喻，经济法和民商法共同调整经济关系就如同面对泛滥的洪水，必须兼用两种方法治水一样。民商法好比疏导治水，顺乎水势，省时省力。而经济法好比堵截治水，限制水的泛滥之处，费时费力，高耗成本。

经济执法的补救性和市场主体的自利性也决定了经济法运行的高成本性。市场经济条件下市场是资源配置的基本形式，它主要是靠市场的供求变动引起价格变动引导资源的流向、使资源配置到有利可图的地方，进而实现资源的优化配置。但市场配置并不是万能的，作为直接反映价值规律的民商法也是有局限性的。当它们对保障经济总量的平衡，防止经济剧烈波动，防止贫富悬殊，两极分化，消除不正当竞争，保护环境资源等方面无能为力时，政府就必须加强经济干预，其干预的主要形式就是经济执法。从这一点可以看出经济执法具有补救性特点。补救经济漏洞，消除已经出现的不规范因素，难度之大，非同一般，往往整个社会为之要付比之所造成的损失还要大数倍的费用，才能有所收效。如对滥采滥挖、毁林开荒、环境污染所造成的恶果进行治理，整个社会不知要付出多少费用才略见成效。

马克思说得好："人类奋斗所争取的一切，都同他们的利益有关。"追求利益是人类最一般、最基础的心理特征和行为规律。一方面它是推动生产力发展，促进资源有效利用的动力和源泉，但另一方面，我们还应看到，由于市场主体这种无限追求利益最大化的心理，往往使个体的经营与整体经济运行相矛盾，有时其为满足自己利润的增加不惜损害其它主体甚至国家，社会的利益，如造假，偷、漏税，商标、专利侵权，不正当竞争等，经济执法就是运用国家强制力消除这种矛盾。在这种矛

---

① 周林彬："市场经济立法的成本效益分析"，载《中国法学》1995 年第 1 期。

盾的斗争中，国家必须支付高额的执法费用才能达到维护市场秩序的效果。而要达到这一效果，国家就必须经常保持相当数量的执法队伍。近年来，我国经济行政执法机构（税务、工商、技术监督、环保卫生等）不断扩张及有关财政支出增加，就是最好的例证。

经济法的运行具有高成本的特征，而当前在我国社会主义市场经济体系确立时期，又离不开经济法的保障，因此努力降低经济法的运行成本支付是我国经济建设中的一项重要任务，而笔者认为，必要地提高经济违法成本是经济法良性运行的关键。经济违法成本支付与经济执法、守法成本支付成反比关系。一般说来，违法成本愈高，执法、守法成本愈低，经济法运行效果愈好。反之，违法成本愈低，执法、守法成本愈高，经济法运行效果愈差。目前，我国经济违法行为较普遍，经济执法效果差，很大程度上与经济违法成本过低有直接关系，如造假，偷税之风愈演愈烈其根本原因就在于此，与经济违法成本偏低相对应，受害者追偿、究责成本过高，即究责成功率却偏低。实践中的投诉无门，旷日持久的审理使当事人耗尽财力，审结后执行难等现象往往使受害者被迫放弃自己的要求和权利，这种放弃客观上又降低了违法行为的成本，形成了恶性循环。笔者认为适当增加经济违法成本是降低经济法运行成本、实现经济法良性运行的关键。

增加其违法成本可设想的措施有：其一，强化经济行政部门执法、监督作用，提高经济法的究责率；其二，适当加大惩罚力度，使违法者在经济上无利可图；其三，为受害追偿设立便利条件；其四，加强社会舆论的监督和贬谪，增加违法者伦理性成本的支付。

51. 关于人权本体性的一点思考[*]

权利和义务是法学的一对基本范畴。按照权利本位论的观点，虽然在结构上任何类型的法都是权利和义务的统一，但从价值的视角，在法律体系中，权利和义务的地位不是相等的，而是有主要和次要、主导和非主导之分的。[①] 笔者坚持权利本位的观点，即坚持认为在价值意义上权利是本体，义务是派生，义务应当来源于权利、服务于权利并从属于权利。

权利有道德权利与法定权利之分，笔者认为道德权利即人的应然权利，是人权的最基础状态，它是人的一切权利的本体。同理，法定权利是人权的派生也是人权的法律表现。从人类历史来看，权利的发展过程就是道德权利不断转化为法定权利的过程。现代法的精神实质就是对基本人权的确认。因此，可以得出这样的结论：人权是法定权利的本体，同时更是法定义务的本体。义务来源于人权、服务于人权并从属于人权。因此，在这个意义上我们才可以说"不得杀人"这一义务，是源于人们有生存的基本人权，而不是因为有"不得杀人"的义务，我们才有活下去的权利。

对这一理论有一些学者提出了质疑，他们认为这一理论在本体上存

---

[*] 该文成于 2001 年 11 月。

[①] 张文显：《法哲学范畴研究》。

在着缺陷，即这一理论的本体——人权有待证明。他们认为，姑且我们承认义务来源于权利，也承认一般权利来源于基本人权，但我们要问人权却又是从什么地方来的呢？产生它的母体又是谁呢？依该种观点看来，如果权利本位论不能回答这一问题，该理论就丧失了其存在的基础，而没有基石的理论，就是空中楼阁，不能自圆其说的理论，就失去了存在的意义。不能回答人权的来源问题，权利本位论就失去了存在的意义了吗？笔者认为未必如此。

诚然，构建任何理论都需要有一定的逻辑前提和基础，只有从这个既定的前提和基础出发，才能演绎或推导出各种命题或结论。但如果对这个前提和基础进行反思，追本溯源，我们就会发现，所有理论的建立最终都要依赖于一个先验的本体。所以，无论是中国还是西方，早期人类哲学的反思就是人对世界本体的反思。他们把世界的本体或是看成"阿派朗"，或是看成"无极限"，或是看成"原子"，或是看成"数"，或是看成"风、火、水、气"，或是看成"概念"……莫衷一是。基于不同的本体构成了不同的哲学流派。他们的理论正是从各自的本体出发来构建的，而构建这一理论的本体应该是先于人们的经验而存在的，是不需证明就确定无疑的。比如在宗教世界中，人们无法追问上帝是如何存在的，正因如此，中世纪经院哲学家所证明的话题——"一个针尖上站多少个天使""天堂的玫瑰花有没有刺"等，才被认为是无聊的，因为这些话题都超越了人的经验，是无法证明的。再如，我们通常用定理和推论来证明数学题，那么定理和推论又是从何而来的呢，是由公理证明出来的。数学上的证明规则又告诉我们：公理不可证。因为它是我们整个数学理论的逻辑前提，它是人们在生活实践中总结出来的，即是不证自明的。如果我们不对某些本体作出先验的承认，我们就会陷入永远追问下去的深渊无法自拔。同理，在权利本位的理论上，人权是其本体，义务是其派生。人权既然是这一理论的逻辑前提，那么我们就可以将其看作先验的本体。它的真假，并不影响这一理论的成立。

退一步讲，即使是假的，也无所谓，正如卡尔波普所指出的："任何科学理论都是试探性的、暂时的、猜测性的，都是试探性的假说。"如果按某些人的观点，如果前提没有经过证明为"真"，就不能进行推导并由此得出结论的话，那么恐怕人类历史就不会有任何理论。即使我们把权利的来源问题用证明的方式解答出来了，坚持这一观点的人还可以继续追问下去，其结果不但不能建立任何理论，而且还会使双方陷入无法自拔的泥潭。因此，正是在这个意义上西方资产阶级启蒙思想家才提出"天赋人权"的口号。正如美国《独立宣言》中所说的："我们认为这些真理是不言而喻的：人人生而平等，他们都被造物主赋予了某些不可转让的权利，其中包括生命权、自由权和追求幸福的权利。"

比之自然科学，人文科学的特殊性就在于其蕴含了过多的价值判断。任何人文科学理论总是带有某种功利主义的情感色彩，即某种理论的构建，其意义不在于揭示某种规律而在于达到某种目的。这一点，它与自然科学不同，构建自然科学的要素更多是事实判断。正是在这个意义上美国哲学家伽汀曾经指出，自然科学具有"一致性""客观性""可证伪性""可预见性"等四个方面的特征，因而他们不承认人文社会科学是科学。自然科学存在的意义在于揭示、发现事物的客观规律，因而在它的内容中是排斥人的感情、需要、愿望、价值等因素的。正是基于此，我们才不能完全用自然科学的观念去看待人文社会科学，人文社会科学的很多理论恰恰是从某一前提出发的顺向思维，其关注的往往是基于这一前提所引发的理论对人类存在的价值。这就要求我们不能像对待自然科学那样对待人文科学，不能对其理论奢求一种因果式的严格证明。正如哲学家卡尔·纳普所指出的：语言具有表述和表达两种职能，负责表述职能的语言因其是经验事实的命题，因而能够通过经验本身证明真伪，而具有表达功能的语言，因其不是关于经验事实的命题，只是关于人的情感和意愿的种种看法，因而他们既不可能验证，也无所谓真伪。同理，人文科学的理论亦是如此，由于它自身的特点，就决定了它不可能像自然科学那样用实证的方式来证明或证伪。因此说，人文社会科学理论前提的真假在某种程度上并不妨碍其构建的理论被人接受的程度。启蒙思想家们所构建的"社会契约论"，其理论基础是人类曾经存在过"一种真实的自然状态"，这种状态是一种离群索居、孤独自处的野蛮人状态。然而，通过现代社会的人类学或历史学的考证，在人类的历史上并没有这么一段时期，这种状态纯属于思想家们虚构出来的，但这并没有影响该理论的价值。"社会契约论"最大的功用在于它解释了现代社会公权力如何产生的问题，它以"国权民授"替代了"君权神授"。它被许多人接受的原因不在于前提的真假，而在于它是否有利于维护人权，有利于人类的解放。

中世纪的欧洲神权践踏了人性，王权排斥了自由，权利本位的思想最早也就是在这个意义上被提出来的，它是反对封建主义，要求自由、平等的有力思想武器。我国是一个具有几千年封建传统的国家，传统中始终没有权利的土壤，权力本位，义务本位的观念始终是其文化的主体。建国后，由于长期实行计划经济，加之极"左"思潮的影响，人权受到极度的忽视和践踏。文革将这种对人权的践踏达到了极致。正是在这一背景下，我国学者才重新举起权利本位的大旗，该思想之所以能被更多的人所接受并不是它有一个明确的实证的逻辑前提，而是倡导这一思想更能使我们成为人。

52. 自由裁量权的正确行使之道[*]

自由裁量权是指法律适用者在法律规范明示或默示的范围内，基于执法或司法的目的，自由斟酌选择自己认为正确的行为的权力。它的特点在于这一权力在行使前的不确定性。法律设定这一权力时只是给予了适用者一个范围，至于如何适用这一权力则完全由适用者在此范围内自由决定，国家一般不予干涉。显然，法律适用者的主观因素对权力的行使起着重要作用。如果他在法定范围内行使权力，那么原则上无论最后权力的基点落在何处都是合法的，也就是说在自由裁量权的范围内行使权力，即使事实上有偏差也只有科学与否的问题，而没有违不违法的问题。因此，从某种程度上说，自由裁量范围内权力的行使是缺乏制约的，故易产生权力滥用。比如在刑事司法中的法定幅度内量刑的轻重不当，又如在行政执法中在法定幅度内罚款的数额的多少不当等。正是基于此点，从资本主义启蒙时期至今都有严格限制或取消自由裁量权的呼声。那么自由裁量权是否可以过分限制或取消呢？笔者的回答是否定的。

现实生活中的事物都是具体的、个别的，但由于法律规范自身的局限性，立法者只能针对某一类社会关系进行概括性的调整，因此任何法

---

* 该文成于 1998 年 10 月。

律规范都是抽象的、一般的、概括性的。比如刑法中对故意杀人罪的规定，这是一个概括性的规范，其立法本意是，在现实生活中以故意的心理态度实施剥夺他人生命的这一类行为均受此规范调整，而现实生活中故意杀人行为远没有条文规定的那么简单，它因犯罪的目的、动机、手段、对象、犯罪时的环境和条件等因素的差异而呈现出各种形态，因此，我们不能把法律规范与案件事实简单的对号入座。既然法律不能对各种情况一一作出规定，那么在法律适用中国家就必须给予适用法律的人以一定的自由裁量权。如果没有这样的自由裁量权，法律规范无法适应复杂多变的现实世界。早在 19 世纪，西方理性主义者就曾乐观地预言人类的司法将进入一个"自动售货机"式的状态，即这边放上诉状和诉讼费，那边判决就出来了。然而这种理想之所以始终没能实现，其原因就在于此。

诚然，在权力的行使过程中，适用法律的人的主观因素必然融入其中，使司法、执法过程渗透着人为的色彩，但能否因这种主观因素的加入就否定自由裁量权存在的合法性呢？答案也是否定的。按照马克思主义的基本原理：物质决定意识，意识又对物质世界有着巨大的反作用。意识是人类所特有的，对客观世界能动的、创造性的活动。从该种意义上讲，自由裁量权是法律适用者能动性、创造性地运用法律，解决纠纷，弥补法律漏洞，实现法律正义的动力之源。如抛弃这一动力之源，法律功能无法实现，如过分地削弱这一动力之源，法律适用则会变得呆板，进而无法实现法律公正。

如前所述，为了保证法律功能的实现，客观上必须要给予法律适用者自由裁量权，但又由于权力行使中加入了适用者的主观因素，而主观认识与客观事实有意或无意的偏差，往往会造成权力行使不当，从而给当事人合法权益造成损害。所以如何在发挥法律适用者主观能动性的前提下保障自由裁量权的行使，始终是法律界亟待解决的难题。在这个问题上，理论界往往侧重于对自由裁量权的限制。诚然自由裁量权应该有一个合理的界限，不能过宽，但同时又不能过窄。如上所述，自由裁量的利弊是同时存在的，如过分限制，虽能减少权力行使不当的弊端，但同时也会削弱法律适用者的主观能动性，法律适应社会的能力必然受到削弱。实践中对自由裁量权的制约主要是通过对"显失公正"案件的撤销和纠正来实现的（如原《行政诉讼法》第54条的规定），但笔者认为这种制约有很大的局限性。首先对"显失公正"的认定难度大，不易操作，且纠正后未必就能实现公正。再者这种制约仅限于对权力行使中"明显失去公平正义"的情形，那么对于其他有失正义的情形又如何制约呢？无论是理论和实践都很难作出满意的回答。

笔者认为解决这一问题的重点，不在"外"而在"内"，即在一定的自由裁量存在的前提下，只能在法律适用者自身上找答案。"解铃还需系铃人"，既然自由裁量要发挥的就是法律适用者的主观能动性，那么权力能够正确行使的关键还在于法律适用者本身，具体说，要靠他的两方面的素质，即业务素质和道德素质。

业务素质是指法律适用者自身的执法和司法能力，而道德素质是指他的自身的职业道德水平，抗腐蚀能力。这两方面素质越高，自由裁量权的行使就越能体现公正。现实中权力行使不当的情形恰恰都是由这两种素质欠缺造成的。如某一法律适用者业务素质低下，对法律原理掌握不熟，没有裁判案件的经验和技能，对案件的事实认识不清，纵有为人民服务的思想，秉公执法的精神，也会因不能分清是非而使权力行使不当。又如某一法律适用者道德素质低下，没有"司法良心""执法良心"和抗腐能力，从来不坚持职业伦理，那么他纵有深厚的法律功底和司法经验，也终会因贪赃枉法而滥用权力，因此，努力提高法律适用者的这两种素质应该是自由裁量权正确行使的根本途径和最有效的保障。

首先是业务素质。适用法律的人是掌握国家司法、执法重要权力的阶层，工作性质决定了他们必须具有较高的知识水平，否则必定会危及司法和执法的质量，伤害法律公正。因此，国家应该设立严格的选拔制度，遴选高层次的人才作为法律适用者，并且要不断地为其创造学习条件，提高其业务素质。在这一点上，英美法系国家的法官选拔制度值得借鉴。在英美国家一个人必须取得法学硕士学位并经过律师公会培训且考试合格后方能从事律师职业，而具有长期律师经历的优秀者才能被选举或任命为法官。这一制度充分保障了法官业务上的高素质。

其次是道德素质。适用法律的人的道德素质低下直接导致的便是权力腐败。这也是在当前司法、执法领域存在的最为普遍的问题。从某种程度上说，法律适用者道德素质越高，腐败问题越少，自由裁量权正确行使就越有思想保障。保障法律适用者道德素质的途径有三：

第一，教育。国家应持续不断地进行思想道德教育工作，树立先进典型，鼓励先进，鞭策后进，营造一种人人向上的氛围。在这种氛围中努力培养司法、执法人员爱岗敬业、秉公执法的精神。

第二，监督。即用健全的制度来监督司法或执法活动。遏制掌权者的违法行为，让其"莫伸手，伸手必被捉"。在强大的监督机制下，使其必须秉公执法，否则将受到党纪、政纪、国法的严厉制裁。法律适用者在行使权力时必须凭公理办事，不敢挟带私心，于是道德水平就提高了。从这个意义上说，司法者或执法者的道德水平是"管"出来的，而司法和执法之中的"不道德"是"惯"出来的。

第三，对法律适用者公允的社会定位。无论是执法者还是司法官都是行使国家重要权力的阶层，但他们又都是普通人，有普通人追求自身利益的一面。因此，他们同样受自利性本能的支配，同样存在着"幽暗意识"，如果条件成熟，这种本能和意识便很容易变成以公权谋私利的现实。遏制腐败的关键就是消灭滋生腐败的条件和土壤，其手段除上述教育、监督外，对法律适用者公允的社会定位也是重要方面。人的道德是建立在一定的经济基础之上的，我们不能脱离客观实际来空谈道德。这是马克思主义的一般原理。既然执法官或司法官掌握着国家的重要权力，具有较高的素质。那么他们就应该赢得较高的社会定位和经济定位。较高的社会定位就是说，社会上应有一种人人尊重执法者和司法者，人人以做此职业为荣的风尚。如果没有这种风尚，如何保证适用法律的人爱岗敬业呢？较高的经济定位就是说，法律适用者应有较为稳定和丰厚的经济来源，使其生活无后顾之忧。从历史和现实来看，如法律适用者过于清贫，腐败很难克制。如明朝时期，国家给官吏的俸禄非常低，光靠俸禄官员的生活几乎没法维持，因此即使重刑反腐，腐败仍然难以杜绝，以至于明太祖朱元璋发出"奈何朝杀而暮犯"的感慨。原因很简单，法律适用者手里有权而无钱，而处于"被管理者"地位的当事人有钱而无权，于是钱权交易就很容易达成。要保障法律适用者较高的社会定位和经济地位，客观上就要求这一阶层的人数应少而精，不能多而滥。要做到这一点就应该适当地提高取得该职业资格的难度，但一旦取得这个资格以后，如能秉公执法，他在物质上就应该有充分保障，职位就应该尽可能地稳定，社会价值就应该充分地给予体现。如不能秉公执法，在强大的监督压力面前原形毕露，就会立即失去这一资格，于是法律适用者轻易不敢铤而走险，特别是权位高、待遇好、工龄长的法律适用者更不敢如此，因而便会倍加珍惜自己的岗位，努力秉公执法，腐败即得到了遏制，自由裁量的正确行使就有了思想保障。在此方面，西方国家的高薪养廉制度值得借鉴。

53. 遭强奸岂能成为包庇犯[*]

　　1997 年 4 月 29 日《人民日报》"法制纵横"版曾刊登了这样一则题为"遭强奸为何反成包庇犯"的报道。江西省某县吴某被强奸后，到公安机关报案，公安机关根据吴某提供的线索很快将犯罪嫌疑人高某抓获归案，审讯中，高某对事实供认不讳。不料从次日起，吴某多次找到值班民警说明她与高某是一对恋人，发生性关系是双方自愿的，她报案的原因是由于双方产生矛盾，想吓一吓他，后来办案人员调查查明高某的母亲为使儿子免受法律追究，通过他人找到吴某，表示愿意出 1 万元弥补吴某的损失，条件是由吴某向公安机关说明高某没有强奸她，吴某认为高某是否判刑对自己没有影响，不如得钱实惠，遂同意了高母的要求，多次向公安机关要求释放高某，当地法院认为高某的行为构成强奸罪，而且吴某的行为具有包庇高某实施犯罪的性质，构成包庇罪，遂对高某、吴某定罪量刑。笔者认为，该法院的判决有不妥之处，对高某、吴某的行为不宜定罪，其具体理由如下。

　　其一，高某与吴某发生的性行为由于吴某的事后承诺而发生了性质上的变化。所谓强奸，是指违背了妇女意志，以暴力，胁迫或者其他手段强行与妇女发生性交的行为。强奸罪侵犯的客体是妇女性的不可侵犯

---

　　* 该文成于 1997 年 10 月。

的权利，即妇女按照自己的意志决定性行为的权利。这一权利是妇女特有的人身权利，带有明显的主观性。也就是说这一权利的行使完全取决于妇女的意志，所以判断强奸罪成立与否的关键是看某一性行为的发生是否符合女方的意志，如果女方认为某一性行为的发生符合自己的意志，那么这一行为就不属于强奸行为，不具有犯罪性质，反之，则属于强奸行为，具有犯罪性，也就是妇女的意志决定了性行为的性质。人的意志不是一成不变的，而是受外界环境的影响而变化的，妇女意志的变化必然会引起对某一性行为定性的变化。本案中高某与吴某发生的性行为在当时无疑违背了吴某的意志，如果不看吴某后来的行为，定高某强奸罪并无不妥，但吴某后来多次找到公安人员，承诺她与高某发生性行为纯属自愿，这表明她的意志已经发生了变化，而这种变化直接源于 1 万元补偿金和高某被定罪量刑的两种结果的比较分析。她认为 1 万元补偿金的价值更重于她的性自由。这种意志的变化的结果是使吴某最终接受了高某的行为，而不再认为高某的行为是对她权利的侵害，因此这时高某行为的性质也就发生了变化，由开始的强奸行为变成了现在的合法行为。所谓包庇罪是指明知是犯罪人而为其提供隐藏处所，财物，帮助其逃匿或者做假证掩盖罪行的犯罪。它成立的前提是所帮助的对象是犯罪分子，此案既然高某的行为不构成犯罪，吴某的行为自然也就不属于包庇罪。

其二，在刑法理论上和司法实践中对有承诺的性行为一般不以强奸行为论。罗马法有所谓"得承诺者不为罪"的原则，即除禁止让度的权利以外，基于被害人的承诺而对其实施的侵害不构成犯罪。现代刑法学将这种行为称为排除犯罪性的行为。笔者认为这一原则应该适用于此案，吴某要求释放高某的行为，应表示为事后承诺，这种承诺是基于其意志作出的，承诺的效力能及于先前发生的性行为，这就排除了高某行为的犯罪性，实践中也有类似的司法解释。最高人民法院、最高人民检察院、公安部1984年4月26日所作的《关于当前办理强奸案件中具体应用法律的若干问题的解答》中说，"第一次性行为违背妇女意志，但是事后并未告发，后来女方又多次自愿与该男子发生性行为，一般不以强奸罪论处"。其中的道理是，女方后来的自愿行为使第一次发生的性行为的性质发生了变化，实际上是对先前性行为合法性的承诺，只不过承诺的方式不是用语言，而是用行动。其表明了女方在意志上已经接受了第一次性行为，第一次性行为的犯罪性已经消失。同理，此案高某先前的强奸行为因事后吴某的承诺性质发生变化，变为了现在的合法行为。

其三，对高某定罪量刑，无法发挥刑罚的安抚、补偿功能。犯罪的实施会给被害者本人及其亲属造成一定的损害，从而在他们的心理上引起痛苦、恐惧、仇恨、愤怒等情绪体验，并强烈要求惩罚犯罪，因此，刑罚的适用具有伸张正义的安抚功能和补偿功能。所谓安抚功能，是指人民法院通过对犯罪人判处刑罚使受害人及其亲属平缓情绪，消除痛苦的心理效应。补偿功能是指人民法院通过犯罪人适用刑罚来弥补受害人及其亲属精神上的伤害。对强奸犯罪适用刑罚，刑罚的这两种功能表现得更为突出。此案中吴某的事后承诺行为已经表明她不再认为高某的行为是对其权利的侵犯。因此吴某也就不存在因这一性行为而造成的痛苦和创伤了，或者说1万元的补偿金使其原有的痛苦和创伤得以安抚和补偿。这时对高某适用刑罚已经起不到安抚和补偿吴某的作用了，恰恰是法院因对高某定罪处刑而使之失去取得1万元补偿金的机会才真正造成了她的痛苦和创伤。

其四，对高某、吴某定罪人为地激化了矛盾，并增加了纠纷解决的社会成本。吴某意志的变化意味着她与高某因先前性行为而产生的矛盾已经平息，她所作的事后承诺行为是平息这一矛盾的意思表示。法院对高某、吴某定罪处刑把已经缓和的矛盾激化了。刑法之所以规定强奸为犯罪，其目的无非是保护受害妇女的合法权益，既然吴某不认为高某的行为是对其权利的侵害，那对高某定罪量刑还有何意义呢？吴某既然已经不希望因此事使得高某受到法律制裁，而法院硬要制裁高某岂不是对其意志的违背？吴某因事后承诺行为也要受到法律追究，岂不是激化矛盾。试问平息矛盾与激化矛盾相比，哪一个更有利于当事人和社会呢？显然是前者更有利于当事人和社会。有人认为吴某与高某的矛盾源于钱权交易，这种交易具有违法性，笔者认为这种交易并无不妥之处，妇女性的不可侵犯权是其专有的私权利，在不危害社会的前提下，妇女应该有决定权，吴某在对 1 万元补偿金和性权利比较后自愿选择了更有利于自己的前者，而且客观上产生了平息矛盾的结果。利己、利他、利社会，有何不妥？有人认为吴某的前后反复行为干扰了司法机关的正常活动，如果不对吴某、高某定罪，不利于以后司法工作的开展。笔者认为如前所述，人的意志的本质具有变动性的特点，即意志随外界条件的变化而变化。如果说吴某的反复行为是对司法活动的干扰，那么就意味着只要她一旦认定某一行为是对其权利的侵犯而报了案，其意志就不能再有变化，否则就是对司法工作的干扰。难道单纯强调不影响司法工作就能强迫当事人意志一成不变吗？这与实事求是的原则相符吗？以事实为根据，以法律为准绳是司法工作的原则，维护公民合法权益是司法工作的宗旨，一切司法工作都要以此为基准和指南。吴某的反复行为确实给司法工作带来了一定的影响，但如果当吴某意志确实已经发生了变化，高某行为已经不具有危害性时，就应该实事求是地予以认定。为保护当事人合法权益，司法机关所作的一切工作都是其应尽的职责，否则，如果偏离了这一点就是对权力的滥用和对当事人的不负责任。

特别推荐

54. 拥军教授在吉林大学法学专业 2015 届本科毕业典礼上的发言

各位同学，各位老师：

大家上午好！很荣幸受同学们的邀请，受院里的委托，由我代表法学院全体教师在同学们即将毕业之际讲几句话。时光荏苒，如白驹过隙，一晃，同学们大学四年的生活就要过去，一晃，我作为大学教师的生涯也即将走过 18 个春秋，光是在吉大做教师的经历也走过 11 个年头。看着今天的你们，不由得想起了过去的我们，遥想当年，我们也曾英姿飒爽。随着你们一点一点的成长，随着你们一届届的毕业，"拥军哥"已经青春不再了，不经意间你们会发现"拥军哥"的头上也有了白发，"拥军哥"灿烂地笑过以后，脸上也有了皱纹。老师是何等羡慕你们！假如时光能够倒流，假如能够重回过去……

其实，老师变老的过程也是收获的过程。一次次毕业典礼，老师们的门下又多了一个个知识渊博、学富五车的弟子！吉大又多了一个个蓄势待发，年富力强的校友！老师的思想需要弟子们来传承，吉大法学院的历史需要校友来谱写！众所周知，吉大法学院有着光辉的历史，"法理三剑客"曾声震法坛，权利本位的思想曾照耀学界，张文显、郑成良、徐显明、信春鹰、崔建远、姚建宗、张军等一批批吉大人谱写了中国法学和法治辉煌的篇章，遥看当年，这些名家不也和现在大家一样，都曾是即将走向征程的吉大学子吗？"沉溺于历史者有可能失去当下"，如果一个人总愿意炫耀他的过去，也可能表明他现在正在衰落。吉大法学的历史要延续，吉大法学的传统要传承，吉大法学的辉煌要保持，归根结底还要依靠像你们这些将来能够在自己岗位上作出成绩的毕业生！老师对你们充满了期待！

　　大学的四年是人生中最为重要的四年。在这里我们学习了各种课程，倾听了无数次的讲座，基本的人生观在这里塑造，基本的从业技能在这里养成。有的人拿到了一堆证书，有的人学会几门外语。在我看来，所学的东西，概括起来无非两方面的内容，一是道德品质与修养，一是业务素质与技能。行为举止透露出来的修养，是高等教育的结果，从业技能的高低，是科班训练的结果。由此说来，我个人认为，对于一个法科的毕业生来说，衡量他四年学习是否成功最基本标志也只有两个。一是在品质与修养上是否培养起了法律人的思维和精神。比如程序主义思维、规则意识、平等的精神、公平意识、权利意识、宽容的精神等，你是否擅长在规则下解决问题，能否公平地看待每一个人，是否在实现自己权利的同时也尊重别人的权利，你是否在自己不愿意做某些事的时候，也不强迫别人去做，等等，如果你还不习惯这样想问题、做事，就说明你的学习是不合格的。二是在业务上，是否培养起了"说理"的技能。其实我们所作任何判断和推理，作出任何结论都是一个说理的过程。说理的能力是超越于掌握具体法条、概念、制度之上的更高级的一种能力。有时我会听到实践部门的人有这样的抱怨，"大学生有什么了不起，越学越笨，上了大学四年连个判决书的格式都不知道，连送达都不会"。我每回都这样告诉他：这很正常。在我们的大学不学怎么写判决书，更不学怎么"送达"，我们学"说理"。至于判决书的格式和送达，到法院工作以后顷刻就会了，但是"说理"的能力则不是短时间就能养成的。在简单案件中用不着说理，在重大疑难案件中就必须有说理。由于法律的抽象性、概念的模糊性与社会生活的多样性、复杂性之间的矛盾，导致法官判案不可能通过简单的对号入座的方式进行，因此所得结论可能是多元的。在多元的结论中，你选择哪个就必须要说理。新时代的优秀法官的代表宋鱼水说得好："只有辨法析理，胜败才能皆服。"如果经过大学四年的学习，你还不懂得什么叫说理、如何说理，就说明你是不合格的。吉林大学法学院以理论研究见长，特别强调说理的训练。我想，我们培养的学生无论是在研究领域还是在实践领域，在"说理"方面定有出色表现！对此老师充满了信心！

同学们即将走入社会，社会要远比校园复杂。你要面对领导，要面对同事，要和当事人打交道，要处理和客户的关系；你们要成家立业，要娶妻生子，要面对柴米油盐，或许还要面对从新择业，可能从那时起你才真正尝到了人生的"酸甜苦辣"。走向社会以后，你会发现，社会有着与学校截然不同的游戏规则，人是那么的世故，同事是那么的功利，在社会上没有钱什么都玩不转，出了事更多的是找关系。这时你可能会发现，有时法律人的思维吃不开，守规则的人却总吃亏。你有时甚至要说违心的话，还要做违心的事。此时，你会发现社会其实是个大染缸。当年，墨子看见人家染布，进去的是白布，出来的是五彩，于是他伤感了，发出了"染于苍则苍，染于黄则黄，所入者变，其色亦变，五入必，而已则为五色矣！故染不可不慎也！"的感慨。屈原面对"举世皆浊我独清，众人皆醉我独醒"的世事，他抑郁了，于是他发出了"宋赴湘流，葬于江鱼之腹中。安能以皓皓之白，而蒙世俗之尘埃乎！"的誓言。

姚建宗老师在开学典礼上，曾向新生们提出过这样的希望：希望同学们能保持一颗"幼稚和好奇的心"。而置身于社会之中，所有人都会变，这种"变"老师阻止不了，但我还是要向大家提出一些希望：老师多么希望你们能够一辈子坚持法律人的操守，永葆法律人的本色！但是如果非要变，能否在万不得已的时候；如果非要变，能否变得尽量少一点，尽量慢一点，尽量晚一点；如果非要变，能否适可而止！能否在尽可能的情况下多保持一点法律人的精神。由此我想起了并套用中国政法大学丛日云教授给毕业生的一段寄语：

"面对社会上的歪风邪气，老师希望你们能勇敢地去抗争，但如果你没有抗争的勇气，能不能至少做个无害的逍遥派？面对滚滚而来的浊流，如果你不能总是抗争，你是否可以选择偶尔抗争；如果你不敢积极地抗争，是否可以选择消极地抗争；如果你不敢勇敢地表达，你能否选择含蓄地表达；如果你也不敢含蓄地表达，能否可以选择沉默。如果你没有选择沉默而是选择了配合，你能否可以把调门放低一些。如果你主动地或被迫地干着一些坏事，能不能内心里还残留一点不安和负罪感。即使你不去抗争，但对其他抗争者，是否可以怀着几分敬重，即使没有这份敬重，是否可以不在背后放冷箭，使绊子，助纣为虐。"

总之老师希望你们，在力所能及的条件下多坚持一点正义，多保持一点法律人的道德操守，希望你们永葆如罗曼罗兰所说的"在认清生活的真相后依然热爱生活"的真正的英雄主义！

校园里上演着一场场告别的晚会，看着在花园里、草坪上、图书馆前、"清湖"和"晏湖"边一群群身着学位服留念的身影，看着微信平台上告别的话语，每到这时我的心情总是很复杂，不免有些不舍与惆怅。"劝君更尽一杯酒，西出阳关无故人"；"莫愁前路无知己，天下谁人不识君"！今天的分别是为了明天的相聚。明天的吉大会因你们而辉煌，会为你们而骄傲！

同学们，在即将开始社会之旅的时刻，让我们共同分享乔布斯在斯坦福大学毕业生典礼上的一段发言吧："有时生活会当头给你一棒，但不要灰心。我坚信，让我一往无前的唯一力量，就是我热爱我所做的一切。所以，一定得知道自己喜欢什么，选择爱人时如此，选择工作时同样如此。"

祝大家好运！谢谢大家！

55. 专访李拥军老师：我与吉大法理的不解之缘[1]

——吉大法学院老故事（四）

　　一晃十几年，我求学于吉大又就职于吉大，每每回首，总是感慨自己何其幸运。庆幸自己再获学习机会，庆幸自己选择了喜欢的专业和职业，也庆幸所遇恩师之难得。

　　我 1997 年毕业于兰州大学，做老师、教书育人一直是我的理想，正是带着这样的憧憬和理想毅然离开自己家乡——天津，来到沈阳工业大学经法系任教。当时恰逢全国性的国企改革，那时的口号是"鼓励兼并，规范破产，下岗分流，减人增效"，那时可谓"全国改革看东北，东北改革看辽宁，辽宁改革看沈阳，沈阳改革看铁西"，沈阳工业大学就坐落在铁西区。所以我目睹和亲历了沈阳在新中国历史上的最困难时期。

　　虽然实现了大学教师的梦想，但在教学实践中，我逐渐认识到自己知识储备的欠缺，也同时深感"本科生"教"本科生"底气与合法性的不足。从兴趣爱好上说，我一直对文学、哲学、历史等形而上的东西感兴趣，对规范类的东西兴趣不足。在大学期间，我曾有过转到历史系学习的想法，后来在历史系主管教学的老师苦劝下才作罢，他认为这不

---

　　① 该文首次发表于微信公众号"法苑芳华"，2016 年 4 月 17 日。

是常人之举，因为当时都是历史系的学生转到法律系，而从没有法律系的学生转到历史系。所以，我虽然学习的是法学专业，但实际上对部门法却没有多少学习的热情。正是基于这些原因，在沈阳工业大学任职四年之后，我报考了吉林大学法学院的研究生，且选择了法学理论专业。

回顾自己的学习生涯，大学本科阶段最快乐，研究生阶段最充实。再次获得学习机会，并且有幸到学术氛围浓厚的吉大法学院求学，又遇到了自己爱学的东西，真好像是一个失恋的人又重新找回了原有的爱情，那种失而复得的心情，没有体验过的人恐怕永远都理解不了。来到吉大，我就好像一头老牛闯进了菜园子，东啃一口，西啃一口；又好像一个幸运的孩子来海边，看到五彩缤纷的贝壳，东捡一块，西捡一块。带着这种兴奋和渴望，书我一本一本地看，课我一节一节地听，我异常珍惜这来之不易的机会，不敢荒废。

为什么我要选择法理？和他人交流时，经常会出现这样的对话："你是搞什么的？""法理的。""法理是什么？""法哲学。"然后就没有然后了。每每回到老家，总有乡亲们拿来一些案子让我帮他们分析，当我表示无能为力时，乡亲们总是露出不解的神情。有亲戚说：你堂堂的法学博士、大学教授，怎么连个小案子都整不明白？你这些年都学什么了？我说，你们的案子与法律的阶级性、社会性有关吗，涉及权利本位的问题吗？用得上哈特和德沃金的思想吗？能放在大陆法系和英美法系区别的视野下吗？如果你们的案子和这些内容有关，我就能给你分析，否则分析不了，因为我只擅长这些内容。

我的叙述有些夸张，但这说明一个问题：选择法理注定要一生清贫。的确，哪一个法官用西方法律思想史来审案，哪一个律师用现代西方法哲学为当事人做辩护啊！选择了法理，命中注定选择了坐冷板凳，但是如果你喜欢这个东西，又怎么会嫌弃它清贫，责怪它枯燥呢。再者，波折求学路，让我不再舍得抛下初心，"一把年纪"了哪能再去将就自己原本不爱的东西呢。所以，是机遇也好，是人为也罢，法理自此开始，便将是我一生的陪伴了。

但话又说回来，对法理的选择又不失一个最佳的选择。"天下良法，无不宗理"，什么样的法不是源于理呢？法的形式是变化的，而背后的理却是永恒的，法学研究的高级境界不正是要研究法背后的理吗？其实对法律的学习，就是要学"说理"。法律的技术就是说理的技术啊！律师的辩护不是在说理吗？检察官提起公诉不是在说理吗？法官的判决不是在说理吗？由此说开去，你作为领导给下属作指示不需要说理？你作为下属给上级打申请、做汇报不需要说理？你作为研究生写论文不需要说理吗？

在简单案件中可能用不着说理，在重大疑难案件中就必须有说理。由于法律的抽象性、概念的模糊性与社会生活的多样性、复杂性之间的矛盾，导致法官判案不可能通过简单的对号入座的方式进行，因此所得结论可能是多元的。在多元的结论中，你选择哪个就必须要说理。新时代的优秀法官的代表宋鱼水说得好："只有辨法析理，胜败才能皆服。"如果经过大学四年的学习，你还不懂得什么叫说理，如何说理，就说明你是不合格的。如果说"说理"重要，那么法理就重要。于是，我说，能走上法理这条路我又是幸运的。以理论研究见长，特别强调说理的训练，是吉大法学的传统和优势，由此我说，能作为吉大法理学阵营中一员，我更是幸运的，也倍感荣光和自豪。

仿佛尤在昨日

时光荏苒，如白驹过隙。回想起当初来吉大求学的日子，仿佛就在眼前。那时南区四周还很荒凉，陌生人到此甚至都很难找到可以暂住的旅馆。环顾南区，没有什么植被，也还没有多少建筑，零星地还能看到一块块的玉米地。现在的基础园区那时是个村庄，现在的清湖那时是个养鱼池，现在的晏湖那时是个大土坑，现在的剑桥园那时是个养老院，在院子里坐落着一个知名度颇高的饭店——广元川菜馆。在南区上学的同学好像没有谁没去过"广元"的，后来它搬到装饰学院门口了，好多毕业的校友回母校往往还要到"广元"光顾一趟，目的只为重温一下大学的生活。从市里到南区来明显感觉风大，因为没有挡头。夜深人静的时候，隐约地能听到青蛙的叫声。这种滋味和感觉，十几年后的的南区学子是无缘体验了。现在的南区是越建越好了，这真得为老一代的吉林大学人的高瞻远瞩和务实精神点赞，如果没有当时的成功搬迁，就没有现在的吉大的辉煌。

由于工作了四年后才读研，我较同班的同学大了四五岁，犹如他们的兄长一般，同学们也都亲切地称我为"老李"。但是，我天生一副"娃娃脸"，个头比较矮，从长相看不出比他们大。一次课前，听到同学们喊我"老李"，张文显教授十分不解地问我："怎么大家都叫你'老李'？真是挺奇怪的，姚建宗比我小很多，都喊他'老姚'，我比他大很多，没有一个人管我叫'老张'。"我心里说："谁能管您这么大的法学家叫'老张'啊！"

在吉大求学期间，有幸得到了张文显、姚建宗、郑成良等诸位老师的教导。当时张文显老师是吉大的副校长，日常工作非常忙，但从来没给我们缺过课，如果因其他工作耽误的课，他也总会抽时间补回来，一个学期下来，课时只多不少。其实张老师就算不补课，大家也都可以理解，但他没有那样做。作为一个大学者，其敬业精神和认真态度，让我每次回想起都十分感动！姚建宗老师，他是我的硕士研究生导师，周六周日他会给研一研二的同学在翠文楼额外加辅导课，这些课纯粹是民间的，没有任何报酬。同学们都非常珍惜这样的机会。郑成良教授是我的博士生导师，虽然那时他已经离开吉大，但是我听过他的讲座，也受到他的指导，受益匪浅。他讲课常让人有醍醐灌顶之感，写的文章也是字字珠玑。那时马新福、李永泰教授年事已高，但仍然坚持为我们授课，一丝不苟。那时黄文艺老师是最年轻的授课教师了，现在也已经成长为法学家级的人物了，都给中央领导授课了。如果没有诸位老师的教导，就没有今天我们这批新一代的吉大法理人。

那时我还经常去哲学学院听孙正聿老师的课。他讲的哲学通论，我一节没落，直到现在我还经常找出他的一些视频来听，真是受益终生。我觉得法哲学就是哲学的一个分支，或者说是法学和哲学的一个交叉学科。其实，我们吉大法理学的很多思想不同程度上受到了吉大哲学思想的影响，从张文显、郑成良、姚建宗等诸位老师的学术思想中都可以看到吉大哲学思想的影子。今天在校园里每每看到孙正聿老师，我都主动打招呼，孙老师不一定认得我，但是，我觉得能和他老人家共享一个校园，都是我的荣耀。"大学非大楼之谓也，乃大师之谓也"，尊重这样的大师是我们每个吉大人的义务。

能留在吉林大学工作，而且成为一名教授，我一直以为是"一个在海边玩耍的孩子，有幸捡到了一个五彩的贝壳"。虽然这些年来我很努力，但我认为更多的还是运气好。留校以后我讲授过外国法制史、西方法律思想史等课程，从 2009 年才开始在姚老师主持的团队教学中教授法理学。我一直以为，像法理、哲学这样的课程，不宜由年纪太轻的人来教。"法之理在法外，法之理在生活"，得有一定的人生经历和人生感悟的人才能把道理讲明白。法理学需要学者的"敏感"、多思和多想，因此法理学的素养没有速成的。像自然科学中的某些学科可能会有少年天才，但法哲学更多地需要体悟、经验和反思，因此，经历的事情越多，对生活的反思就越深沉，所以它往往排斥"少年天才"。

我真没想到自己的法理课会受到那么多同学的欢迎。几年前有我一个学生就跟我说："李老师你挺火，人人网上都在传您的名字，您的名字经常在网上被刷屏。"有好事者还把我课上的一些经典的话收集起来发到人人网上，冠名为"拥军哥语录"。有的同学将我授课的风格命名为"相声式教学""评书式教学"，有的同学称我为"段子手"老师。还有同学经常问我："老师，你怎么这么多段子，都是哪来的？"其实，这些知识的储备、素质的养成与自己生活经历是分不开。我从小生活在农村，母亲不识字，父亲小学毕业，家里唯一的书是一本废弃了的有关"农业学大寨"方面的文集，那是我母亲平时夹鞋样子用的。那时我的信息最主要来源是收音机。这可能和天津人的兴趣爱好有关系，我自幼就愿意听相声和评书，非常着迷。直到现在，我还有听评书和相声的习惯。今天走上讲台，自觉不自觉地就把相声和评书中的艺术手法融入到教学中了。

我总听到有人抱怨法理晦涩难懂。张文显老师曾经说过：没有不成功的教材，只有不成功的老师。如果学生听不懂你的课了，肯定问题出在老师身上。理论不是让人听不懂才深刻，其实越是伟大的理论，它越是朴素的。学生听懂了，很大程度上是因为学生感受到了，体验到了。讲课和写论文不一样，论文征服读者靠的是逻辑、推理和论证，讲课征服听众靠的是感受、体验和共鸣。作为一个老师要在让学生听懂上下功夫，要在如何让你的信息让学生感受到、体验到、产生共鸣上下功夫。作为一个好的讲授者，你要说出别人能听懂但他说不出来的话，要阐释出别人能听懂但他想不到的问题。要想别人听懂，你必须让他体验到，欲让其体验到，就要把知识放到社会生活层面。

很多同学对我的博士论文的话题感兴趣。我是一个爱出奇出特的人，不愿意人云亦云，嚼别人的剩饭我觉得没有意思，所以我的博士论文选择了人们不愿谈及的话题——"性权利"，作为研究对象。我一直在思考，性这个问题，实际上它是一个再普通不过的问题了，连孔夫子都说了"食色，性也"。那为什么人们对它却三缄其口？现代社会谈自由，谈权利，但恰恰一涉及性问题就卡壳了，为什么？我谈"性权利"，不是说支持性的绝对自由，而是在揭示性与法律之间的关系，不是说法律对性不能管制。孟德斯鸠有句话："自由就是做法律许可的一切事情的权利。"所以说性权利也是在法律规制之下的自由。权利和义务是一个事物的两个方面，性权利也有相对应的性义务和责任。

　　法理学作为一门独立的学科不在于研究对象，它以所有的法律现象为研究对象。支持法理学独立存在的要素是它的思维方式，即反思式的思维方式。什么是反思，正如孙正聿老师就说的，反思就是"以问题自身为对象反过来思之"，在别人看来稀松平常、不足为奇的地方发现问题。它要向假设质疑，要向前提挑战。它是一种抬杠式的思维，追求一种"片面的深刻"，但这种片面必须是"合法的片面"，即符合逻辑的片面。有人说"猪有五条腿"，这句话好说，但论证很难，如果你真的通过你的论证让更多的人信服了你的结论，你便是成功的，否则你就是说空话，放空炮。所以法理学既强调反思，又要强调说理。在研究中越是强调反思，就越要训练自己的说理能力。

寄语：

生有涯，学无涯；

有厚积，才薄发；

种春风，得秋雨；

先蛰伏，后春华！